을유세계문학전집 · 133

골동품 진열실

골동품 진열실

LE CABINET DES ANTIQUES

오노레 드 발자크 지음 · 이동렬 옮김

❀ 을유문화사

옮긴이 **이동렬**

서울대학교 불어불문학과와 동 대학원을 졸업하고 프랑스 몽펠리에대학교에서 문학 박사 학위를 받았다. 서울대학교 불어불문학과 교수를 역임하고 현재 서울대학교 명예교수로 있다. 저서로『스탕달 소설 연구』,『문학과 사회 묘사』,『프루스트와 현대 프랑스 소설』,『빛의 세기, 이성의 문학』 등이 있고 역서로『고리오 영감』,『적과 흑』,『좁은 문 · 전원 교향곡』,『여자의 일생』,『어둠 속의 사건』,『소설과 사회』,『말도로르의 노래』 등이 있다.

을유세계문학전집 133
골동품 진열실

발행일 · 2024년 5월 30일 초판 1쇄
지은이 · 오노레 드 발자크 | 옮긴이 · 이동렬
펴낸이 · 정무영, 정상준 | 펴낸곳 · (주)을유문화사
창립일 · 1945년 12월 1일 | 주소 · 서울시 마포구 서교동 469-48
전화 · 02 -733-8153 | FAX · 02 -732-9154 | 홈페이지 · www.eulyoo.co.kr
ISBN 978-89-324-0533-9 04860   978-89-324-0330-4(세트)

차례

초판 서문˙

1839

지방에 있는 세 종류의 우월한 힘은 끊임없이 지방을 떠나 파리로 가려는 경향을 띠어서 필연적으로 지방 사회를 빈약하게 만드는데, 지방은 이 지속적인 불행에 맞서 아무것도 할 수가 없다. 귀족계급과 산업계 사람들, 그리고 인재들은 언제나 파리를 향해 이끌린다. 그리하여 파리는 왕국의 도처에서 산출되는 능력들을 삼켜 버려 독특한 인구 구조를 형성하고서, 오직 수도를 위해 국가의 지능을 고갈시킨다. 지방을 헐벗기는 이런 충격의 일차적 귀책 사유는 다름 아닌 지방에 있다. 희망을 불러일으키는 젊은이가 하나 출현하면, 지방은 파리로 가라! 라고 젊은이에게 외치는 것이다. 상인 하나가 재산을 축적하면, 그는 곧바로 재산을 파리로 가져갈 생각에 빠지고, 그리하여 파리는 프랑스 전체가 되고 마는 것이다. 이런 불행은 이탈리아에도, 영국에도, 독일에도, 네덜란드에도 존재하지 않는다. 그 나라들에서는 각각 주목할 만한 풍속과 독특한 매력을 지닌 십여 곳의 주요 도시가 다양한 활동 센터를 제공한다. 『19세기 풍속 연구』의 저자 역시 우리나라 특유의 이 악덕을 회피할 수 없었다. 『골동품 진열실』은 이 편벽증으로부터 유래하는 불행을 그리도록 되어 있는 정경(情景) 가운데 하나다. 프랑스가 쉽사리 정부와 왕조를 바꾸고, 자국의 번영을 크게 희생하면서 혁명을 겪는 주요 원인의 하나는 바로 그 편벽증에 있다. 이렇듯 모든 우월한 힘을 한 지점에 축적함으로써, 개인적 영예의 조건은 현저히 증가하는 반면, 다른 곳에서라면 중요하고 유익할 수도 있었을 괄목할 만한 보통 재능이 왜소해지고, 절망에 빠지고, 소실되는 나머지, 그런 평범한 사람들 사이에 천박하고 집요한 싸움이 벌어지는 것이다. 개인들을 약화시키고 반면에 권력에 힘을 부여해야 할 이 싸움이 바로 권력을 전복시키는 힘이 된다. 싸움을 야기하는 이런 모든 자부심들이 권력을 원하여, 미리 권력을 분점하고, 권력의 행사를 불가능하게 만든다. 그런 자부심들은 아무것도 건설하지 못하고, 모든 것을 무너뜨린다.

『골동품 진열실』은 명문가 출신으로서 파리에 상경해서 파멸하는 가련한 젊은이들의 이야기다. 그들은 도박에 의해, 혹은 빛나려는 욕망 때문이거나 파리 생활에 현혹당해서, 아니면 재산을 증식하려는 시도로 인해서, 또는 행복하거나 불행한 사랑에 의해 파멸한다. 데그리뇽 백작은 지방 출신 젊은이의 다른 유형인 라스티냐의 반대항이라고 할 수 있다. 능란하고 대담한 라스티냐은 전자가 패하는 곳에서 성공을 거두는 것이다.

『잃어버린 환상』의 제2부가 인쇄 준비 중이어서, 곧 『골동품

진열실』과 동일한 출판인에 의해 '파리에 온 지방 출신 위인'이
란 제목으로 출판될 예정인데, 이 작품은 성공의 조건은 갖추지
못한 채 얼마간의 재능만 지니고서 지방과 파리를 오가는 재주
있는 젊은이들 이야기의 완결판이 될 것이다. 이 작품 계획은
『잃어버린 환상』에 앞선 예고에서 이미 제시한 바 있으므로, 여
기에서 다시 반복할 필요는 없을 것이다. 저자가 그 계획을 상
기시키는 것은 다만 저자의 기도(企圖)에 관심 있는 사람들에게
그 기도가 처해 있는 상태를 설명하고, 다른 몇몇 사람에게는
저자가 그 기도를 보완하기 위해 기울이는 정성을 이해시키기
위해서다. 왜냐하면 본 저자에게는 성급한 호의를 가진 사람들
이 없지 않기 때문인데, 그들은 이미 시작된 이 작품이 수많은
장소에서 동시에 동등한 분량으로 부각되기를 보고 싶어 하는
것이다. 많은 사람이 우정을 과시하며 저자의 팔을 잡아 구석으
로 이끌면서 이렇게 얘기한다. "이걸 그리는 것을 잊지 않으시
겠죠? 그 얘기 또한 알고 계시죠? 이 흥미로운 부분을 채울 일
이 남아 있습니다." 등등. 각자가 어느 도시에선가 일어난 극히
드라마틱한 이야기를 하나씩 알고 있는데, 그 이야기라는 것이
보카치오* 그 자신이 얘기한다 해도 평범하고 재미없는 것이기
일쑤다. 그러므로 저자가 자신의 초안을 포기한 것이 아니고,
자신의 예고를 기억하고 있다는 사실을 증명하기 위해서, 집필
중인 작품들에 대해 때때로 언급하는 것은 전혀 엉뚱한 짓이 아
니다.

  이미 상당히 진행된 또 다른 작품인 『미투플레 가문』*은 지방

의 부유한 실업가들을 파리로 이끌어 오는 선거판의 야망을 제시하고, 또 그들이 어떻게 다시 지방으로 되돌아가는지를 보일 것이다.

이렇듯 귀족계급, 부(富), 재능이라는 세 가지가 파리를 향해 상승하는 큰 움직임을 묘사하는 일이 올해 안에 완료될 것이다.

하지만 이 세 작품은 지방 생활의 풍요로운 그림을 완성하지는 못할 것이다. 수도의 일부 가족들을 지방으로 몰아넣는 파탄들, 그 가족들이 지방에서 받는 대접 및 그들이 지방에서 드러내는 효과와 대조 같은 마찬가지로 흥미로운 지방 생활의 에피소드를 그리도록 되어 있는 정경인 『지방의 파리인들』이 없다면 지방 생활의 그림은 불완전할 것이다. 파리를 향한 지방의 상승적 움직임을 강조한 연후에, 저자가 그 반대의 움직임을 지적하지 않는다면, '지방 생활 정경'은 불완전할 수밖에 없지 않겠는가?

저자는 또한 '부아루즈가의 상속자들"이라고 제목을 붙인 책도 포기하지 않았다. 이 작품은 지방 생활 정경에서 가장 중요한 부분 가운데 하나를 차지해야겠지만, 주제의 중요성에 비추어 볼 때 오랜 연구를 요할 것이다. 여기서는 현대적 법의 정신이 가족들 사이에 일으키는 혼란을 보여 주는 것이 문제시된다.

이 두 개의 각각 다른 정경이 출판되고 나면, 작품의 나머지 부분이 완성되기 위해서, 지방 도시들의 수비대 묘사와 사후에 얼핏 드러나는 몇몇 괴짜들의 인물 묘사만 남게 될 것이다.

저작을 전체적으로 고찰할 때와 마찬가지로, 『풍속 연구』의

각 부분에 대해서도, 실제로 작품이 제작되고 나면, 모든 부분의 비율이 균형에서 벗어나게 마련이었다. 이러한 문학의 견적서들도 건축가들의 견적서와 이상하게도 닮은 데가 있다. 충실하고 완전한 역사가가 되고자 하는 아주 자연스러운 욕망이 이제 엄청난 시간과 작업을 요구하는 시도 속으로 저자를 빠뜨려 버린 것이다.

『골동품 진열실』이 저자에게 공개적으로 제기되지 않았던 비평에 대해 대답할 기회를 제공하게 될 것이다.

전체적으로 보이는 삶의 일반적 충동에 익숙한 많은 사람이 현실에서는 저자가 그의 소설 속에서 제시하는 것처럼 사태가 진행되지 않는다고 주장하면서, 너무 복잡하게 줄거리를 꾸민다고 저자를 비난하고, 또 다른 데서는 줄거리가 불완전하다고 그를 비난하는 것이다. 분명 현실의 삶은 너무 드라마틱하거나, 또는 아주 빈번하게 문학적인 성격을 띠지는 못한다. 문학적 진실이 자연의 진실일 수 없는 것과 마찬가지로, 현실의 진실이 있음직해 보이는 경우도 흔치 않을 것이다. 이와 같은 고찰을 할 수 있는 사람들이 논리적이라면, 그들은 실제로 극장 무대에서 배우들이 죽어 나가는 모습을 보고 싶어 할지도 모른다.

이렇듯 『골동품 진열실』을 창작하면서 저자에게 도움을 주었던 실재의 사실은 얼마간 끔찍스러운 면이 있었다. 정말로 젊은 이가 중죄재판소에 출두해서, 유죄 판결을 받고, 어깨에 낙인이 찍혔던 것이다. 그러나 거의 유사한 다른 상황에서, 어쩌면 그보다는 덜 드라마틱하지만, 지방 생활을 더 잘 그려 보일 수 있는 세부적인 사건들이 출현했다. 그리하여 한 사실의 시작과 다른 사실의 결말이 전체 사실을 구성했던 것이다. 이런 처리 방식은 풍속사가(風俗史家)의 방식이 되어야만 한다. 그의 임무는 단 하나의 그림 속에 유사한 사실들을 녹여 내는 데 있다. 사건들의 문서 자체보다는 그것들의 정신을 보여 주는 것이 작가의 의무 아니겠는가. 작가는 사건들을 종합하는 사람인 것이다. 우스꽝스러운 면이 너무 풍부해서, 둘로 쪼개면 두 인물이 제시될 수 있을 그런 괴짜들과 현실에서 마주칠 수 있는 것과 마찬가지로, 단 하나의 성격을 창조하기 위해서 비슷한 여러 성격을 조합해야 할 필요가 있는 경우도 종종 생기는 것이다. 한 드라마의 머리가 그 꼬리와 동떨어진 경우도 흔하다. 파리에서 자신의 일을 대단히 훌륭하게 시작했다가 천한 방식으로 그것을 끝낸 사람이 다른 곳에서는 그 일을 탁월하게 완성하는 경우도 있는 것이다. 이탈리아에는 이러한 고찰을 기막히게 나타내는 표현으로 "이 꼬리는 이 고양이에 맞지 않는다"라는 속담이 존재한다. 문학은 회화가 사용하는 것과 같은 방식을 쓴다. 멋진 초상을 만들기 위해, 화가는 어떤 모델의 손, 다른 모델의 발, 이 사람의 가슴, 저 사람의 어깨를 취하기도 하는 것이다. 화가의 직분은 이런 선택된 신체의 부분에 생명력을 부여해서, 그것을 있음 직한 것으로 만드는 데 있다. 반면 화가가 실재의 여인을 복사해 보인다면, 여러분은 아마 고개를 돌리게 될 것이다.

저자는 이미 자연의 적나라한 측면을 종종 완화하지 않을 수 없었다고 여러 차례 답변한 바 있다. 어떤 독자들은 『고리오 영감』을 자녀들에 대한 비방으로 여겼다. 그러나 이 작품의 모델 역할을 한 실제 사건은 식인종들에게서도 일어나지 않을 것 같은 끔찍한 상황을 제시했던 것이다. 가엾은 아버지는 단말마의 스무 시간 동안 물을 달라고 소리 질렀으나, 아무도 그를 도우러 오지 않았다. 그의 두 딸은 자기들 아버지가 처한 상태를 모르지 않았으나, 한 딸은 무도회에, 다른 딸은 극장에 가 있었다. 이런 사실은 좀처럼 믿을 수가 없을 것이다.

그러나 저자가 옮겨 적은 사실들에 관해 전반적으로 얘기하자면, 개별적으로 볼 경우 그 사실들이 모두 진실이라 할 수 있다. 저자가 그 주인공을 그 자신의 집에서 본 바 있는, 『황금빛 눈의 처녀』의 너무도 기이한 사실들처럼, 더없이 공상적인 사실들 또한 그와 마찬가지이다. 어떤 인간의 머리도 그처럼 대단한 분량의 이야기를 꾸며 낼 만큼 강력하지는 못할 것이다. 그러니 그만한 이야기를 끌어모을 수 있는 것만도 이미 상당한 일이 아니겠는가. 모든 시대에 걸쳐, 이야기 작가들은 자기 동시대인들의 비서 역이었다. 루이 11세나 대담왕 샤를의 콩트 하나도 『신 단편소설 100편』*에 수록된 반델로, 나바르 여왕, 보카치오, 지랄디, 라스카 같은 사람의 콩트도, 옛 소설가들의 우화시 한 편도, 그 어느 것도 동시대의 사실에 기반을 두지 않은 것은 없다. 사회생활의 이런 수많은 변덕스러운 모습들이 어느 정도 적절하게 삽입되고 소개되는 것이다. 그러나 그 모습들의 진실에 대해 말하자면, 그것은 느낌으로 전해지고, 저절로 드러난다. 모든 종류의 재능에는 다행스러운 점이 있다. 몰리에르처럼 자기가 있는 곳에서 자신의 재화를 그러잡을 줄 아는 게 문제인 것이다. 이러한 재능은 평범한 것이 아니다. 모든 작가가 귀를 갖고 있다 할지라도, 모두가 동일하게 듣지는 않는 것 같다. 좀 더 정확히 말해서, 모두가 동일한 기능을 갖고 있는 것이 아니다. 담배를 피우며 거리를 돌아다니면서 7, 8편의 드라마를 대동하지 않는 자가 누가 있겠는가? 더없이 멋진 극작을 창안하지 않는 자가 누가 있겠는가? 자기 상상력의 하렘 안에, 가장 멋진 주제를 소유하지 않은 자가 누가 있겠는가? 그러나 이런 손쉬운 구상과 생산 사이에는 작업의 심연, 난관의 세계가 존재하는 바, 소수의 정신만이 그 간격을 뛰어넘을 수 있는 것이다. 오늘날 여러분이 작품보다 더 많은 비평을 마주치게 되고, 책보다 책에 대해 비난하는 촌평을 더 많이 접하게 되는 현상은 바로 거기서 유래하는 것이다.

책을 꿈꾸는 것이 수월한 만큼, 그 책을 만드는 것은 어려운 일이다.

주제가 전적으로 허구적이어서, 가까이서든 멀리서든 어떤 현실과도 연결되지 않는 책들은 대부분 사산(死産)의 작품들이다. 반면 현실 생활에서 관찰되고, 펼쳐지고, 채택된 사실들에 근거한 책들은 장수의 영예를 획득한다. 이것이 『마농 레스코』, 『코린느』, 『아돌프』, 『르네』, 『폴과 비르지니』가 획득한 성공의 비결이다. 이 감동적인 이야기들은 자전적 탐구이거나, 세상의 대양 속에 매몰되었다가 천재의 갈고리에 의해 백일하에 건져 올려진 이야기인 것이다. 월터 스코트는 자신이 소재를 길어 올린 생생한 몇 개의 샘을 우리에게 지적해 주는 배려를 한 바 있다. 분명히, 『람머무어의 약혼녀』¹ 구상에 모티브를 제공한 사실에 대한 비밀 얘기를 듣고 난 다음에는, 그의 지인들의 서클 가운데서 스코틀랜드의 대법관과 같은 성격이며 애쉬튼 부인 같은 여인이 드러나는 것을 알게 된다. 레이븐스우드 같은 인물은 작가가 창안해 낼 수 있었지만, 앞에 언급한 인물들은 그렇지 않다. 두 다리로 걷고 움직이지만, 서사시적 인물은 모두 감정이 분식된 인물이다. 영혼에서 튀어나온 인물일 수 있는 것이다. 그런 인물들은 어떻게 보면 우리가 소망하는 유령들이고, 우리의 희망의 실현이라고 할 수 있다. 그들은 작가가 복사한 실재하는 성격들의 진실을 찬탄할 만큼 부각시키고, 그 성격들의 범속함을 노출시킨다. 이런 모든 주의를 기울이지 않으면, 더 이상 예술도 문학도 없을 것이다. 어떤 비평들에 맹종하자면, 이야기를 창조하는 대신, 모든 프랑스 법정의 속기사가 되는 것으로 충분할 것이다. 그 경우 여러분은 있는 그대로 사실의 모습을 보게 되겠지만, 이야기의 내용은 책의 첫 권을 다 읽기도 전에 던져 버릴 만큼 끔찍스러운 게 될 것이다. 의회의 토론 후에 생겨났다 폐기되곤 하는 수많은 의안에 곁들여, 가장 고약한 질병의 치료약 광고나 지원해야 할 책에 대한 찬양 기사 사이에서 여러분은 매일같이 그런 내용의 단편적 이야기를 읽을 수 있다. 여러분은 그런 내용의 지속적인 독서를 견뎌 내지 못할 것이다.

일부 지적인 사람들에게는 유용하고, 대다수에게는 무용한 이런 설명이 사회적 사실들의 집대성 같은 거대한 작품을 창조한 작가의 집필 방법에 대해 어느 정도 밝히는 바가 없다면, 저작이 끝나서 진정한 완성 형태로 출판될 때 예고나 서문 같은 것들이 전적으로 사라져야 하는 것과 마찬가지로 이 설명 또한 면제되어야 마땅할 것이다.

추밀고문관이며, 『오토만 제국의 역사』 저자이신
드 함머 푸르그스탈 남작'님께

친애하는 남작님

　남작님은 길고 방대한 저의 『19세기 프랑스 풍속의 역사』에
열렬한 관심을 표해 주셨고, 저의 저작에 깊은 성원을 보내 주
셨기에, 그 저작의 일부를 이루게 될 원고 한 부분에 이렇게 남
작님의 성함을 기록할 권한을 저에게 부여해 주셨습니다. 당신
께서는 성실하고 학구적인 독일의 가장 무게 있는 대변자 가운
데 한 분이 아니십니까? 당신의 인정에 의해 다른 사람들로부
터 인정받고 또한 저의 시도가 보호받아야 하지 않겠습니까?
그 인정을 획득한 것이 너무도 자랑스러워, 저는 저의 저작을
계속하면서 그것에 값하고자 노력했습니다. 문학의 세계에 당

신께서 이룩하신 기념비적 업적의 기초가 된 모든 자료를 연구하고 탐구하면서 보이신 그 용기와 끈기는 제 작업의 향도가 되었습니다. 가장 찬란했던 동방 사회에 대한 관심을 위해 당신께서 기울이신 노고는 우리 현대 사회의 세부 사항에 몰두하느라 밤을 지새우던 저의 열정을 자주 떠받쳐 주었습니다. 우리나라의 라 퐁텐에 비견될 수 있는 순수한 선의를 간직하신 당신께서 이 사실을 아시면 기쁘지 않으시겠습니까?

친애하는 남작님, 당신과 당신의 저작에 대한 이 존경의 표시가 도블링*으로 당신을 찾아가, 그곳에서 당신과 당신의 모든 가족에게, 당신의 가장 진정한 찬미자인 동시에 친구인 사람을 상기시켜 주기를 앙망하는 바입니다.

드 발자크

프랑스의 가장 빈약한 현청 소재지 중 한 곳의 도심 길모퉁이에 집 한 채가 서 있다. 그런데 여기서는 이 길과 이 도시의 이름은 숨겨야만 하겠다. 관습이 요구하는 이런 점잖은 조심성의 동기는 누구나 짐작할 수 있을 것이다. 자기 시대의 연대기 작성자가 되려면 작가는 많은 상처를 건드리지 않을 수 없는 것이다! 그 집은 데그리농 저택이라고 불렸다. 그러나 데그리농은 희극 작품에 등장하는 벨발, 플로리쿠르, 데르빌 가문, 또는 소설 속의 아달베르나 몽브뢰즈 가문 같은 것 이상의 현실성이라고는 없는 그저 관습적 명칭의 하나라고 생각하시라. 결국 주요 등장인물들의 이름 또한 이와 마찬가지로 변경될 수 있을 것이다. 여기에서 저자는 믿기지 않는 일들과 터무니없는 것들의 더미 밑에 진실을 파묻기 위해, 모순된 것들을 그러모으고, 시대착오적인 것들을 쌓아 올리고자 할 것이다. 그러나 작자가 어떤 짓을 하든 간에, 잘못 뽑힌 포도 그루가 갈아엎은 포도밭을 뚫고서 세찬 새순으로 다시 자라나듯, 진실은 언제나 싹을 내밀 것이다.

데그리뇽 저택은 옛 칭호에 따르면 데그리뇽(d'Esgrignon) 후 작 또는 데 그리뇽(des Grignon) 후작으로서, 샤를-마리-빅 토르-앙주 카롤이라는 이름의 한 노(老)귀족이 거주하는 그렇 고 그런 집이었다. 상업에 종사하는 그 도시 부르주아들의 사교 계가 그의 거처를 풍자적으로 저택이라고 불렀었는데, 한 이십 여 년 전부터는, 대부분의 주민이 후작의 집을 가리켜 정색하고 '데그리뇽 저택'이라고 일컫기에 이르렀다.

카롤(Carol)이라는 성(姓)은('티에리 형제'는 이 성의 철자를 Karawl이라고 쓰고자 했을 텐데) 옛날에 북부에서 내려와 골 지 방을 정복하여 봉건화한 강력한 장수 가운데 하나가 사용하던 영광스러운 성이었다. 카롤 가문은 자유도시 앞에서도, 왕좌 앞 에서도, 교회 앞에서도, 금융계 앞에서도 결코 고개를 숙인 적 이 없었다. 예전에 프랑스 변경 가운데 한 곳의 방어를 책임졌 던 이 가문의 후작 칭호는 하나의 의무인 동시에 명예였지, 어 떤 직분을 가정한 장식물이 아니었다. 데그리뇽 봉토가 언제나 그 가문의 재산이었다. 2백 년 전부터 궁정에서는 알아주지 않 았지만, 일체 불순한 피가 섞이지 않았고, 지방 권력으로부터 독립적이며, 치통을 치유해 주는 동정녀와 마찬가지로 미신처 럼 지역민들에게 존경받는 진정한 지방 귀족인 이 집안은 카이 사르가 세웠던 어떤 교량의 검게 그을린 말뚝이 강바닥에 남아 있듯 자기 고장의 깊은 구석에 보존되어 있었다. 1,300년 동안,

이 집안의 딸들은 언제나 지참금을 내지 않고 결혼했으며, 아니면 수녀가 되었다. 맏이 이외의 아들들은 끊임없이 모계 유산의 유류분을 상속받았고, 군인이 되거나 주교가 되거나, 또는 궁정에서 봉사했다. 데그리뇽가의 어떤 작은아들은 제독이 되기도 했고, 공작이나 귀족원 의원이 되기도 했으며, 후세가 없이 죽기도 했다. 장자 계열의 종손으로서 데그리뇽 후작은 결코 공작 칭호를 받아들이고자 하지 않았다.

"국왕이 프랑스 국가를 보유하는 것과 동일한 조건으로 본인은 데그리뇽 후작 작위를 보유합니다. 혼란기 동안, 목이 잘린 데그리뇽가 사람들이 여럿 있다는 사실을 헤아리십시오." 당시 그의 눈에는 하찮은 하급 동료로밖에 보이지 않았던 드 뤼인' 원수를 향해 한 데그리뇽 후작은 이렇게 말했다. 1789년까지는 프랑크의 혈통이 고귀하고 자랑스럽게 보존되었다. 현재의 데그리뇽 후작은 망명을 떠나지 않았다. 그는 자신의 변경을 방어해야만 했던 것이다. 그가 시골 사람들에게 불어넣었던 존경심이 단두대로부터 그의 목을 지켜 주었다. 그러나 진짜 과격 혁명파들의 증오심이 너무 강해서 그가 몸을 숨겨야만 했던 기간 동안은 망명자로 간주되었다. 주권자인 인민의 이름으로, 군(郡)은 데그리뇽가의 토지를 분할했고, 당시 40세였던 후작이 개인적으로 이의 신청을 했음에도 숲은 국유재산으로 매각되었다. 미성년자였던 후작의 누이동생 데그리뇽 양은 가족의 젊은 집사의 개입에 의해 봉토의 일부를 구해 낼 수 있었다. 집사가 데그리뇽 양의 이름으로 사전 상속의 분할을 요구했던 것이다. 공화국에 의한 청산 결과 성(城)과 몇몇 소작지가 그녀의 몫으로 할당되었다. 충실한 쉐넬은 후작이 그에게 가져다준 돈으로 교회, 사제관, 성의 정원처럼 그의 주인이 특별히 애착을 갖는 영지의 몇몇 부분을 자신의 이름으로 사들여야 했다.

공포정치의 더딘 세월이 어느덧 흘러가자, 관후한 성품으로 인근 사람들에게 존경의 감정을 불러일으켰던 데그리뇽 후작은 누이동생 데그리뇽 양과 함께 자신의 성으로 돌아가 살고자 했다. 이제는 공증인이 된 자신의 옛 집사 쉐넬 씨가 진력해서 구해 낸 재산을 간수하기 위함이었다. 그러나 슬프도다! 모든 유용한 권리는 소멸되고, 숲은 조각조각 분할되고, 자신의 옛 영지에서 겨우 보존된 토지로부터 끌어낼 수 있는 소득이라고는 9천 프랑 이상도 안 되는 처지의 지주에게는 약탈당해 가구가 사라져 버린 성이란 너무 휑하고 유지비가 비싼 장소가 아니었던가?

1800년 10월, 공증인이 자신의 옛 주인을 봉건 시대의 낡은 성으로 모셔 왔을 때, 마당 가운데, 메워진 해자 앞에서, 지붕 높이로 허물어진 탑들을 쳐다보면서, 꼼짝하지 않고 서 있는 후작을 바라보며, 공증인은 감정이 복받쳐 오름을 억제할 수 없었다. 그 사회적 변동의 이유를 신에게 묻기라도 하듯, 프랑크족 사나이는 전에 고딕식 탑의 예쁜 풍향계들이 자리 잡고 있던 장소와 하늘을 말없이 번갈아 쳐다보았다. 오직 쉐넬만이 그 당시 시민 카롤이라고 불리던 후작의 깊은 고뇌를 이해할 수 있었다. 거인 데그리뇽은 오랫동안 말없이 서 있더니, 대대로 내려오는 공중의 해묵은 냄새를 깊이 들이마시고서, 더할 나위 없이 우수에 찬 감상적인 말을 던졌다.

"쉐넬, 후일 변란이 끝나면, 우리 이곳에 다시 오기로 하세. '그자'들이 이곳에 나의 문장(紋章)을 복원하기를 금하니, 평화의 칙령이 내릴 때까지는 나는 여기서 살 수 없을 것이네."

그는 이렇게 말하고 손을 들어 성을 가리키더니 몸을 돌이켜 말에 올라타고서, 버드나무 가지로 엮은 공증인 소유의 허름한 이륜마차를 타고 온 누이동생과 함께 떠났다. 시내에는 이제 데그리뇽 저택이 없었다. 그 고귀한 집은 헐렸고, 그 자리에 공장 두 채가 서 있었던 것이다. 공증인 쉐넬은 후작에게 남은 마지막 루이 금화를 써서 광장 모퉁이에, 박공과 풍향계와 탑과 비둘기집이 딸린 낡은 집 한 채를 샀다. 그 옛집은 처음에는 영주의 재판소, 다음에는 혁명 전의 상급 재판소가 들어 있던 자리로 데그리뇽 후작이 소유하고 있었다. 500루이의 대금으로, 국유재산 취득자는 그 낡은 건물을 본래의 소유자에게 양도했다. 그때부터 반쯤은 조롱 삼아, 그리고 반쯤은 진지하게, 그 집이 '데그리뇽 저택'이라고 불리게 되었다.

치명적인 리스트에 기재되어 있던 이름들이 상당히 수월하게 말소되어서, 1800년에는 일부 망명자들이 프랑스로 귀환했다. 그 도시로 맨 처음 돌아온 귀족 인사들 가운데, 드 누아스트르 남작과 그의 딸이 있었다. 그들은 파산 상태여서, 데그리뇽 후작이 그들에게 너그럽게 은신처를 제공했는데, 남작은 슬픔으로 소진된 나머지 두 달 후 그곳에서 죽었다. 드 누아스트르 양은 스물두 살이었고, 누아스트르 가문은 더없이 순수한 귀족 혈통이어서, 데그리뇽 후작은 가문을 잇기 위해 그녀와 결혼했다. 그러나 그녀는 의사의 미숙함으로 인해 해산 중에 사망했는데, 아주 다행스럽게도 데그리뇽 가문에 아들을 남겼다. 가련한 노인네는(후작은 그때 쉰세 살에 지나지 않았지만, 역경과 인생의 쓰라린 고통이 매년 더 많은 나이를 먹게 한 셈이었다), 그러니까 그 노인네는 인간 존재 가운데서 가장 예쁜 여인이 숨지는 것을 보면서 자기 노년의 즐거움을 모두 잃었다. 그녀는 16세기 여성의 얼굴에서 오늘날 상상해 볼 수 있는 매력이 온전히 되살아난 고귀한 여인의 모습이었다. 후작은 인생의 순간마다 그 반향이 되풀이 울릴 그런 무시무시한 타격을 입은 것이었다. 침대 앞에 잠시 서 있던, 그는 성녀처럼 두 손을 모으고 누워 있는 아내에게 다가가 이마에 입을 맞추었다. 그러고는 자기 회중시계를 꺼내 태엽을 부수더니 벽난로로 다가가 매달았다. 오전 열한 시였다.

"데그리뇽 양, 이 시간이 더 이상 우리 집안에 운명적인 시간이 되지 않도록 하느님께 기도하자. 나의 아저씨인 대주교 예하께서 이 시간에 학살당하셨고, 이 시간에 나의 아버지 역시 돌아가셨지……."

그는 침대에 머리를 기대고 그 곁에 무릎을 꿇었다. 그의 누이동생도 같은 자세를 취했다. 그리고 잠시 후, 두 사람은 다시 일어섰다. 데그리뇽 양은 눈물을 쏟았고, 노후작은 메마른 눈으로 갓난아이, 침실, 죽은 아내를 바라보았다. 그 남자는 프랑크족의 완강함과 기독교도의 끈기를 아울러 지니고 있었다.

그것은 19세기의 두 번째 해에 일어난 일이었다. 데그리뇽 양은 스물일곱 살이었고, 아름다웠다. 그 고장 출신으로서, 1천 에퀴의 연 수입을 누리고 있으며, 공화국 군대의 납품 업자인 한 벼락부자가 공증인 쉐넬을 통해 데그리뇽 양에게 혼담을 넣고 싶어 했다. 여러 차례에 걸친 공증인의 거절을 설복하고, 그는 마침내 말을 꺼내도록 공증인의 허락을 얻어낼 수 있었다. 그와 같은 무모함에 대해 오빠와 누이동생이 마찬가지로 격노했다. 쉐넬은 뒤 크루아지에 씨의 꾐에 넘어갔다는 사실에 절망감을 느꼈다. 그날 이후로, 그는 데그리뇽 후작의 태도나 언사에서, 우정으로 여길 수 있을 그런 다정한 호의를 더 이상 찾아보지 못했다. 차후로 후작이 그에게 가지게 된 감정은 고마움이었다. 이 고상하고 진정한 고마움의 감정이 공증인에게 끊임없이 고통을 자아냈다. 숭고한 마음을 지닌 사람들에게는 감사의 염이 막대한 보상으로 보인다. 그러나 그들이 더 선호하는 것은 생각의 조화와 영혼의 자발적인 융합이 가져다주는 감정의 다정한 평등성인 것이다. 이전에 쉐넬 선생이 맛보았던 것은 그런 명예로운 우정의 즐거움이었다. 후작이 그를 자신의 높이로까지 끌어 올렸던 것이다. 노귀족에게, 그 사람은 자식에는 못 미치지만 봉사자 이상이었고, 자발적인 충신이었으며, 자신의 봉건 군주에게 마음의 모든 끈으로 매여 있는 농노였다. 그는 공증인과는 더 이상 셈을 하지 않았으며, 모든 것은 진정한 애정의 끊임없는 교환으로 청산되었다. 후작의 눈에는, 공증인의 직분이 쉐넬에게 부여하는 공식적 성격은 아무런 의미도 없었고, 그에게는 자신의 종복이 공증인으로 변장한 것처럼 보였다. 쉐넬의 눈에는, 후작은 언제나 신성한 종족에 속한 존재였다. 그는 귀족 계급의 존재를 믿었고, 자기 아버지가 살롱의 문을 열고 후작님 대령했습니다 하고 말하던 것을 부끄럼 없이 기억했다. 몰락한 귀족 집안에 대한 그의 헌신은 서약으로부터 유래한 것이 아니라 이기주의로부터 나온 것으로서, 그는 자신을 그 가족의 일부로 간주했다. 그의 슬픔은 뿌리 깊은 것이었다. 후작이 금했음에도 그가 감히 후작에게 자신의 과오에 대해 얘기하자, 노귀족은 엄숙한 어조로 그에게 대꾸했다. "쉐넬, 변란 이전이라면 자네는 그처럼 모욕적인 가정을 감히 입에 담지 못했을 것이네. 자네를 망쳐 놓은 새로운 이념이 도대체 뭐란 말인가?"

공증인 쉐넬 선생은 도시 전체의 신뢰를 얻어, 그곳에서 존중받고 있었다. 높은 청렴성과 큰 성공이 그의 신망을 돋우는 데 기여했다. 그때부터 그는 뒤 크루아지에라는 작자에게 결정적인 혐오감을 갖게 되었다. 공증인은 별로 앙심 깊은 성격이 아니었지만, 여러 가족과 반감을 갖는 관계가 되었다. 증오심 많고 스무 해 동안 두고두고 복수심을 키울 수 있는 사람인 뒤 크루아지에 역시 흔히 지방에서 볼 수 있는 바와 같은 그런 음험하고 결정적인 증오심을 공증인과 데그리뇽 가족에게 품었다. 그가 평생 어울려 지내면서 지배하기를 원했던 심술궂은 지방 사람들의 눈에 혼담의 거절이야말로 치명상으로 보였던 것이다. 그것은 너무도 분명한 파국이어서 그 결과가 눈에 띄는 데 오랜 시간이 걸리지 않았다. 뒤 크루아지에는 궁여지책으로 청혼을 해 보았던 한 노처녀에게서도 역시 거절당했다.* 그리하여 그가 애초에 품었던 야심적인 계획들은 우선 데그리뇽 양의 거절로 무산되었는데, 그녀와의 결합은 그에게 지방의 귀족 사회로 들어가는 문을 열어 주었을 것이다. 뒤이어 두 번째 거절은 너무 심하게 그를 실추시켜, 그는 그 도시의 차상위 사교계에서 자리를 유지하는 데도 상당히 애를 먹었다.

예전에 데그리뇽 가문과도 혼맥이 닿던 그 고장의 가장 유서 깊은 한 가문의 장자 드 라 로쉬 기용 씨가 1805년에 공증인 쉐넬을 통해 데그리뇽 양에게 청혼했다. 마리 아르망드 클레르 데그리뇽 양은 공증인의 말을 듣고서 거부 의사를 표했다. "친애하는 쉐넬, 당신은 내가 어머니 역이라는 사실을 알아차렸어야죠." 다섯 살짜리 예쁜 어린아이인 조카를 눕히면서 그녀는 공증인에게 이렇게 대꾸했다.

노후작이 요람에서 돌아오는 누이동생을 맞으러 일어섰다. 그는 누이동생의 손에 정중히 입을 맞추었다. 그러고는 다시 자리에 앉으며, 누이동생을 향해 말했다. "내 동생이야말로 데그리뇽가의 여자야!"

귀족 처녀는 몸을 떨더니 눈물을 흘렸다. 후작의 아버지 데그리뇽 씨는 노년기에 루이 14세 치하에서 귀족 칭호를 얻은 한 징세 청부인의 손녀딸과 결혼한 적이 있었다. 이 결혼은 가문에 의해 터무니없이 격에 맞지 않는 결혼으로 여겨졌지만, 그 결혼에서는 딸 하나만 출생했기 때문에 중대한 결과가 빚어지지는 않았다. 아르망드는 그 사실을 알고 있었다. 그녀의 오빠는 그녀를 흠잡을 나위 없이 잘 대해 주었지만, 그녀를 항상 외부인처럼 보아 왔는데, 그 말 한마디가 그녀에게 정통성을 부여해 주었던 것이다. 또한 그녀의 답변은 그녀가 11년 전부터 지켜 왔던 고귀한 행동의 대미를 장식하는 감탄스러운 말이 아니었던가? 그녀가 성년이 되었을 때부터, 그녀의 행동 하나하나는 헌신으로 얼룩져 있었다. 자기 오빠에 대해 그녀는 일종의 숭배의 태도를 지니고 있었다.

"나는 데그리뇽 양으로 죽을 것입니다." 그녀는 공증인에게 이렇게 단호하게 말했다.

"아가씨께는 그보다 더 훌륭한 칭호가 있을 수 없지요." 쉐넬은 찬사라고 생각하고서 그렇게 대답했다.

가엾은 처녀는 얼굴을 붉혔다.

자신의 옛 종복의 말에 기분이 좋았지만, 동시에 그 말이 누이동생에게 일으킨 슬픔에 괴로움을 느낀 노후작이 대꾸했다. "자네, 어리석은 소리를 했군, 쉐넬. 데그리뇽가의 처녀는 몽모랑시'가 남자와도 결혼할 수 있다네. 우리 가문의 피는 그 집안 이상으로 순수하지. 데그리뇽 가문은 두 줄의 담비 모피가 늘어진 황금 장식을 지니며, 900년 이래로 그 문장에서 바뀐 것은 아무것도 없네. 문장은 첫날과 다름이 없어. '그는 우리 가문 사람이다'라는 우리 가문의 명구(銘句)는 거기에서 유래하지. 우편에 황금으로 무장한 기사상, 좌편에 갈기 달린 사자상 조각(彫刻)과 마찬가지로, 그 명구는 필립 오귀스트'의 기마 시합에서 채택된 것이라네."

28

우리 시대의 문학 가운데 무엇보다 특히 이 이야기는 블롱데*에게 힘입은 바가 많은데, 그는 다음과 같은 말을 하고 있다.

"나는 일찍이 데그리뇽 양만큼 나의 상상력을 사로잡았던 여인을 만났던 기억이 없습니다. 실상 나는 대단히 젊었습니다. 어린애에 지나지 않았지요. 그녀가 나의 기억에 남긴 이미지가 생생한 색채를 띠는 것은 아마도 그 시기 우리를 신비로운 세계로 이끌던 성향 때문인지도 모릅니다. 내가 다른 아이들과 놀고 있던 산책로로 그녀가 자기 조카 빅튀르니앵을 데리고 오는 모습이 멀리서 보이면, 전기 작용이 무생물에 여러 가지 감각을 일으키듯, 나에게 강한 감동이 이는 것을 느꼈습니다. 내가 비록 어리긴 했지만, 나는 새로운 생명을 얻은 듯한 느낌이었습니다. 아르망드 양은 다갈색 금발 머리였고, 그녀의 두 볼은 은빛으로 반사되는 매우 섬세한 솜털로 싸여 있었는데, 나는 그녀의 얼굴 윤곽이 햇빛에 환히 밝혀지는 방향으로 자리 잡고서 그녀의 모습을 바라보는 것이 즐거웠습니다. 나에게 눈길이 닿을 때면 섬광이 빛나는, 그 꿈에 잠긴 듯한 에메랄드빛 두 눈의 매혹에 나는 빠져들었습니다. 아이들과 놀면서 나는 그녀 앞의 풀밭 위를 구르는 시늉을 했지만, 그것은 좀 더 가까이서 바라보기 위해 그녀의 예쁜 발에 다가가기 위한 노력이었습니다. 비록 그녀 허리의 우아함, 그녀 이마의 아름다움, 그녀 얼굴의 완벽한 타원형을 내가 제대로 알아본 것은 아니지만, 그녀의 부드러운 흰 얼굴빛과 섬세한 얼굴 윤곽, 순결한 이마의 선, 우아한 가는 허리는 나에게 놀라움을 자아냈습니다. 내 나이대 이유를 잘 모르는 채로 기도를 올리듯이 나는 그녀를 찬미했습니다. 뚫을 듯한 나의 시선이 마침내 그녀의 눈길을 끌어, 나에게는 다른 모든 목소리를 뒤덮는 듯 들리는 감미로운 음성으로 그녀는 나에게 이렇게 말을 거는 것이었습니다. '애야, 너 거기서 뭐 하고 있니? 왜 나를 그렇게 쳐다봐?' 그러면 나는 그녀에게로 가서, 몸을 꼬고 손가락을 깨물면서 얼굴을 붉히고는 '모르겠어요' 하고 말했습니다. 어쩌다 그녀가 하얀 손으로 내 머리칼을 만지며 나이를 물으면, 나는 달음질쳐 달아나면서 멀리서 '열한 살이요!' 하고 대답했습니다. 『천일야화』를 읽으며 왕비나 요정이 나타날 때면, 나는 그들에게 데그리농 양의 용모와 태도를 입히곤 했습니다. 내 미술 선생님이 고미술품에 나오는 머리 모양들을 복사하라고 시키면, 나는 그 모습들이 데그리농 양의 머리 모양처럼 그려지는 것을 알게 되었습니다. 후에 나이가 들자, 광적인 그 관념들은 하나씩 하나씩 사라져 갔습니다. 그러나 산책로에서 남자들이 아르망드 양에게 자리를 비켜 주기 위해 공손하게 흩어져서, 그녀의 긴 갈색 드레스의 펄럭임이 시야에서 사라질 때까지 망연히 바라보고 서 있을 때에도, 아르망드 양은 내 기억 속에 어렴풋이 하나의 전형으로 머물러 있었습니다. 그녀의 그윽한 형태, 한 줄기 바람에 이따금 포동포동한 살이 살짝 드러나 보이는, 풍성한 드레스 자락 너머로 내가 되찾아 보곤 했던 그녀의 그윽한 형태가 청년이 된 나의 꿈속에 되풀이 나타나는 것이었습니다. 그리고 더 나중에 가서, 인간 사고의 어떤 신비스러움에 대해 내가 정말로 심각하게 생각해 보았을 때에도, 존경의 감정이 나에게 고취되었던 것은 데그리뇽 양의 얼굴과 그녀의 태도 속에 표현되었던 감정에 의해서였다고 기억되는 것이었습니다. 내면에서는 불타오르지만 그 얼굴에 깃든 놀랄 만한 고요함, 품위 있는 동작, 완수된 의무의 성스러움이 나를 감동시켰고, 나를 압도했습니다. 어린아이들은 사람들이 생각하는 것 이상으로 눈에 보이지 않는 관념의 효과에 더 많은 영향을 받습니다. 어린아이들은 아름답기 때문에, 그리고 동일한 본성을 지닌 사물들 사이에는 신비로운 끈이 존재하기 때문에, 그들은 진정으로 위엄 있는 사람은 결코 비웃지 않으며, 진실된 매력에는 감동하고, 아름다움에 끌립니다. 데그리뇽 양은 나에게 하나의 종교였습니다. 오늘날에도 나의 미친 듯한 상상력은 아르망드 양을 봉건 시대의 정령처럼 그려 보지 않고서는 고대 장원의 나선형 계단을 결코 오르지 못합니다. 내가 옛 연대기들을 읽을 때면, 그녀는 내 눈에 유명했던 여인들의 특징을 띠고 나타나곤 합니다. 그녀는 번갈아 아녜스*가 되기도 하고, 마리 투셰*가 되기도 하며, 가브리엘*이 되기도 합니다. 나는 그녀가 표현하지 못하고, 그녀의 가슴속에서 사라져 간 사랑 전부를 그녀에게 투영해 봅니다. 유년기의 구름 속 같은 환상을 통해 얼핏 보았던 그 천상의 얼굴이 이제 내 꿈의 구름 더미 한가운데로 밀려옵니다."

독자 여러분은 육체적으로나 정신적으로나 충실한 이 초상화를 잘 기억해 두시라! 데그리뇽 양은 이 이야기에서 가장 교훈적인 인물 가운데 하나다. 그녀는 지성이 빠진 가장 순결한 덕성이 어떤 해를 끼칠 수 있는지를 여러분에게 가르쳐 줄 것이다.

1804년과 1805년에 걸쳐, 망명했던 가족의 3분의 2는 프랑스로 돌아왔고, 데그리뇽 후작님이 거주하던 지방의 거의 모든 가족도 조상의 땅에 다시 정착하게 되었다. 그러나 그 무렵 변절자들이 생겨났다. 일부 귀족들은 나폴레옹의 군대나 그의 궁정에 복무했다. 또 어떤 귀족들은 신흥 부자들과 혼인을 맺기도 했다. 제국의 움직임 속에 편입된 이들 모두는 황제의 재량에 의해 그들의 재산을 복구하고 숲을 되찾았으며, 다수는 파리에 머물렀다. 그러나 무너진 왕정에 대한 그들의 신념과 추방당한 귀족계급에 변함없이 충실했던 예닐곱 귀족 가문이 있었다. 로쉬-귀용 가문, 누아스트르 가문, 베르뇌유 가문, 카스테랑 가문, 투루아빌 가문 등등이었는데, 그들 중 어떤 이들은 빈한했고, 또 어떤 이들은 부유했다. 그러나 돈의 많고 적음은 중요하지 않았다. 고고학자에게는 글자와 얼굴 조각의 깨끗함과 주형의 연대에 비해 메달의 무게는 별로 중요하지 않은 것처럼, 그들에게는 혈통의 유래와 보존이 절대적인 가치였다. 이 가문들은 데그리뇽 후작을 지도자로 삼았고, 그의 집이 모임의 중심이 되었다. 거기서는 황제가 드 부오나파르테* 씨에 불과했고, 군주는 당시 미토*에 머물던 루이 18세였다. 거기서는 현이 여전히 주로 지칭되었고, 현청 소재지도 주도(州都)로 불렸다. 데그리뇽 후작의 감탄스러운 행동, 귀족다운 충성심과 대담함은 진정한 찬사를 불러일으켰다. 그의 불행한 모습과 함께 그의 꿋꿋함과 자기 견해에 대한 변함없는 그의 집착은 그 도시에서 모두의 존경을 받을 만했다. 그 찬탄할 만한 파멸은 파괴된 위대한 것들이 갖는 모든 존엄성을 지니고 있었다. 그의 기사도적 섬세함은 너무도 잘 알려져 있어 어떤 상황에서는 그가 소송인들에게 유일한 심판관으로 채택되었다. 당국자들이나 마찬가지로 제정 체제에 속한 예의 바른 사람들 모두는 후작 개인을 존중하는 것 못지않게 그의 편견에 대해서도 배려했다. 그러나 새로운 사교계의 대부분, 뒤 크루아지에를 은밀히 우두머리로 삼는 자들로서 왕정복고하에서 자유주의자라고 불리게 될 사람들은 그 귀족의 오아시스를 비웃었다. 나무랄 데 없이 어엿한 귀족이 아니고서는 그곳에 출입이 허용되지 않았던 것이다. 그곳에 대한 그들의 반감이 더욱더 컸던 이유는 품위 있는 다수의 시골 신사와 고급 관료들 중 일부가 데그리뇽 후작의 살롱을 유일한 고급 사교계로 간주하려고 했기 때문이었다. 황제의 시종장인 지사는 그곳에 출입하기 위해 여러 가지 술책을 썼다. 그는 그랑리외가 출신인 자기 아내를 겸손하게 그곳에 보냈다. 배제된 사람들은 지방의 그 작은 귀족 사회에 대한 증오심 때문에 데그리뇽 후작의 살롱에 '골동품 진열실'이라는 별명을 붙이게 되었다. 그들은 데그리뇽 후작을 카롤 씨라고 불렀고, 징세관은 그에게 통고문을 보낼 때면 언제나 괄호 속에 '전기(前記)의 데 그리뇽(des Grignons)'이라고 써서 보냈다. 철자를 데그리뇽(d'Esgrignon)이라고 쓰는 편이 존중하는 방식이었으므로, 성명을 기록하는 징세관식의 그 옛 방식은 짓궂은 우롱을 뜻하는 것이었다.

에밀 블롱데는 다음과 같이 얘기하고 있다.

"나의 유년기 추억을 모아 보면, 아르망드 양에 대한 나의 존경(아니 나의 사랑이라고 해야겠지만)에도 불구하고, 골동품 진열실이란 말은 언제나 나에게 웃음을 자아내게 했다는 사실을 고백해야겠습니다. 데그리뇽 저택은 도시에서 가장 출입이 빈번한 두 길에 면한 모퉁이에 자리 잡고 있어서, 살롱의 두 창문은 그 길 가운데 한 길로, 그리고 다른 두 창문은 다른 쪽 길로 향해 있었습니다. 시장의 광장은 저택에서 500보 떨어진 곳에 있었습니다. 당시에 그 살롱은 유리 상자와도 같아서, 거기에 눈길을 던지지 않고서는 아무도 그 도시를 오갈 수 없었습니다. 열두 살짜리 어린애였던 나에게 그 방은 항상 진기한 구경거리로 보였습니다. 후에 가서 생각해 보면, 그것은 현실과 환상의 경계선상에 있어서, 정작 어느 편에 더 가까운지 알 수 없는 것이었습니다. 예전에 법정이었던 그 살롱은 창살이 쳐진 환기창이 달린 지하실 한 층 위에 솟아 있었습니다. 지하실은 예전에는 지방의 범죄자들이 수감되어 있었지만, 당시에는 후작의 부엌으로 쓰였습니다. 너무도 멋지게 조각된 루브르의 으리으리하고 드높은 벽난로도 수박 껍질 모양으로 수놓은 후작 살롱의 거대한 벽난로를 처음 보았을 때 느꼈던 것보다 나에게 더 많은 놀라움을 일으키지는 않았습니다. 벽난로 위에는 환조(丸彫)로 제작되어 금박으로 둘레를 씌운 앙리 3세의 커다란 기마상이 놓여 있었습니다. (왕자 소유의 옛 공작령이었던 이 지방은 앙리 3세 치하에서 왕실 영지로 병합되었다.) 천장은 내부가 아라베

스크 문양으로 장식된 격자 무늬의 밤나무 대들보로 만들어져 있었습니다. 그 화려한 천장은 모서리에 금박이 입혀 있었지만, 도금은 거의 눈에 띄지 않았습니다. 플랑드르 장식 융단을 둘러 친 벽면은 솔로몬의 재판 장면을 나타내고 있었는데, 재판 장면 은 금박으로 수놓은 주신(酒神)의 지팡이들로 둘러싸인 여섯 점의 그림으로 이루어져 있었고, 그 그림에는 에로스와 사티로스 들이 노닐고 있었습니다. 후작은 이 살롱에 마루를 깔게 했습니다. 1793년에서 1795년 사이에 매각된 성들의 잔해 가운데에서, 공증인은 루이 14세 시대 취향의 콘솔 테이블들, 장식 융단비품, 테이블과 괘종시계들, 벽난로 용품, 촛대들을 취득했습니다. 이 물건들은 이 집 전체와 불균형을 이루는 그 거창한 살롱 을 기막히게 보완해 주었습니다. 다행히도 그 집에는 살롱과 같 은 층에 대기실이 남아 있었는데, 대기실은 혁명 전 상급 재판 소의 옛 홀로 이제는 식당으로 변한 심의실과 맞닿아 있었습니다. 더 이상 존재하지 않는 시대의 퇴물인 이 낡은 장식판 아래 제일 앞줄에는 열 명 안팎의 늙은 부인네가 움직이고 있었는데, 어떤 이들은 머리를 흔들어 대고, 또 어떤 이들은 미라처럼 메 마르고 시커먼 형상이었습니다. 어떤 이들은 뻣뻣하고, 어떤 이 들은 구부정한 그 여인네들 모두 유행과는 대조되는 다소 기이 한 모습의 옷차림을 하고 있었습니다. 머리칼을 묶고 분칠한 머 리를 한 여인네들, 리본 매듭을 맨 보네를 쓴 여인네들, 갈색 레 이스를 두른 여인네들도 있었습니다. 더할 나위 없이 우스꽝스 럽거나 더할 나위 없이 진지한 모습을 그린 그림이라 할지라도 이 여인네들의 종잡을 수 없는 시적 정취와 겨룰 만한 것은 전혀 없었습니다. 얼굴이나 차림새가 그녀들의 특징 중 어떤 것을 나에게 상기시키는 노파를 마주치게 되자마자, 살롱의 그 여인네들은 나의 꿈속에 되살아나고, 나의 추억 속에 얼굴을 찌푸리고 출현합니다. 그러나 불행에 의해 내가 고난의 비밀에 입문하게 되었다고 해도, 특히 회한을 포함해 인간의 모든 감정과 노경(老境)을 내가 이해하게 되었다 할지라도, 나는 그 어느 곳에서도, 죽은 자들에게서든 산 자들에게서든, 그녀들 몇몇의 잿빛 눈의 창백함, 새카만 눈의 소름 끼치는 생생함을 다시는 본 적이 결코 없습니다. 요컨대, 그 시대의 가장 음산한 두 가지 상상력의 표상인 매튜린'도 호프만'도 코르셋을 걸친 그 몸뚱이들의 기계적 동작이 내게 야기했던 것과 같은 공포심을 나에게 일으키지는 않았습니다. '배우들의 붉은색 분장도 그처럼 나를 놀라게 한 적은 전혀 없어. 내가 그 살롱에서 보았던 것은 고질적 붉은색, 타고난 붉은색이라고나 할 색깔이지' 하고 적어도 나만큼 장난기가 심했던 내 친구 하나가 얘기하곤 했습니다. 거기에서 움직이는 것은 주름살로 파인 납작한 얼굴들이었는데, 주름살은 꼭 독일에서 제조된 호두 까는 기구의 대가리와 흡사해 보였습니다. 창유리를 통해 내 눈에 들어온 것은 울퉁불퉁한 몸뚱이들, 내가 그것의 구성과 조직을 설명하려고 시도해 본 적이 없는 근뎅거리는 사지들, 매우 두드러진 네모난 턱들, 돌출한 뼈들, 우람한 허리들이었습니다. 나에게 그 여자들은 오가면서 움직일 때도, 카드놀이를 하면서 죽은 듯 부동자세를 유지할 때만큼이나 기괴해 보였습니다. 그 살롱의 남자들은 낡은 장식 융단의 바랜 잿빛 색깔처럼 보였고, 그들의 삶은 우유부단함에 사로잡혀 있었지만, 그들의 복장만은 당시에 통용되는 복장에 상당히 근접해 있었습니다. 단지 그들의 백발, 그들의 시든 얼굴, 그들의 밀랍 같은 안색, 허물어진 그들의 이마, 창백한 눈빛이 그들 모두에게 복장의 현실성이 소멸되는 같은 살롱의 여자들과 유사성을 보이고 있었습니다. 똑같은 시각에 변함없이 식탁에 자리 잡고 있거나 의자에 앉아 있을 그들을 발견하게 되리라는 확신은 결정적으로 내 눈에 그들이 무언가 극적이고, 화려하고, 초현실적인 모습처럼 보이게 했습니다. 나중에 파리, 런던, 빈, 뮌헨의 유명한 왕실 가구 박물관에 들어가서 늙은 관리인들에게 지난 시대의 화려한 물품들을 안내받을 때마다 나는 골동품 진열실의 얼굴들로 그곳을 채워 보지 않고서는 그대로 지나칠 수가 없었습니다. 여덟 살에서 열 살짜리 초등학생이었던 우리는 놀이 삼아서, 유리 상자 속의 그 진기한 구경거리를 보러 가자고 종종 서로에게 제안했습니다. 그러나 그윽한 아르망드 양이 눈에 띄자마자, 나는 소스라쳤고, 질투의 감정을 느끼며 매력적인 아이였던 빅튀르니앵을 찬미했습니다. 우리 모두는 그 아이에게서 우리보다 우월한 천성을 예감했습니다. 제시간이 되기 전에 깨어난 이 묘지 가운데에서, 젊고 신선한 그 존재는 무언가 야릇한 느낌으로 우리에게 강렬한 인상을 남겼습니다. 우리는 이런 생각을 정확히 이해하지는 못한 채, 이 으리으리한 궁정 앞에서 우리 자신을 왜소한 부르주아로 느꼈습니다."

나폴레옹을 무너뜨린 1813년과 1814년의 파국은 골동품 진열실의 주인들에게 생기를 되돌려 주었고, 특히 그들의 옛 위업을 되찾을 수 있다는 희망을 품게 해 주었다. 그러나 1815년의 사건˚, 불행한 외국 군대의 점령, 그리고 그 후 정부의 동요는 블롱데가 너무 잘 묘사한 바 있는 그 인물들의 희망을 드카즈˚ 씨의 실각 때까지 연기시켰다. 그러므로 이 이야기는 1822년에 이르러서야 일관된 안정의 모습을 갖게 되었다.

　1822년에는, 왕정복고가 망명자들에게 혜택을 가져다주었음에도, 데그리뇽 후작의 재산은 증가하지 않았다. 혁명적 법률에 의해 타격을 입은 모든 귀족 가운데, 이보다 더 가혹한 취급을 받은 사람은 아무도 없었다. 1789년 이전, 그의 소득 대부분은 몇몇 대귀족 가문에서 그렇듯, 자기 봉토의 종속 영지로부터 나오는 소유지 세로 이루어져 있었다. 그런데 영주들은 종속 영지에서 나오는 세를 증가시키기 위해 자기 봉토를 세분하려고 진력했던 것이다. 이런 경우에 처한 가문들은 회복할 어떤 가망성도 없이 파산했는데, 매각되지 않은 재산을 망명자들에게 반환해 주는 조치인 루이 18세의 칙령은 실상 그들에게는 아무것도 되돌려줄 수 없었던 것이다. 그리고 나중에 제정된 배상에 관한 법률˚도 그들에게 배상을 보장해 주지 못했다. 그들의 소멸된 권리는 '국유지'라는 명목하에 국가를 위해 복원되었다는 사실을 누구나 알고 있다. 후작은 필연적으로 왕당파라는 당파에 속했는데, 그 당파는 후작이 혁명가가 아니라 반역자라고 명명하는 사람들, 즉 의회제도의 관례에 따르면 자유주의자 또는 입헌주의자라고 불리는 사람들과 일절 타협을 원하지 않는 당파였다. 반대파에 의해 '급진 왕당파'라고 별명이 붙여진 이 왕당파들은 우파의 용감한 웅변가들을 지도자나 영웅으로 받아들였는데, 이들은 왕이 주최한 의회의 첫 회기부터, 폴리냑* 씨처럼 루이 18세의 헌장에 대해 이의 제기를 시도했다. 그들은 헌장이 시대의 필요에 따라 마지못해 채택된 나쁜 칙령으로서, 왕권이 반드시 되돌려 놓아야 할 것으로 간주했던 것이다. 그리하여, 루이 18세가 시행하기를 원했던 풍습의 개혁에 동참하기는커녕, 후작은 자신의 막대한 재산이 복구되기를 기다리면서, 순수 우파 진영에 요지부동의 자세로 태연히 머물러 있었다. 그는 빌렐르* 내각을 사로잡고 있던 배상에 대한 개념조차도 받아들이지 않았는데, 법의 제정에도 불구하고, 그때까지 유지되어 온 소유권 사이의 치명적 차별을 해소함으로써 왕좌를 공고히 해야 한다는 것이 그 개념이었다. 1814년 왕정복고의 기적, 1815년 나폴레옹의 복귀라는 더 큰 기적, 부르봉 왕가의 새로운 도피와 두 번째 복귀의 경이로움, 이러한 현대사에서 거의 믿기 힘든 국면은 예순일곱 살의 후작에게 놀라움을 야기했다. 혁명과 제정의 사건들로 인해 무너졌다기보다는 쇠진해 버린, 그 시대의 가장 자존심 강한 성격의 사람들은, 시골구석에 살면서 그들의 활동을 불굴의 열정적 이념으로 전환했다. 그들은 거의 모두 그곳에서 영위하는 삶의 무기력하고 미지근한 습관 속에 빠져 있었다. 당파의 이념이 이미 낡은 것으로 낙인찍혀 있는 판에, 그 당파가 노인네들에 의해 대변된다는 것 이상으로 더 큰 불행이 있을 수 있겠는가? 그런 데다가 정통 왕좌가 견고하게 자리 잡은 듯이 보이는 1818년에 이르자, 후작은 칠십객이 궁정에 나아가 무엇을 할지, 어떤 직책과 직분을 수행할 수 있을지 자문하게 되었다. 그리하여 자존심 강한 귀족이었던 데그리농은 왕정과 종교의 승리에 만족했다. 그는 단순히 하나의 휴전 상태와 같은, 이론의 여지가 있는 예기치 못한 승리의 결과가 어찌 될지 지켜보면서, 만족하며 지낼 수밖에 없었다. 그리하여 그는 골동품 진열실이라고 제대로 이름 붙인 자신의 살롱에서 계속 군림하며 지냈다. 왕정복고 치세에서, 1793년의 패배자들이 정복자들로 드러나자, 가벼운 조롱기가 섞였던 그 별명은 의미가 악화되었다.

당파 정신에서 발생한 증오심과 경쟁심으로부터 이 도시라고 해서 다른 대부분의 지방 도시 이상으로 보호될 수는 없었다. 일반적인 예상과 달리, 뒤 크루아지에는 처음에 그의 청혼을 거절했던 부유한 노처녀와 결혼하는 데 성공했는데, 더구나 그 도시 귀족계급 출신의 탕아가 그의 결혼 경쟁자로 나선 바 있었다. 경쟁자는 기사 작위를 가진 남자로서, 그 도시가 지켜온 옛 관례에 따라 그를 칭호로만 지칭한다면 그의 유명한 이름은 충분히 숨길 수 있을 것이다. 왜냐하면 궁정에서 다르투아 백작'이 '무슈'라고만 지칭되듯, 그 도시에서 그 사람은 '기사'라고만 지칭되었던 것이다. 이 결혼은 흔히 지방에서 벌어지는 식의 물불 안 가리는 싸움을 일으켰을 뿐만 아니라, 상층 귀족과 하층 귀족 사이의 분열, 부르주아 진영과 나폴레옹 치하 절대 권위의 압력하에서 한때 결속되어 있었던 귀족 진영 사이의 분열을 가속화하였다. 이 돌연한 분열은 그 고장에 많은 해를 입혔다. 프랑스에서 가장 국민적인 특성을 보이는 요소는 허영심이다. 상처받은 허영심의 집적이 그곳에서 평등에 대한 갈망을 일으켰다. 반면 뒤에 가서 가장 열렬한 개혁자들은 평등이 불가능하다는 사실을 발견하게 될 것이다. 왕당파들은 자유주의자들이 가장 민감해하는 부분의 핵심을 찔렀다. 특히 지방에서, 두 당파는 상호 간에 증오를 조장하고, 치욕스럽게 서로를 중상했다. 그리하여 자기 편으로 여론을 끌어오고, 그들을 무장시키는 데 능란한 자들에게 쉽게 몸을 맡기는 어리석은 하층민들의 표를 가로채기 위해 사람들은 정치 분야에서 더없이 음흉한 행위를 저질렀다. 이 싸움이 지방에서는 몇몇 개인들에게로 집약되어 표면화되었다. 정치적 적수로 서로를 증오하는 이 개인들은 곧 개인적인 적으로 변하였다. 수도에서는 일반적, 이론적 형태로 나타나는 문제나 이해관계에 대해 지방에서는 사람들이 몸을 부딪쳐 백병전으로 맞서지 않기가 어렵다. 수도에서는 이런 문제들에 대해 지지자들이 충분히 확산하기 때문에, 예를 들어, 라피트나 카지미르-프리에 씨가 드 빌레르 씨나 드 페로네 씨에게 인간적 존중심을 가질 수도 있는 것이다.* 라피트 씨가 장관들을 향해 발포하게 했을지언정, 만약 그 장관들이 1830년 7월 29일 피신해 왔다면, 그들을 자기 저택에 숨겨 주기라도 했을 것이다.* 방자맹 콩스탕은 루이 18세의 장관으로부터 어떤 혜택을 입었음을 고백하는 기분 좋은 서신을 동봉하여 드 샤토

브리앙 자작에게 종교에 관한 자신의 저작을 보낸 바 있다.* 파리에서는 사람이 체계를 이루는 반면, 지방에서는 체계가 사람이 된다. 항상 대치 상태에 있는, 줄기찬 정열의 인간들, 서로의 내면을 염탐하고, 서로의 말을 트집 잡고, 조금만 방심하면 6피트의 칼날을 옆구리에 쑤셔 박을 태세인 두 결투자처럼 서로를 살피고, 상대방이 정신을 팔도록 노리고, 가차 없는 도박꾼들처럼 증오심에 팔려 있는 인간들 말이다. 거기서는 당파에 타격을 가한다는 핑계하에 독설과 중상이 인간에게 타격을 가한다. 골동품 진열실에서는 공공연한 악의 없이 정중하게 이루어지지만, 뒤 크루아지에 저택에서는 야만인이 독화살을 사용하듯 그수법이 극단으로 치닫는 그 전쟁에서, 세련된 조롱과 재치의 이점은 귀족들 편에 있었다. 이 사실을 알아두시라. 모든 상처 가운데서 언어와 눈으로 행해지는 것들, 조소와 경멸은 치유 불능이다. 계층이 섞여 있는 살롱들을 떠나 기사가 귀족계급의 몽-사크레*로 몸을 피하게 된 순간부터, 그의 익살은 뒤 크루아지에의 살롱을 겨냥하게 되었다. 그는 복수의 정신이 골동품 진열실에 대항해서 뒤 크루아지에 살롱을 어디까지 끌어갈 수 있을지 알지 못한 채 전쟁의 불길을 당긴 것이다. 데그리뇽 저택에는 순수파들, 서로를 확신할 수 있는 충실한 귀족 남녀들만 출입했다. 그곳에서는 어떠한 부주의도 저질러지지 않았다. 좋든나쁘든, 옳든 그르든, 멋지든 우스꽝스럽든, 어떠한 담화나 개념도 일체 농담의 실마리가 되지 않았다. 자유주의자들은 귀족들을 희화화하기 위해 정치 행위를 문제 삼아야 했다. 반면에 중개자들, 행정관리들, 고위층 세력에 아부하는 모든 사람이 자유주의 진영과 관련해 많은 웃음거리를 제공하는 사실과 화제를 귀족들에게 가져다주었다. 생생하게 감지되는 이런 열등성이 뒤 크루아지에파 가담자들에게 복수의 갈망을 배가시켰다. 1822년에는 데그리뇽 후작이 귀족계급의 수장인 것처럼, 뒤 크루아지에가 현(縣) 산업의 우두머리로 자리 잡게 되었다. 그들 각자가 결국 한 당파를 대표하였다. 뒤 크루아지에는 드러내 놓고 순수 좌파 인사를 자처하는 대신, 어느 날엔가 221인'이 공식화할 견해를 공공연히 받아들였다. 그리하여 그는 자기 집에 법관들과 현의 행정과 금융계 인사들을 끌어모을 수 있었다. 골동품 진열실과 적어도 세력이 대등한 뒤 크루아지에의 살롱은 수적으로 우세하였고, 더 젊고, 더 활발하였으며, 현을 좌지우지하였다. 반면에 다른 쪽은 조용하였고, 권력에 부속된 것 같았다. 그 당파는 권력의 과오를 조장하였고, 심지어 왕정에 치명적인 어떤 과오들까지 요구하였으므로, 종종 권력을 난처하게 만들기도 했다. 자유주의자들의 지배에는 저항적인 경향의 현 내에서 자기 파 후보는 하나도 선출시킬 수 없었던 자유주의자들은 뒤 크루아지에를 일단 선임하고 나면 그가 순수 좌파에서 가능한 한 가까운 위치의 중도 좌파에 자리 잡게 될 것임을 알고 있었다. 뒤 크루아지에의 교신자들은 켈레 형제들로서, 세 명의 은행가였는데, 그들 중 맏이는 모든 자유주의파 신문들에 의해 유명해진 결사체인 좌파 19인 가운데서 빛나는 존재였다. 켈레 형제들은 루이 18세의 신임을 받는 입헌파 귀족원 의원 드 공드

르빌 백작과 동맹 관계로 밀착되어 있었다. 그리하여 뒤 크루아지에의 대리 입후보자가 다수표를 획득하기에 충분할 만큼 왕당파 표를 확보한다면, 반대파 입헌주의자들은 그 후보자에게 주기로 명백히 동의했던 자기 파의 표들을 마지막 순간에 거두어들일 준비가 되어 있었다. 데그리뇽 후작에 예속된 왕당파 고위 인사들에 의해 그의 행동이 놀라울 정도로 예측되고 분석되고 판단된 후보자인 뒤 크루아지에를 왕당파들은 선거 때마다 배격했으므로, 그 인물과 그 당파의 증오심은 갈수록 증가했다. 분파들의 상호 대립을 가장 심하게 부추기는 것은 고생 고생해서 친 함정이 무용지물이 되는 경우이다.

1822년에는, 왕정복고 첫 4년 동안 매우 격심했던 적대감이 좀 완화된 듯이 보였다. 뒤 크루아지에의 살롱과 골동품 진열실은 상호 간의 장단점을 파악한 후, 당파들의 신(神)이랄 수 있는 우연의 결과를 기다리고 있는 중인지도 모를 일이었다. 평범한 사람들은 왕권이 속아 넘어가고 있는 이런 외면적인 평온함에 만족하고 있었다. 그러나 뒤 크루아지에와 더 친밀하게 지내는 사람들은, 머리로만 살고 있는' 모든 이들에게서와 마찬가지로 뒤 크루아지에 그 사람에게서도, 복수의 열정이 특히 정치적 야망에 근거해 있을 경우에는 가혹하다는 사실을 알고 있었다. 전에는 데그리뇽 또는 기사의 이름만 들어도 얼굴이 붉으락푸르락해졌고, 골동품 진열실이라는 말만 나와도 몸을 부르르 떨었던 뒤 크루아지에가 지금은 미개인 같은 엄숙함을 꾸며 보였다. 그는 매 시간마다 더 깊이 증오하고 더 속속들이 살펴보는 자기의 적들을 향해 미소를 지어 보이는 것이었다. 그는 마치 승리를 체념하기라도 한 것처럼, 조용히 살기로 작정한 듯 보였다. 이런 냉정해진 분노의 계산을 보좌하는 사람들 가운데 하나가 법원장 뒤 롱스레 씨였는데, 그는 골동품 진열실에 출입하는 영예를 노렸으나 그것을 얻을 수 없었던 시골 신사였다.

공증인 쉐넬이 정성스럽게 관리하기는 했지만, 데그리뇽의 많지 않은 재산은, 전혀 호사스럽지는 않되 품위 있고 귀족답게 살아가기 위한 생활비로는 충분하지 못했다. 가문의 희망인 빅튀르니앵 데그리뇽 백작의 가정교사는 주교 예하가 보내 준 옛 오라토리오회 수도사로서 저택에 함께 거주하긴 했지만, 얼마간의 급료를 지불할 필요가 있었다. 요리사의 보수, 아르망드 양의 시녀, 후작님의 노(老)시종과 다른 두 하인의 보수, 교사 네 명의 식비, 전혀 소홀함 없이 지출하는 교육비 등은 아르망드 양의 절약과 쉐넬의 현명한 관리와 하인들의 애정 어린 헌신에도 소득을 완전히 빨아들였다. 늙은 공증인은 황폐한 성에 아직 아무런 수리도 할 수 없었다. 그는 새로운 농사법에 기인한 것이든, 1809년에 체결된 계약의 만기 시에나 결실을 보게 될 화폐 가치의 저하에 기인한 것이든 간에, 소득의 증가를 보기 위해서 이른바 좋은 시절이 끝나기를 기다리고 있었다. 후작은 살림살이의 세부 사항이나 자기 재산 관리에 전혀 아는 체하지 않았다. 주부들의 표현에 따르자면, '한 해의 수지타산을 맞추기' 위해 사용되는 그런 지나친 쩨쩨함을 밖으로 드러낸다는 것은 그에게는 청천벽력과 같은 짓일 것이다. 후작의 생애가 머지않아 종말에 다다를 것을 알기 때문에, 각자 자기 편견의 오류를 선뜻 내버리지 못하고 있었다. 궁정에서나, 국가에서나, 아무도 생각하지 않는, 그리고 도시의 성문이나 현의 몇몇 지역을 벗어나면 전혀 알려지지 않은 데그리뇽가의 위대함이 후작과 그의 지지자들 눈에는 온갖 광채로 빛나는 것이었다. 약탈당한 귀족들이 그들의 재산을 온전히 회복하고, 나아가 아름다운 후계자 빅튀르니앵이 국왕에게 봉사하기 위해 궁정에 출사할 수 있게 되고, 뒤이어 예전에 데그리뇽 가문의 남자들이 그랬던 것처럼, 나바랭, 카디냥, 뒥셀, 보세앙, 블라몽-쇼브리 같은 뛰어난 가문의 규수, 요컨대 귀족 신분, 부(富), 미, 지성과 성격의 모든 면에서 탁월한 처녀와 결혼할 수 있게 될 때는, 데그리뇽 가문은 빅튀르니앵이란 인물에게서 새로운 단계의 영화를 다시 전취하게 될 터였다. 오래 전부터 대(大)후작을 거물로 간주하는 데 익숙한 기사, 트레빌, 라로쉬-기용, 카테랑, 드 베르뇌유 공작 같은 사람들이 저녁에 데그리뇽 후작을 예방할 때면, 그들은 후작에게 환상에 젖은 그의 관념을 고취했다. 이런 신념에는 어떠한 허위도 섞여 있지 않았다. 프랑스 역사에서 지난 40년을 지워 버릴 수 있다면, 그 신념은 정당했을 것이다. 그러나 가장 존중받을 만한 공인(公認), 법의 가장 진실한 공인, 루이 18세가 그의 치세 스물한 번째 해의 헌장에 날짜를 새겨 기록하고자 했던 것과 같은 공인은 만인의 보편적 찬동에 의해서만 인정받아 존속하는 것이다. 데그리뇽 편에는 현행 정치 언어의 기초, 즉 현대 귀족계급의 두드러진 큰 특징인 돈이 결핍되어 있었다. 그들에게 결핍된 것은 또한 역사적 성격의 연속성, 즉 전쟁터에서와 마찬가지로 궁정에서도 통용되고, 의회의 연단에서처럼 외교계의 살롱에서도 통용되며, 모험담을 얘기할 때처럼 서책의 뒷받침으로도 통용되는 그런 명성이 결핍되어 있었다. 그것은 각각의 새로운 세대의 머리 위에 부어진 생트 앙풀*과 같은 명성인 것이다. 활동하지 않는 잊혀진 귀족 집안은 어리석고, 못생기고, 가난하고 얌전한 처녀 같은 존재, 즉 불행의 방위기점과 같은 존재다. 트레빌가 영애와 몽코르네 장군의 결혼*은 골동품 진열실을 환히 밝히기는커녕, 그 결혼으로 트레빌 가문이 이름을 더럽혔다고 선언한 데그리뇽의 살롱과 트레빌가 사이에 단절을 야기할 뻔했다.

이 모든 사람 가운데, 단 한 사람만이 그런 환상을 공유하지 않았다. 노(老)공증인 쉐넬의 이름을 굳이 언급해야 할까? 이제 세 사람으로 축소되어 있는 그 대가문에 대한 그의 절대적 헌신이 이 이야기에 의해 충분히 입증되었다 할지라도, 그리고 그가 이 모든 관념을 받아들이고 좋게 여긴다고 할지라도, 그는 대단히 양식 있는 사람이고, 현 내 대부분의 가족 사무를 너무나 잘 처리하고 있었기 때문에, 그는 보편적 정신의 큰 흐름에 따르지 않을 수 없었고, 산업과 현대적 풍속에 의해 이룩된 큰 변화를 인식하지 않을 수 없었다. 사건들을 기정사실로 만드는 관념의 조용한 작용에서, 옛 집사는 남녀노소를 무장시키고, 단두대를 세워 목을 자르고, 유럽의 여러 전투에서 승리를 쟁취한 불길과도 같은 1793년의 작용을 거친 대혁명을 보고 있었던 것이다.

개간과 파종 이후에 수확이 다가오고 있었다. 그에게 대혁명은 새로운 세대의 정신을 빚어낸 사건이었고, 그는 수많은 상처의 밑바닥에서 사실을 감지했으며, 그 사실이 돌이킬 수 없이 완성되어 있음을 알고 있었다. 잘려 나간 왕의 목, 처형당한 왕비, 귀족 재산의 분할이 그가 보기에는 너무나 많은 이해관계를 묶어 주는 약속의 끈을 이루기 때문에, 이해관계자들이 그 결과를 공격당하도록 내버려 두지 않을 것 같았다. 쉬넬은 분명하게 보고 있었다. 데그리뇽 가문에 대한 그의 열광적 믿음은 맹목적이지 않되 전적인 것이었는데, 그 때문에 그를 더 훌륭해 보이게 했다. 젊은 수도승에게 천국의 천사들을 보게 만드는 신앙심은 그에게 천사들을 보여 주는 노수도승의 역량보다는 한결 못한 것이다. 옛 집사는 노수도승과 흡사했다. 그는 벌레 먹은 성궤(聖櫃)를 지키기 위해서 목숨이라도 바쳤을 것이다. 때로는 조롱하는 형식을 사용하여, 또 때로는 놀라움이나 괴로움을 가장하여, 그가 자신의 옛 주인에게 극도로 조심스럽게 새로운 세태를 설명하고자 애쓸 때마다, 그는 후작의 입술에서 예언자의 미소를 보게 되거나, 그런 광기는 다른 모든 광기처럼 흘러가고 말 것이라고 확신하는 후작의 마음을 읽을 수 있었다. 몰락의 이 고귀한 챔피언들이 자기들의 신념 가운데서 완강히 버티도록 일련의 사태가 얼마나 큰 도움을 주었는지 주목해 본 사람은 아무도 없었다. 노후작이 위압적인 태도로 다음과 같이 말할 때 쉬넬이 뭐라고 대답할 수 있겠는가. "신(神)은 부오나파르테, 그자의 군대와 새 가신들, 그자의 왕좌와 그자의 거창한 구상을 쓸어 버리셨네! 신은 나머지 것으로부터도 우리를 해방시켜 주시겠지!" 쉐넬은 "신은 프랑스를 쓸어 버리려고 하지는 않을 것입니다!"라고 감히 대꾸하지는 못한 채, 쓸쓸하게 고개를 숙일 뿐이었다. 그들 두 사람 모두 장려한 모습이었다. 한 사람은 알프스 계곡의 심연에 우뚝 솟은 이끼 긴 고대 화강암의 편린처럼 사실의 격류에 맞서 몸을 일으켜 세운 모습이었고, 다른 한 사람은 물의 흐름을 관찰하면서 그것의 활용을 생각하는 모습이었다. 빅튀르니앵 데그리뇽 백작의 정신과 품성과 앞으로의 관념에 이런 완고한 옛 신조가 미치는 치유할 길 없는 폐해를 주시하면서 착하고 존경할 만한 공증인은 한탄을 금치 못했다.

고모와 아버지가 애지중지하여 키운 어린 상속자는 말뜻 그대로 응석받이였고, 부성애와 모성애의 환상을 입증하는 존재이기도 했다. 그의 고모가 그 아이에게는 진짜 어머니와 같은 역할이었던 것이다. 그러나 처녀가 아무리 애정이 깊고 용의주도하다 해도, 무언가 어머니다움은 언제나 부족하게 마련이다. 어머니로서의 통찰력은 결코 저절로 획득되지 않는다. 아르망드 양과 빅튀르니앵의 관계처럼 자신의 유아와 그렇게 순결하게 결합되어 있을 경우, 고모는 어머니와 마찬가지로 아이를 사랑할 수 있고, 어머니와 마찬가지로 조심성 많고, 착하고, 섬세하고, 너그러울 수는 있다. 그러나 그녀는 어머니와 같은 절도와 임기응변을 갖추고 엄격하지는 못할 것이다. 그녀의 가슴은 어머니와 같은 그런 급작스러운 경고, 그런 불안한 환각은 갖지 못할 것이다. 어머니에게는, 아이가 어머니에게 매어 있는 신경

또는 정신의 끈이 비록 끊긴다 해도, 그 끈이 아직 진동하고 있고, 아이와 항상 소통되는 그 끈은 일체의 고통의 충격을 받아들이며, 아이의 어떠한 행복에 대해서도 자기 자신의 삶의 사건에 대해서처럼 소스라치는 것이다. 물리적으로 말해서, 자연이 여자를 중립적* 토양으로 간주한다고 할지라도, 자연은 어떤 경우에는, 여자로 하여금 자신을 자신의 소생(所生)과 완전히 동일시하는 것을 막지 못한다. 정신적 모성이 자연적 모성과 결합할 때, 여러분은 설명할 수 없다기보다 설명되지 않은 그 감탄할 만한 현상, 즉 모성을 선호하게 되는 현상을 보게 될 것이다. 그러니까 이 이야기의 파국은 어머니는 대치될 수 없다는 익히 알려진 그 진실을 다시 한번 증명한다. 불행이 닥쳤을 때라도, 아르망드 양 같은 처녀가 그것을 받아들이기 훨씬 전부터, 어머니는 그 불행을 예측하는 것이다. 후자는 재난을 예측하고, 전자는 그것을 치유한다. 처녀의 인위적 모성은 아름다운 소년을 너무나 맹목적으로 애지중지하기 때문에 그 아이를 질책할 수 없는 것이다.

생활의 실천과 사무의 경험이 늙은 공증인에게 모성의 예감에까지 이르게 하는 관찰력에 기반한 예리한 경계심을 부여해 주었다. 그러나 특히 데그리뇽가의 규수와 뒤 크루아지에 사이에 그가 꺼낸 적 있는 혼담 건으로 일종의 실총(失寵)을 겪은 이후부터 그 집안에서 위치가 미미해졌기 때문에, 그는 그때 이후로 그 가족의 원칙을 무조건 따르기로 내심 작정하고 있었다. 죽음을 각오하고 자기 위치만 충실히 지키는 단순한 병졸처럼,

그의 의견은 폭풍우가 몰아치는 가운데에서조차 결코 경청될 수 없었다. 왕과 그의 딸이 바닷가의 밀물에 갑자기 빠졌을 때 마침 그곳에 있었던『골동품 상인』의 인물인 왕의 거지처럼*, 우연이 그를 폭풍우 속에 있게 하지 않는 한 말이다.

그 젊은 귀족이 받은 교육의 오류에서 뒤 크루아지에는 가혹한 복수의 가능성을 감지했다. 앞에서 막 인용한 저자의 멋진 표현에 따르자면, 그는 어린 양을 그 어미의 젖 속에 빠트려 익사시킬 희망을 품은 셈이었다. 이 희망은 그에게 과묵한 인종(忍從)을 고취했고, 그의 입술에 야만인의 미소를 머금게 했다.

어떤 개념이 그의 머릿속에 들어올 수 있게 되자마자, 빅튀르니앵 백작에게는 우월성의 신조가 주입되었다. 왕 이외에, 왕국 내의 모든 영주는 그와 동격이었다. 그에게는 귀족계급 아래로는 하급자들뿐으로서, 그는 그들과는 아무런 공통점도 없고, 그들에 대해서 그는 아무런 연계도 없으며, 그들은 어떠한 고려도 필요없는 패배하고 정복당한 적들로서, 그들의 의견은 귀족과는 아무런 관계도 없고, 그들 모두는 귀족을 존경해야만 했다. 어린이와 젊은이를 선과 악의 최종적 결과로까지 이끄는 엄격한 논리에 부추겨져서, 빅튀르니앵은 불행하게도 이런 견해를 극단으로 밀고 나갔다. 게다가 그는 자신의 외면적 이점에 의해 이런 믿음에 대한 확신에 빠졌다. 기막힌 미모를 타고난 아이로서, 그는 아버지가 아들에게 바랄 수 있는 가장 완벽한 젊은이가 되었다. 중키였지만 몸매가 단단한 그는 날씬하고 섬세한 외모였지만 아주 근육질이었다. 그는 데그리뇽 가문의 반짝이는 파란 눈, 섬세하게 빚어진 매부리코, 완벽한 타원형 얼굴, 잿빛이 도는 금발, 흰 안색, 우아한 거동, 맵시 있는 수족, 위로 젖혀진 듯한 날씬한 손가락, 두드러진 발과 손목의 관절, 사람에게나 말에게나 순수한 혈통을 나타내 보이는 멋지고 날렵한 윤곽선을 지니고 있었다. 모든 종류의 육체적 훈련에 능란하고 민첩한 그는 피스톨 사격을 놀랄 만큼 잘했고, 생-죠르주'처럼 검술에 능했으며, 편력의 기사처럼 말을 잘 탔다. 올바른 개념에 근거한 것이든, 미의 과도한 효과에 근거한 것이든 간에, 그는 부모가 자기 자식의 외양에 대해 내세울 수 있는 모든 허영심을 만족시킬 수 있는 그런 아이였다. 귀족 신분의 특전과 흡사한 특전인 아름다움은 일부러 얻어질 수 있는 게 아니다. 그것은 도처에 알려져서, 흔히 재산과 재능 이상으로 가치가 있으며, 모습을 드러내기만 하면 승리를 거두고, 그저 존재하는 것 이상의 다른 어떤 것이 필요하지 않다. 귀족 신분과 아름다움이란 두 가지 큰 특전 이외에도, 운명은 빅튀르니앵 데그리뇽에게 열렬한 정신, 무엇이든 이해할 수 있는 경이로운 능력, 뛰어난 기억력을 부여해 주었다. 그의 교육은 어려서부터 완벽했다. 그는 지방의 보통 젊은 귀족들보다 훨씬 더 박식했다. 그들은 사냥꾼, 흡연자, 대단히 탁월한 지주가 되기는 했지만, 과학, 문학, 예술, 시 같은 것은 아주 기사답게 취급해서, 그런 분야에서 재능이 뛰어나다는 것은 그들의 기분과 맞지 않았던 것이다. 그런 타고난 재능과 교육으로 양성된 능력은 어느 날엔가 데그리뇽 후작의 야망을 실현하기에 충분할 만한 것이었다. 만약 빅튀르니앵이 군인이 되기를 원한다면 후작은 자기 아들이 프랑스의 총사령관이 될 것으로 생각했고, 만약 그가 외교에 끌린다면 대사가 될 것으로, 행정 분야가 그를 반긴다면 장관이 될 것으로 생각했다. 국가의 모든 것이 그의 소유인 것으로 보였다. 요컨대 아버지의 자만에 찬 생각으로는, 백작이 데그리뇽 가문 출신이 아니라 할지라도, 그는 자기 자신의 가치만으로 모두 헤쳐 나갈 수 있을 것 같았다. 이 행복한 유년기와 유복한 청소년기는 그의 욕망에 어떠한 장애도 초래하지 않았다. 빅튀르니앵은 집안의 왕이었고, 이 어린 왕자의 의지를 억제할 사람은 아무도 없었다. 자연히 그는 왕자처럼 이기적이고, 중세의 더없이 혈기왕성한 추기경처럼 고집불통이고, 무례하고 방약무인해졌다. 그런 악덕을 사람들은 귀족의 본질적인 자질로 여기면서 신성시하는 경향이 있다.

기사는 백발의 총사(銃士)'들이 파리의 극장들을 유린하고, 야간 순찰대와 수위들을 때려눕히고, 시동 놀이 같은 수많은 짓궂은 장난을 쳐도, 사태가 재밌게만 돌아가면 왕의 입술에 미소가 떠오르던 좋은 시절에 속한 사람이었다. 이 매혹적인 유혹자, 뒷골목의 옛 용사는 이 이야기의 불행한 전말에 큰 영향을 끼쳤다. 자기를 이해할 수 있는 사람을 아무도 발견할 수 없었던 이 상냥한 노인네는 빅튀르니앵에게서 그의 청춘을 상기시키는 어린 싹 포블라'의 찬탄할 만한 얼굴을 만나게 된 것을 몹시 기뻐했다. 시대의 차이를 감안하지 않고, 루이 15세 치세의 일화들을 떠벌이고, 1750년의 풍속을 찬양하거나, 환락가의 통음난무, 화류계 여자들을 위해 베푼 무분별한 짓거리들, 빚쟁이들을 골탕 먹인 못된 장난 등, 요컨대 당쿠르*의 희극과 보마르쉐*의 풍자에 소재를 제공한 도덕률 일체를 얘기하면서, 기사는 그 젊은 영혼 속에 백과전서파 탕아들의 원칙을 되는 대로 주입했다. 불행히도 극도의 우아함 아래 감춰진 이런 타락이 볼테르유의 재치인 것처럼 보였다. 때때로 지나치게 정도가 심해지면, 기사는 귀족이 언제나 지켜야 할 상류 사교계의 법칙을 일종의 중화제처럼 내세웠다. 빅튀르니앵은 이런 모든 변설 가운데서 자신의 정열에 영합하는 것만을 알아보았다. 그는 우선 자신의 노부(老父)가 기사와 어울려 웃고 있는 모습을 보는 데 익숙했다. 두 노인은 데그리뇽 출신의 타고난 오만을 일체의 부적절한 것을 막아 주는 아주 강력한 장벽으로 생각했으며, 데그리뇽가 출신이 명예에 어긋나는 어떤 짓을 할 수 있으리라고는 집안의 아무도 상상할 수 없었다. 그 가족의 모든 가슴속에 등불처럼 박혀 있는 군주제의 대원칙인 **명예가** 아무리 사소한 행동이라도 비춰 주었고, 데그리뇽가 사람들의 아무리 사소한 생각이라도 고쳐시켜 주었다. '데그리뇽 가문 출신은 이러저러한 일을 해서는 안 되며, 그는 미래를 과거와 굳게 결속시키는 가문의 이름을 지닌다'는 것이 귀족계급을 존속시킬 단 하나의 아름다운 교훈이었다. 이것은 노후작, 아르망드 양, 쉐넬, 그리고 저택의 손님들이 빅튀르니앵의 유년기를 길들인 후렴구와 같은 말이었다. 이렇듯, 이 젊은 영혼 속에는 선악이 동등한 힘으로 현전(現前)해 있었다.

열여덟 살이 되어, 빅튀르니앵이 시내의 사교계에 나갔을 때, 그는 외부 세계에서 데그리뇽 저택의 내부 세계와 대조되는 부분에 주목했지만, 그 원인을 찾아보려고는 하지 않았다. 원인은 파리에 있었다. 그는 저녁에 자기 아버지 집에 찾아오는 사람들의 생각이나 말투가 아무리 대담하다 해도, 이해관계의 상충으로 새로 길을 터야만 하는 적을 대할 때는 그들이 대단히 신중하다는 사실을 아직 모르고 있었다. 그의 아버지는 솔직한 말투를 터득한 사람이었다. 칠십 노인의 말에 반박하고 나설 사람은 아무도 없었던 데다, 격심하게 특권을 박탈당한 노인에게는 구질서에 대한 충실성을 누구나 기꺼이 인정해 주는 편이다. 겉모습에 속아, 빅튀르니앵은 그 도시의 부르주아지 전체와 등을 돌리는 식으로 행동했다. 사냥할 때 그는 혈기 때문에 장애를 지나치게 극단으로 밀고 나가, 심각한 소송에 봉착되는 일도 생겼는데, 그러면 쉐넬이 돈의 힘으로 무마했고, 후작에게는 감히 아무도 그 일을 얘기하지 못했다. 성 루이 자손'의 치세하에서, 자기 아들이 자기의 토지, 자기의 영지, 자기의 숲에서 사냥하다가 소송당한 사실을 만약 데그리뇽 후작이 알게 되었다면, 그의 놀라움이 어떠했을지 생각해 보시라! 쉐넬은 이런 비참함을 그분이 알게 될 경우 뒤따를 수 있는 사태를 사람들이 너무 두려워했다고 말했다. 시내에서 젊은 백작은 기사가 사랑놀이로 취급하는 몇 가지 다른 탈선도 벌였는데, 그것은 분별없는 결혼 약속으로 유혹당한 처녀들에게 쉐넬이 지참금을 지불해야 하는 결과를 빚어냈다. 법전에서 '미성년자 유괴'라고 지칭되는 다른 소송 건들도 있었는데, 쉬넬의 신중한 개입이 없었다면, 새로운 사법 체계의 난폭함 때문에 젊은 백작이 어디로 끌려갔을지 모를 일이었다. 부르주아적 사법제도에 대한 이런 극복 사례들이 빅튀르니앵을 더 대담하게 만들었다. 이런 곤경에서 빠져나오는 데 익숙해진 젊은 백작은 희롱기 섞인 장난 앞에서 전혀 물러서지 않았다. 그는 법정을 자신에게는 전혀 영향력이 없는, 민중에게 겁을 주는 허수아비 정도로 여겼다. 평민이라면 비난받았을 일이 그에게는 허용될 수 있는 재밋거리였다. 이런 행위, 이런 성격, 귀족 규범의 준칙에만 복종하고 새로운 법을 무시하는 이런 경향은 뒤 크루아지에 당파에 속한 몇몇 능란한 인사들에 의해 검토되고, 분석되고, 시험되었다. 이러한 사실들에 기대어, 그 사람들은 자유주의에 대한 비방이 분명히 나타나고 있으며, 순수한 상태의 구질서로의 복귀가 정부 정책의 근저에 도사리고 있다고 민중에게 믿게 했다. 그들로서는 자기들 주장의 증거를 반이라도 쥐고 있는 것이 얼마나 다행스러운 일인가! 법원장 뒤 롱스레는 검사장과 마찬가지로 사법관의 의무와 양립하는 모든 조건에 놀랄 만큼 잘 부응했다. 지나치게 폭넓은 양보에 대해서 자유주의파가 항변하게 만드는 것을 다행스러워하면서, 그는 정도 이상 계산적으로 그 조건에 영합했다. 이처럼 그는 겉으로는 데그리뇽가를 섬기는 척하면서, 실상은 데그리뇽가에 반하는 열정을 부추기고 있었다. 이 배신자는 엄연한 사실에 뒷받침되고 여론의 지지를 받을 경우에는 개제에 맞게 청렴해 보이려는 속셈을 품고 있었다. 백작의 좋지 못한 성향은 그의 수행원을 이루는 두세 명의 젊은이에 의해 불성실하게 조장되었다. 그들은 백작에게 아첨해서 그의 호의를 샀고, 귀족이 반세기 동안 극도의 조심성을 기울여서야 겨우 자신의 힘을 유지할 수 있었을 그런 시대에, 귀족의 지배권에 대한 백작의 믿음이 공고해지도록 애씀으로써, 그의 비위를 맞추고, 그의 관념에 순응했다. 무분별함으로 인해 모든 것이 위험에 빠지게 될 경솔한 젊은이에 대한 데그리뇽 가문 사람들의 나약함의 결과로, 가문이 마지막 비참의 지경에 봉착해, 가문의 성이 무너지고, 가문의 토지가 경매에 부쳐져 분할 매각되는 꼴을 보게 되기를 뒤 크루아지에는 희망했다. 그는 그 이상으로 나아가지는 않았다. 뒤 롱스레 법원장처럼 그는 빅튀르니앵이 달리 법적 실마리를 제공할 것으로는 생각하지 않았던 것이다. 그런 데다가 이 두 사람의 복수는 빅튀르니앵의 지나친 자부심과 쾌락에 대한 그의 탐닉에 의해 더 촉진되었다. 열일곱 살 난 젊은이인 뒤 롱스레 법원장의 아들은 선동자 역할에 대단히 잘 어울렸는데, 그는 백작의 동반자인 동시에 가장 위험한 추종자였다. 뒤 크루아지에는 새로운 부류의 이 스파이를 싼값으로 이용했고, 미남 귀공자의 덕성을 몰아내도록 그를 기막히게 조련했다. 뒤 크루아지에는 제 먹잇감의 나쁜 성향을 조장하는 재주를 부리도록 그를 조종하는 동시에 또 그를 비웃었다. 파비앵 뒤 롱스레는 시샘 많고 총기 있는 젊은 궤변쟁이로서 그에게는 그런 술수가 안성맞춤이었다. 그는 지방에서 재사들이 맛보기 힘든 고도의 재미를 그런 술수를 부리는 데서 찾아냈다.

열여덟에서 스물한 살까지 빅튀르니앵은 가엾은 공증인에게 거의 8만 프랑의 돈을 쓰게 했는데, 아르망드 양이나 후작에게는 그 사실이 알려지지 않았다. 소송을 무마하는 데 이 금액의 반 이상이 들었고, 젊은이의 낭비에 나머지 돈이 쓰였다. 후작의 1만 리브르의 연수입 가운데 5천은 집의 유지비로 필요했다. 절약해 쓰는 아르망드 양의 생활비와 후작의 생활비에 2천 프랑 이상이 사용되었으므로, 멋쟁이 추정 상속인의 연 급여는 100루이에 미치지 못했다. 적당한 체면치레만 해도 2천 프랑이 가당키나 한 액수인가? 몸치장만으로도 그 액수가 들어갔다. 빅튀르니앵은 속옷, 예복, 장갑, 향수 용품을 파리에서 주문하게 했다. 그는 영국산 멋진 승마용 말 한 필과 마차용 말 한 필, 이륜마차 한 대를 원했다. 뒤 크루아지에 씨가 영국산 말 한 필과 이륜마차 한 대를 소유하고 있었다. 귀족 신분이 부르주아지에게 눌리는 신세가 되어야 할 것인가? 나아가 젊은 백작은 가문의 제복을 갖춰 입은 마부 하나를 원했다. 시와 현과 청년층에 본보기가 되는 데 기분이 들떠, 그는 잘생기고 총명한 젊은이들에게 아주 잘 어울리는 환상과 사치의 세계에 빠져들었다. 쉐넬은 옛 고등법원처럼 건의권도 행사하지 않고, 천사와 같은 다정함으로 그 모든 것을 제공했다.

피 흐르는 상처에 공증인이 막대한 금액의 돈을 처바를 때마다, '너무나 착한 사람이 저렇게 권태로운 인물이라니 참 유감이군!' 하고 빅튀르니앵은 생각했다.

홀아비에 자식도 없는 쉐넬은 자기 옛 주인의 아들을 자신의 가슴속에 입양하고서, 아름답고, 잘 차려입고, 만인의 선망의 대상인 그가 단춧구멍에 장미꽃을 꽂고, 손에는 채찍을 들고, 이륜마차의 이중 쿠션 위에 걸터앉아 시의 대로를 지나는 모습을 보며 즐거워했다. 트루아빌 댁, 현청 소재지의 드 베르뇌유 공작 댁, 또는 총괄 징세 청부인 댁 같은 데서 도박하다가 돈을 잃는 등 긴급한 필요에 봉착하여, 빅튀르니앵이 가라앉은 목소리와 불안한 눈초리로 아양 섞인 태도를 짓고, 뒤 베르카유가의 허술한 집으로 그의 구세주인 노공증인을 찾아오면, 노인이 모습을 드러내며 변한 음성으로 묻는 것이었다.

"그런데 백작님, 웬일이세요, 무슨 일이 일어났습니까?"

중요한 경우에는, 빅튀르니앵은 우울하고 몽상에 젖은 태도로 자리에 앉아 애교를 떠는 모습으로 질문을 받았다. 그처럼 지속적인 낭비의 여파를 두려워하기 시작한 호인에게 더없이 큰 불안을 안겨 주고 나서, 그는 1천 프랑짜리 어음으로 청산한 작은 과실을 고백하는 것이었다. 쉐넬은 그의 공증인 사무실 이외에도, 약 1만 2천 리브르의 연수입을 갖고 있었다. 이 밑천은 무진장한 것이 아니었다. 이미 탕진된 8만 프랑은 후작이 그의 아들을 파리에 보낼 때를 위해, 또는 어떤 좋은 혼사를 돕기 위해 마련해 두었던 쉐넬의 저축금이었다. 선견지명이 있는 쉐넬은 빅튀르니앵이 면전에 없을 때에는 후작과 그의 누이동생이 품고 있는 환상을 하나하나 잃어 갔다. 그 아이에게 행동의 절제가 전적으로 결여된 것을 인식하게 되자, 그는 그 아이를 현명하고 신중한 어떤 귀족 처녀와 결혼시키기를 바랐다. 빅튀르니앵이 전날 약속했던 것과 반대되는 행동을 다음 날에 하는 것을 보고, 쉐넬은 어떻게 한 젊은이가 그처럼 올바르게 생각하고 또 그처럼 나쁘게 행동할 수 있는지 의아해했다. 그러나 자신의 잘못을 고백하고 후회하고 나서 다시 잘못을 되풀이하는 젊은이들에게는 기대할 만한 좋은 것이 전혀 없는 법이다. 군건한 성격을 지닌 사람들은 자신에게만 자기들의 잘못을 고백하고, 그에 대해 스스로를 벌한다. 나약한 자들은 가장자리를 따라가기가 너무 어렵다고 생각하고서, 바퀴 자국 속에 다시 빠져버린다. 빅튀르니앵에게는, 그의 동료들 및 그의 습관이 함께 나쁜 영향을 미친 것과 동시에, 유사한 부류의 후견자들이 위대한 인물들의 특징인 비밀스러운 자부심의 용수철을 약화해 놓았기 때문에, 위젠느 공, 프레데릭 2세, 나폴레옹 같은 큰 인물들을 양성한 역경과 궁핍의 상황을 단련을 위한 기회로 활용해야 할 인생의 시기에, 빅튀르니앵은 갑자기 향락주의자의 나약함에 다다른 셈이었다. 쉐넬은 빅튀르니앵에게서 제어되지 않는 향락의 격정을 얼핏 감지하곤 했는데, 그것은 큰 재능을 타고난 사람들의 속성일지도 모르겠다. 그런 사람들은 피곤한 재능의 행사를 그와 동등한 쾌락의 보상으로 균형 잡을 필요성을 느끼기도 하겠지만, 그런 류의 보상은 오직 향락에만 능한 사람들을 나락으로 이끄는 것이다. 노인은 때때로 불안에 사로잡혔다. 그러나 또 때로는 그 젊은이를 그토록 뛰어나 보이게 만드는 심오한 기지와 폭넓은 정신이 그를 안심시켰다. 어떤 일탈의 소문이 귀에 이를 때면 후작이 하는 말, "젊음이 지나가야만 해!"란 말을 그도 혼자 중얼거렸다. 쉐넬이 빚을 지는 젊은 백작의 성향을 기사에게 불평할 때면, 기사는 빈정거리는 태도로 코담배 한 줌을 뭉치면서 그의 말에 귀를 기울였다. 그러고는 쉐넬에게 이렇게 대꾸하는 것이었다. "친애하는 쉐넬, 도대체 공적 부채가 무엇인지 나한테 설명 좀 해 보시오. 제기랄! 프랑스가 빚을 진다면, 빅튀르니앵이 빚을 지지 못할 이유가 어디 있소? 언제나 그렇듯 오늘날에도 제후들은 빚을 지고, 모든 귀족도 빚을 지오. 혹시라도 빅튀르니앵이 당신에게 절약한 돈을 가져오기를 바라는 것이오? 우리의 위대한 리슐리외', 귀족계급을 말살한 파렴치한이니까 추기경 리슐리외 말고, 원수(元帥) 리슐리외 말씀인데, 그가 리슐리외가의 마지막 인물인 자기 손자 드 쉬농 대공이 자신의 유흥비를 대학에서 다 소비하지 않았다고 말했을 때, 뭐라고 했는지 아시오?"

"모릅니다, 기사님."

"그분은 창문으로 마당 청소부한테 지갑을 던져 주면서 자기 손자에게 '대체 여기서는 너에게 대공이 되는 법을 가르치지 않는단 말이냐?' 하고 말했소."

쉐넬은 아무 말 없이 고개를 숙였다. 그러고 나서 저녁에 잠들기 전에, 정직한 노인 쉐넬은 만인에게 치안 경찰이 존재하는 시대에는 그런 논리가 위험하다고 생각했다. 그는 그 논리에서 데그리뇽 대가(大家)의 파멸이 싹트는 것을 보았던 것이다.

제정과 왕정복고 하에서 지방 생활 역사의 한 단면을 그려 보이는 이러한 설명이 없었다면, 이 사건이 시작된 장면을 이해하기 어려웠을 것이다. 사건은 1822년 10월 말경, 어느 저녁, 도박이 끝난 후 귀족 단골손님들인 늙은 백작 부인들과 젊은 후작 부인들, 그리고 좀 지체가 낮은 남작 부인들이 계산을 끝냈을 때, 골동품 진열실에서 일어났다. 노귀족은 데그리뇽 양이 와서 도박 테이블들의 촛불을 몸소 껐던 자기 살롱을 이리저리 거닐고 있었다. 다만 혼자 거니는 게 아니라 기사와 함께였다. 지난 세기의 이 두 잔해는 빅튀르니앵에 대해 이야기를 나누고 있었다. 기사는 후작에게 이야기의 주제를 개시하는 역할을 맡았다.

"그렇습니다, 후작. 아드님은 여기서 그의 시간과 젊음을 낭비하고 있습니다. 결국은 그를 궁정으로 보내야 합니다" 하고 기사가 말했다.

"나의 고령이 궁정에 나가는 것을 막고, 우리 사이에 하는 애기지만, 요즘 진행되는 일을 보거나, 또 왕이 받아들이는 새로운 인사들 가운데서 내가 궁정에서 무엇을 할지 알 수 없을 바에야, 적어도 내 아들을 보내서 폐하께 우리의 경의를 표하게 하는 것이 좋겠다고 늘 생각했던 바요. 왕이 백작에게 무언가를 주게 되겠지요. 연대 하나라든지, 왕실의 직책이라든지 어떤 것을 말이요. 요컨대 그가 직접 공을 세워 승진할 길을 열어 주겠지요. 대주교이신 나의 숙부는 고통스러운 순교를 당하셨고, 왕자들을 따라가는 것이 자기들의 의무라고 믿었던 사람들처럼 진영을 떠나지 않고서 나는 싸웠지요. 내 생각으로는 국왕은 프랑스에 계셨고, 국왕의 귀족계급은 그를 옹위해야만 했던 것이

오. 그런데 아무도 우리를 생각하지 않네요. 앙리 4세라면 '오시오, 나의 친구들이여! 우리는 싸움에서 이겼소.'라고 벌써 데그리뇽 가문에 편지를 썼을 것입니다. 요컨대 우리는 트레빌 가문 이상의 존재이건만, 트레빌가는 두 사람이 프랑스 귀족원 의원으로 임명받았고, 또 한 사람은 귀족계급 몫의 국회의원입니다 (그는 자기 계급 회중을 위한 대선거인단을 장악하고 있지요). 정말로 마치 우리가 존재하지 않기라도 하듯 그들은 우리 생각을 하지 않는 것 같습니다! 나는 왕자들이 이곳을 통과해서 여행하게 되기를 기다려 왔습니다. 그러나 왕자들이 우리에게 오지 않으니, 우리가 그들에게 가야겠지요…….”

그러자 기사가 재치 있게 말을 받았다. “우리의 소중한 빅튀르니앵을 세상에 등장시킬 생각을 하고 계셨다는 걸 알게 되니 매우 기쁩니다. 이 도시는 그의 재능을 파묻어 버리는 구덩이입니다. 그가 여기에서 만날 수 있는 것이라고는 기껏 어떤 노르망디 여자, 어리석고 잘 배우지 못한, 그저 돈 많은 여자 정도지요. 그런 여자로 뭘 어쩌겠습니까? 그의 아내, 아! 안 될 말이지요!”

“나는 그 아이가 왕국이나 왕실의 어떤 훌륭한 직책에 이른 이후에나 결혼하기를 바랍니다. 하지만 많은 난관이 있겠지요.” 노후작이 이렇게 말했다.

자기 아들이 경력을 개척해 나가는 데에 후작이 얼핏 예상한 난관은 다음과 같은 것이었다.

한숨을 쉬느라고 잠시 멈추었다가 그가 계속해서 말했다. “내 아들, 데그리뇽 백작이 가난뱅이처럼 등장할 수는 없는 노릇입니다. 그에게 필요한 장비를 갖춰 주어야죠. 슬프도다! 우리는 두 세기 전처럼, 더 이상 우리의 수행 귀족들을 거느리고 있지 않습니다. 아! 기사여, 철두철미한 이 붕괴, 그것이 드 미라보 씨가 가한 첫 망치질의 다음 날과 같은 상태로 항상 나를 머물게 하는군요. 오늘날에는, 오직 돈을 소유하는 것이 문제입니다. 그것이 왕정복고의 혜택에서 나에게 분명히 보이는 유일한 것이라 할 수 있습니다. 왕은 당신이 발루아 가문의 후예인지, 또는 당신이 골'의 정복자 가운데 하나인지 묻지 않습니다. 왕은 당신이 인두세 1천 프랑을 내는지 여부를 묻습니다. 그러니 나는 약 2만 에퀴'가 없이는 백작을 궁정에 보내지 못할 것입니다……."

"예, 그 하찮은 돈만 가지면, 그는 점잖게 궁정에 모습을 드러낼 수 있을 것입니다" 하고 기사가 말했다.

"그런데 쉐넬에게 오늘 저녁에 오라고 말해 두었습니다" 하고 아르망드 양이 말했다. "기사님, 믿으시겠어요? 그 하찮은 뒤 크루아지에와의 결혼을 쉐넬이 제게 제안했던 날 이후로……."

"아! 그건 아주 당치 않은 일이었습니다, 아가씨." 기사가 소리쳤다.

"용서할 수 없는 일이었지." 후작이 말했다.

"그런데 저의 오라버니께서는 그 어떤 것이든 쉐넬에게 요청할 생각을 결코 하실 수 없으셨습니다" 하고 아르망드 양이 말을 이었다.

그러자 기사가 말을 받았다. "당신의 옛 하인에게 말씀이죠?

아아! 후작, 하지만 그건 쉐넬에게 영광을 베푸는 일이에요. 그가 마지막 숨을 거둘 때까지 감사해야 할 영광이란 말씀입니다."

"아니요, 나는 합당한 일로 생각되지 않소……." 후작이 대꾸했다.

"아주 합당한 일입니다. 그것은 필요한 일이니까요." 기사가 몸을 움찔하며 말했다.

"결코 안 되오!" 후작이 격한 몸짓으로 응수하며 외쳤다. 기사는 노인에게 사정을 깨닫게 하려면 본격적인 타격을 감행할 필요성을 느꼈다.

기사가 말했다. "한데, 당신이 모르고 계시다면, 내가 당신께 말씀드리겠습니다. 쉐넬은 이미 아드님에게 드렸습니다, 얼마간의 액수를……."

노인은 몸을 일으키며 기사의 말을 가로막고 소리쳤다. "내 아들이 뭐가 됐든 쉐넬에게 받았다는 것은 있을 수 없는 일이오. 당신에게라면 25루이 정도 빌릴 수도 있었겠지만……."

"10만 리브르 정도 금액일 것입니다." 기사가 계속해서 말했다.

"데그리뇽 백작이 10만 리브르를 쉐넬 같은 자에게 빚졌다고." 노인이 격심한 고통의 표정을 짓고서 소리쳤다. "아! 그 애가 독자(獨子)가 아니라면, 당장 오늘 저녁에라도 대위 계급장을 달고 섬*으로 쫓겨가야 할 텐데! 높은 이자를 쳐서 갚아야 하는 고리대금업자들에게 빚을 진다면 차라리 괜찮소이다! 하지만 애증의 관계가 있는 쉐넬이라니……."

"그렇습니다. 우리 사랑스러운 빅튀르니앵은 10만 리브르를 삼켰습니다. 친애하는 후작, 내가 알기론 그건 별것 아닙니다." 기사가 자기 조끼에 떨어진 담뱃가루를 털어 내면서 대꾸했다. "그의 나이에, 나는요! 하지만 우리의 추억담은 그만둡시다. 후작, 백작은 지방에 있습니다. 모든 사정을 감안해 볼 때, 이건 뭐 그리 나쁜 일이 아닙니다. 그는 큰 성취를 이룰 겁니다. 그에게서 볼 수 있는 것은 후에 대업을 이룩하는 남자들의 일탈 정도입니다……."

"그 애는 제 아비한테는 일언반구 없이 저 위에서 잠을 자고 있소." 후작이 소리쳤다.

"그는 여태껏 대여섯 명의 부르주아 여자애를 불행하게 만든 것밖에 달리 잘못한 게 없는 어린애의 순진함을 지니고 자고 있어요. 지금 그에게 필요한 것은 공작 부인들인데 말이죠" 하고 기사가 대답했다.

"하지만 그 애는 자신에게 왕의 봉인장을 불러오고 있소."

"그들은 봉인장을 폐지했습니다." 기사가 말했다. "사람들이 예외적 사법절차를 창안하려고 시도했을 때, 그들이 어떻게 외쳤는지 알고 계시죠. 우리는 드 부오나파르테 씨가 '특별 군사법정'이라고 명명했던 '임시 재판소'를 유지할 수 없었습니다."

"그렇다면, 우리가 미친 자식들이나 또는 행실이 아주 못된 놈들을 갖게 될 때, 어떻게 되겠습니까. 그러니까 우리는 더 이상 그런 자들을 가둘 수 없단 뜻이오?" 하고 후작이 물었다.

기사는 절망에 빠진 아버지를 쳐다보았지만, "우리는 그들을 잘 기를 수밖에 없겠지요……."라고 감히 그에게 대답하지는 못했다.

"그런데 나한테는 그 일에 대해 아무 말도 하지 않았어, 데그리뇽 양." 후작이 자기 누이동생을 불러 세우고서 이렇게 말했다.

이 언사는 언제나 노기를 드러내는 것이었다. 평소에는 그가 데그리뇽 양이 아니라 내 누이라고 그녀를 불렀던 것이다.

"그렇지만, 후작님, 활기차고 격정적인 젊은이가 이런 소도시에 일없이 머물러 있을 때에 그가 무엇을 하겠어요?" 자기 오라버니의 분노를 깨닫지 못한 데그리뇽 양이 대답했다.

"헤헤! 제기랄, 빚이지. 그는 도박하고, 연사를 벌이고, 사냥을 하지요, 이런 모든 것에는 오늘날 끔찍한 비용이 든답니다." 기사가 말을 받았다.

"자, 이제 그 애를 국왕에게 보낼 때요. 나는 내일 오전 시간을 우리 친척들에게 편지 쓰는 데 보내겠소" 하고 후작이 말했다.

"저도 드 나바랭, 드 르농쿠르, 드 모프리뇌즈, 드 숄리외 공작을 좀 압니다." 이제 자기가 잊힌 존재라는 사실을 잘 알면서도 기사는 이런 말을 했다.

"친애하는 기사, 데그리뇽가 사람 하나를 궁정에 소개하는 데 그렇게 번거로운 절차가 필요하지는 않소." 후작이 그의 말을 가로막고서 말했다. 그리고 그는 중얼거렸다. "10만 리브르라,

쉐넬이란 자 참 대담하구나. 그 몹쓸 소요의 결과가 이런 것이로구나. 쉐넬 군이 내 아들을 보호하다니. 그리고 내가 그자에게 요구해야 한다……. 아니지, 내 누이, 이 일은 네가 처리해라. 쉐넬이 우리 재산 전부를 저당 잡게 되겠지. 나중에 저 경솔한 젊은 애의 머리를 씻어 주어라. 그 아이가 파산하고 말지도 모르니."

후작의 말을 들은 다른 사람들은 누구나 그 말이 우스꽝스럽다고 여겼겠지만, 기사와 데그리뇽 양은 그의 말이 솔직하고 자연스럽다고 생각했다. 그 두 인물은 노인의 얼굴에 드러난 고통에 찬 표정에 몹시 마음이 아팠다. 그 순간, 데그리뇽 후작은 어떤 불길한 예감의 무게에 짓눌려 있었고, 자기 시대를 거의 간파하고 있었다. 그는 자기가 아무것도 요구하고 싶지 않은 쉐넬이 오리라는 사실을 잊고서, 난로 가의 안락의자에 가서 앉았다.

그때 데그리뇽 후작은 얼마간의 시적 상상력이 그에게 바랄 법한 모습을 띠고 있었다. 대머리에 가까운 그의 머리에는 아직 부드러운 백발이 매달려 있었는데, 머리칼은 편편하지만 끝 부분에는 컬이 진 타래로 머리 뒷부분에 늘어져 있었다. 고귀함으로 가득찬 그의 아름다운 이마, 루이 15세의 머리, 보마르쉐와 드 리슐리외 원수의 머리에서 찬미의 대상이던 그 이마는 드 삭스 원수의 네모진 넓은 폭도, 볼테르의 작고 단단하고 밀도 있고 너무나 충만한 원형의 모습도 보여 주지 않았다. 그러나 그 이마는 금빛의 부드러운 관자놀이에서 섬세하게 빚어진 볼록

한 형태의 우아함을 보여 주었다. 그의 반짝이는 두 눈은 나이가 결코 허물지 못할 그런 용기와 열정을 투사하고 있었다. 그는 콩데 가문의 코, 다르투아 백작이 항상 얘기했듯이, 재치 있거나 선량한 말만 튀어나오는 부르봉 가문의 사랑스러운 입을 지니고 있었다. 바보스럽게 둥그스름하기보다 비스듬한 편인 양 볼은 그의 마른 동체와 날씬한 다리, 통통한 손과 조화를 이루었다. 그는 지난 세기의 건축물들을 장식하는 모든 조각 작품 속에 재현된 후작들의 넥타이와 같은 방식으로 맨 넥타이로 목을 조이고 있었다. 그런 넥타이 모양은 로블라스*에게서처럼 생-프뢰*에게서, 그리고 우아한 몽테스키외의 주인공들에게서와 마찬가지로 부르주아인 디드로의 주인공들에게서도 볼 수 있는 것이다(그들 작품의 초판본을 볼 것). 후작은 항상 곁에 성 루이 훈장*의 리본이 빛나고 있는 금실로 수놓은 커다란 흰 조끼, 옷자락이 길게 늘어지고, 끝자락을 말아 올리고 백합꽃으로 장식한 푸른색 예복을 걸쳤는데, 그것은 국왕이 채택한 특이한 복장이었다. 그러나 그는 프랑스식 짧은 바지와 흰 비단 양말과 죔쇠를 절대 포기하지 않았고, 저녁 여섯 시부터 정장 차림으로 모습을 드러냈다. 그는 「코티디엔느」지와 「가제트 드 프랑스」지*만을 읽었는데, 이 두 신문은 입헌주의파 신문들이 반(反)계몽주의적이며, 군주주의적이고 종교적인 터무니없는 편견으로 가득 차 있다고 비난하는 신문이었다. 하지만 후작 자신은 이 두 신문도 이단적 생각과 혁명적 이념으로 가득하다고 생각했다. 어떤 견해를 대변하는 기관지가 아무리 과장적이라 할지라도, 그 당파의 순수분자들보다는 항상 약한 법이다. 이와 마찬가지로 이 괄목할 만한 인물을 그리고 있는 화가가 있다면 그는 지나치게 노골적인 어떤 어조를 좀 완화하고, 자기의 모델에게서 너무 강렬한 부분들을 희석했는데도, 분명히 진실의 도를 넘었다고 치부될 것이다. 데그리뇽 후작은 무릎에 팔꿈치를 얹고, 머리를 두 손으로 감싸고 있었다. 그가 생각에 잠겨 있는 동안 내내, 아르망드 양과 기사는 말을 주고받음이 없이 서로를 바라보고만 있었다. 후작은 자기 아들의 미래를 위해 자신의 옛 집사에게 빚지는 것을 괴로워하고 있었던 것이었을까? 아니면 그는 젊은 백작이 어떤 대우를 받을지 의혹에 잠겨 있었는가? 후작이 어찌 궁정에 모습을 드러낼 수 있었겠는가? 가난 때문에 시골구석에 붙잡혀 있으면서, 자기의 상속자가 궁정의 화려한 세계에 등장하는 데 아무런 준비도 해 주지 못한 것을 그는 아쉬워하고 있었던 걸까? 고개를 쳐들고서 그는 깊은 한숨을 내쉬었다. 그 한숨은 그 당시 충성스러운 진정한 귀족계급이 내쉬던 한숨, 폭풍우 동안 검을 들고 저항했던 대부분의 귀족이 그랬듯, 그 당시에 소홀한 취급을 받던 지방 귀족들이 속한 계급이 내쉬던 한숨이었다.

"결코 굴복하지 않았던 뒤 게닉 가문, 페르디낭 가문, 퐁텐느 가문, 그리고 드 몽토랑 형제를 위해 그들이 해 준 것이 무엇인가?" 후작이 나지막한 소리로 중얼거렸다. "가장 용감하게 싸웠던 사람들에게, 그들은 보잘것없는 연금, 요새나 국경에 왕의 보좌관 직책 같은 자리, 그리고 드 보방 백작 부인에게는 복권

방을 던져 주었지. 백작 부인의 기력이 샤레트와 몽토랑의 기력을 지탱해 주었건만."

후작은 분명히 왕권을 의심하고 있었다. 데그리농 양이 조카가 떠나는 여행의 앞날에 대해 자기 오빠를 안심시키려고 애쓰고 있는데, 골목길의 메마른 포도 위로 살롱의 창문을 따라서 쉐넬이 오고 있는 것을 알리는 발소리가 들렸다. 공증인이 곧 문간에 나타났는데, 백작의 늙은 하인 조제팽이 내방을 고하지도 않고 문을 열었다.

"쉐넬, 이 사람……."

백발에 위엄 있는 네모진 얼굴을 한 공증인은 예순아홉 살로 스턴*이라면 서사시적인 묘사를 했을 법한 넓은 폭의 짧은 바지를 입고 있었다. 그는 모직 천 모양으로 보이는 털양말, 은 버클을 단 구두, 사제 복장의 상제의(上祭衣)식 웃옷과 후견인이 입는 커다란 조끼를 걸치고 있었다.

"……데그리농 백작에게 돈을 빌려주다니 자네는 아주 오만했던 것이 아닌가? 자네는 그의 악덕에 날개를 달아 준 셈이니, 내가 당장 자네에게 그 돈을 갚고 우리가 다시는 자네를 보지 않는 것이 마땅한 일이 아니겠는가." 궁정에서 왕이 조신(朝臣)을 공개적으로 질책할 때처럼 한순간 침묵이 흘렀다. 노공증인은 회개하는 겸허한 태도를 짓고 있었다. 후작이 호의적으로 말을 이어 갔다. "쉐넬, 그 아이는 나를 불안하게 해. 나는 그 애를 파리에 보내려고 하네, 거기서 국왕을 섬기도록. 그곳에 합당하게 등장할 수 있도록 자네는 내 누이와 타협하도록 하게……. 우리는 나중에 우리의 셈을 해결하도록 하지…….”

후작은 친숙한 태도로 쉐넬에게 인사를 건네고, 근엄하게 자리를 떴다.

“후작님의 너그러우심에 감사드립니다.” 내내 서 있던 노인이 이렇게 말했다.

아르망드 양이 오라버니를 배웅하기 위해 자리에서 일어났다. 그녀가 종을 울렸고, 하인은 주인이 잠자러 가는 길을 밝히려고 손에 촛대를 들고 문간에 서 있었다.

“앉으세요, 쉐넬.” 노처녀가 자리로 돌아오면서 말했다.

여성의 섬세함에 의해, 아르망드 양은 후작과 그의 옛 집사의 관계에서 빚어진 일체의 거슬림을 해소했다. 비록 그런 거슬림 아래 숨겨진 관후한 애정을 쉐넬이 감지하지 못한 바는 아니었지만. 자신의 옛 종복에 대한 후작의 애착은 자신의 개에 대해 주인이 갖고 있는 애정과 흡사해서, 자기 개를 발길로 차는 사람과는 싸움을 마다하지 않을 그런 성격의 애정이었다. 그는 그 애정을 자기 삶의 한 구성 요소로, 전적으로 자기 자신은 아니되, 자기가 가진 가장 소중한 것인 감정에서 자기를 대변하는 어떤 것으로 간주했다.

“백작님께서 이 도시를 떠나시게 해야 할 때가 되었습니다, 아가씨.” 공증인이 선언하듯이 말했다.

“그래요” 하고 그녀가 대답했다. “그 애가 또다시 어떤 일탈 행위를 벌였나요?”

“아닙니다, 아가씨.”

"그렇다면, 왜 그 애를 비난하시죠?"

"아가씨, 저는 그분을 비난하지 않습니다. 아닙니다, 저는 그분을 비난하는 것이 아닙니다. 그분을 비난하다니 터무니없습니다. 심지어 그분이 무슨 일을 하든, 저는 결코 비난하지 않을 것입니다!"

대화가 끊겼다. 더할 나위 없이 이해심 많은 사람인 기사가 졸음에 쫓기는 사람처럼 하품하기 시작했다. 그는 살롱을 떠나는 것을 우아하게 사과하고 나서, 물속에 잠기듯 잠에 빠져 자리를 떴다. 호기심의 악마는 그의 두 눈을 벌리고, 미묘한 손으로 기사가 귀에 넣은 솜을 끄집어내려 했다.

"그런데 쉐넬, 무언가 새로운 일이 있는 거죠?" 아르망드 양이 불안해하며 물었다.

"그렇습니다" 하고 쉐넬이 대답했다. "후작님께는 말씀드릴 수 없는 그런 일입니다. 후작님은 졸도해 쓰러지실 것입니다."

"말해 보세요." 아름다운 머리를 안락의자 등받이에 기대고, 두 팔은 방어책 없이 죽음의 타격을 기다리는 사람처럼 허리 아래로 늘어뜨리고서 그녀가 말했다.

"아가씨, 그렇게 재주 많으신 백작님은 큰 복수를 노리고 있는 하잘것없는 무리들의 노리갯감입니다. 그들은 우리가 파멸하고, 모욕당하기를 원합니다! 법원장인 뒤 롱스레 씨란 사람은 아가씨께서도 아시다시피 터무니없는 귀족적 허영심을 품고 있습니다……."

"그의 조부가 대소인(代訴人)이었죠." 아르망드 양이 말했다.

"저도 알고 있습니다." 공증인이 말했다. "따라서 댁에서는 그를 받아들이지 않으시죠. 그는 드 트레빌가, 드 베르뇌유 공작 댁, 드 카스테랑 후작 댁에도 출입하지 못합니다. 하지만 그는 뒤 크루아지에 살롱의 단골손님 중 하나입니다. 아가씨의 조카께서 지나치게 가까워지지는 않더라도 사귈 수 있는 사람인 파비앵 뒤 롱스레 씨(어쨌든 그분에게도 동료들이 필요하니까요), 바로 그 젊은이가 그분의 기행(奇行)의 조력자입니다. 아가씨의 적이고, 기사님의 적인 사람의 당파, 아가씨와 귀족계급 전체에 대해 복수만을 꿈꾸는 자의 당파에 속한 파비앵 뒤 롱스레 씨 바로 그 사람과 두세 명의 다른 자가 조력자 역할을 하고 있습니다. 그들 모두는 아가씨의 조카가 진창에 빠진 꼴을 보고, 그분에 의해 아가씨 댁이 파멸하기를 바랍니다. 이 음모는 왕당파 노릇을 하는 뒤 크루아지에라는 위선자가 이끌고 있습니다. 그의 가엾은 아내, 아가씨께서도 그 여자를 아시지요, 그녀는 이 모든 사실을 모르고 있습니다. 만약 그녀가 악행을 듣는 귀를 가지고 있었다면, 제가 좀 더 빨리 진상을 알아챘을 것입니다. 얼마 동안은 저 분별없는 젊은 패거리는 비밀을 모르고 지냈습니다. 그 작자들이 아무도 비밀에 근접시키지 않았던 것입니다. 그러나 웃고 떠들던 나머지, 주동자들도 스스로 말려들고 말아서, 바보 녀석들도 깨닫게 되었습니다. 그래서 백작의 최근 일탈 이후로는 그 작자들이 취했을 때 몇 마디씩 말을 흘리게 되었습니다. 그처럼 잘생기고, 그처럼 고귀하며, 그처럼 매력적인 청년이 되는대로 신세를 망치는 것을 마음 아파하는 사람들이 저에게 그런 말을 일러주었습니다. 지금은 그들이 그분을 동정하지만, 며칠 지나면 그분은…… 제가 감히 말하지 못하지만……."

"경멸당한다고, 말하세요. 말하세요, 쉐넬!" 하고 아르망드 양이 고통스럽게 외쳤다.

"아, 아! 아침부터 저녁까지 할 일이 없는 도시의 가장 똑똑한 사람들이 그들 이웃 한 사람의 행동을 조정하는 것을 어찌 막을 수 있겠습니까? 그런 식으로 백작님이 도박에서 돈을 잃은 것은 미리 계산된 일이었습니다. 그렇게 두 달 동안, 3만 프랑이 날아가 버렸습니다. 그리고 그분이 그 돈을 어디서 구했는지 각자 자문해 보는 것입니다. 그들이 제 앞에서 그 얘기를 꺼내면, 저는 그들에게 경고합니다! 아! 그런데…… 오늘 아침 제가 그들에게 말했습니다. '유효 권리와 데그리뇽 가문의 토지를 얻으면, 보물에 손을 댔다고 생각하시오? 젊은 백작은 자기 방식대로 행동할 권한을 갖고 있소. 그가 당신에게 한 푼도 빚을 지지 않는 한, 당신은 한마디도 해서는 아니 되오.'라고요."

아르망드 양이 손을 내밀었고, 노공증인은 그 손에 존경 어린 키스를 했다.

"친절한 쉐넬! 나의 친구여, 당신은 어떻게 우리에게 이 여행의 밑천을 마련해 주겠어요? 빅튀르니앵은 자기 위치에 어울리는 채비를 하지 않고서는 궁정에 나아갈 수가 없어요."

"오! 아가씨, 저는 자르'를 담보로 차용했습니다."

"뭐라고요, 당신은 더 이상 가진 것이 없었군요! 우리가 어떻게 당신에게 보상을 하지요?" 하고 그녀가 외쳤다.

"아가씨의 재량에 맡기고자 하는 10만 프랑을 받아 주시면 됩니다. 아가씨의 체면에 손상이 가지 않도록 차용은 은밀하게 진행되었음을 알아주십시오. 이 도시가 보기에, 저는 데그리뇽 가문 소속입니다."

아르망드 양의 눈에서 눈물방울이 흘러내렸다. 이 모습을 보고 쉐넬은 이 고귀한 처녀의 옷자락을 부여잡고 입맞춤했다.

"별일 없을 것입니다. 젊은이들은 탈선을 하게 마련입니다" 하고 그가 말을 이어 갔다. "파리의 멋진 살롱들과 접촉하면 젊은이의 생각도 흐름이 바뀔 것입니다. 그런데 이곳에서는 정작, 아가씨의 나이 드신 친구분들은 더없이 고귀한 마음씨의 소유자들이고, 세상에서 가장 점잖은 분들이지만, 그분들이 재미있지는 않습니다. 백작님은 기분 풀이를 위해 신분이 낮은 사람들과 어울리고, 결국 품위를 잃게 될지도 모릅니다."

다음 날 데그리뇽가의 낡은 여행 마차는 차고에서 나와 수리를 위해 마차 수선소로 보내졌다. 아침 식사 후 젊은 백작은 그에 대해 정해진 방침을 아버지로부터 엄숙하게 통고받았다. 그는 궁정에 가서 국왕에게 봉사를 요청할 것이다. 여행하면서 어떤 경력을 택할지 스스로 결정해야 할 것이다. 해군 또는 육군, 행정 부처 아니면 대사관, 또는 왕실 가운데서 그는 선택만 하면 될 것이고, 무엇이든 열려 있을 터였다. 아마도 국왕은 자신에게 아무것도 요청하지 않고, 가문의 후계자를 위한 자리를 왕권의 호의에 일임해 준 것에 대해 데그리뇽 가문에 감사히 여길 수도 있을 것이다.

무분별한 짓을 저지른 이후 젊은 데그리뇽은 파리의 사교계를 어렴풋이 짐작하고서, 현실적 삶에 대해 판단한 적이 있었다. 그에게는 지방과 부친의 집을 떠나는 문제였기 때문에, 해군이나 육군에 옛날과 같은 방식으로 들어가지는 못한다고 아버지에게 대꾸하지 않고서, 그는 존경스러운 아버지의 훈시를 엄숙하게 경청했다. 전문화된 학교를 거치지 않고서 기병 소위가 되기 위해서는 왕의 시동으로 봉사해야 한다는 사실, 아무리 탁월한 가문의 자식들이라 해도 평민의 자식들과 마찬가지로 공적인 경쟁을 거친 후 육군사관학교와 이공과 대학에 진학한다는 사실, 경쟁 시험에서는 귀족들도 평민처럼 낙방할 수 있다는 사실도 그는 언급하지 못했다. 자기 아버지에게 그런 사실을 밝히면, 파리 체류에 필요한 비용을 받지 못할 수도 있었으므로, 그는 자신이 왕의 사륜마차에 오르고, 이 시대에 데그리뇽 가문 출신에게 부여되는 지위에 나아가고, 최고의 대영주들과 더불어 길을 개척해 나가리라고 후작과 아르망드 고모가 믿게 내버려 두었다. 아들과 동반할 하인을 하나밖에 주지 못하는 것을 유감스러워했던 후작은 늙은 시종 조제팽을 아들에게 주기로 했는데, 믿을 수 있는 사람인 그가 아들의 시중을 들고, 아들의 제반 업무를 충실히 보살필 것으로 생각했다. 늙은 시종을 잃게 된 가련한 아버지는 젊은 하인 하나가 그 사람을 대신해 자신 곁에 있어 주기를 바랐다.

후작이 아들에게 일렀다. "내 아들아, 너는 카롤의 후예라는 사실, 너의 혈통은 일체 낮은 신분의 피가 섞이지 않은 순수한 혈통이라는 사실, 너의 가문의 명구가 '그는 우리 가문 사람이다!'라는 사실, 이 혈통은 어디든 고개를 쳐들고 나아갈 수 있고, 당당히 왕녀를 배필로 삼을 수 있다는 사실을 기억해라. 내가 나의 아버지께 감사했듯, 너는 너의 아버지께 감사해라. 우리는 성스럽게 보존되어 온 우리 선조의 영예 덕분에 모든 것을 똑바로 바라보고, 오직 연인과 왕과 신 앞에서만 무릎을 굽힐 수 있는 것이다. 그것이 너의 가장 큰 특권이다."

선량한 쉐넬은 점심 식사에는 참석했지만, 문장에 얽힌 충고나 당대의 세력가들에게 보내는 편지에는 관여하지 않았다. 그러나 그는 파리의 가장 오래된 공증인 가운데 한 사람인 그의 옛 친구에게 편지를 쓰는 데 밤 시간을 보냈다. 어쩌면 다이달로스가 이카로스에게 해 준 이야기'와 비견될 만한 이 편지를 옮겨 싣지 않는다면, 쉐넬이 빅튀르니앵에게 기울이는 가공적이며 실제적인 부성애가 이해되지 못할지도 모르겠다. 이 고대적 인간에 어울리는 비유를 찾아내기 위해서는 신화로까지 거슬러 올라가야만 하지 않을까?

"나의 경애하는 소르비에

자네 부친의 사무실에서 우리의 명예로운 경력의 첫발을 내딛었음을 나는 기쁘게 기억하고 있네. 그 시절 가련한 견습 서

기이던 나를 자네는 아껴 주었지. 우리의 마음에 그처럼 다정하게 간직되어 있는 서기 시절의 추억에 기대어 나는 우리의 긴 생애의 흐름에서 단 한 번의 도움을 자네에게 요청하고자 하네. 정치적 재난이 우리의 생애를 관통했는데, 어쩌면 그 덕분에 나는 자네의 동료가 되는 영광을 누릴 수 있었는지도 모르네. 나의 친우여, 만약 자네가 나의 기원을 들어주지 않는다면 괴로움으로 뽑히고 말 나의 백발에 걸고, 무덤에 가까워진 이 나이에 자네에게 도움을 요청하는 바이네. 소르비에, 문제가 되는 것은 나도 내 가족도 아니네. 나는 가엾은 쉐넬 부인을 잃었고, 자식도 없다네. 아! 만약 나에게 가족이 있다고 하더라도, 나의 가족 이상의 문제일세. 데그리뇽 후작님의 독자 문제인데, 후작님 부친이 나를 성공시킬 목적으로 그분의 비용으로 나를 보내 주셨던 사무실을 나오면서 나는 영광스럽게도 후작님의 집사가 되었네. 나를 양육한 그 집안은 혁명의 온갖 불행을 다 겪었네. 내가 약간의 재산을 구해 낼 수 있었지만, 사라진 풍요와 비교하면 그게 무엇이란 말인가? 소르비에, 시간의 나락으로 떨어질 위기를 목격했던 그 대가문에 내가 어느 정도로 애착을 갖고 있는지 자네에게 이루 다 표현할 길이 없네. 추방, 재산 몰수, 노쇠, 그리고 무자녀! 얼마나 많은 불행이던가! 후작님이 결혼하셨고, 그분의 부인은 젊은 백작을 출산하다가 돌아가셔서, 오늘날 무사히 살아남은 것은 그 고귀하고, 사랑스럽고 소중한 아이뿐이라네. 그 가문의 운명은 그 청년에게 달려 있는데, 그는 이곳에서 향락을 즐기다가 얼마간 빚을 졌다네. 보잘것없는 100루이 소득을 가지고 지방에서 어찌 살겠는가? 그렇네, 친구여, 100루이, 그것이 데그리뇽 대가문이 처해 있는 처지라네. 이런 궁지에서 그의 부친은 궁정에 왕의 배려를 요청하기 위해 그를 파리로 보낼 필요성을 느끼셨네. 파리는 젊은이에게 아주 위험한 장소이지. 그곳에서 현명하게 살아가기 위해서는 우리를 공증인으로 만들어 준 것과 같은 많은 분별이 필요하네. 그런데 그 가엾은 아이가 우리가 경험했던 것과 같은 결핍 상태로 살아가는 것을 알게 되면 나는 절망에 빠질 것이네. 「피가로의 결혼」 상연을 보기 위해, 테아트르 프랑세의 1층 뒷좌석에서 하루 밤낮을 머물며, 빵 조각을 나눠 먹던 즐거움을 자네 기억하는가? 참 맹목적이었지! 우리는 가난하면서도 행복했지만, 귀족은 빈곤 속에서 행복할 수 없다네. 귀족의 빈곤은 본성에 어긋나는 일일세. 아! 소르비에, 왕국에서 가장 아름다운 족보 나무 하나가 쓰러지려는 것을 자기 손으로 멈춰 세우는 행복을 맛 보았을 경우에는, 거기에 집착하고, 그것을 사랑하고, 그것에 물을 주고, 그것이 다시 꽃핀 모습을 보길 원하는 것은 너무도 당연해서, 자네는 내가 기울이는 조심성에, 그리고 우리의 젊은이가 훌륭한 결실에 이르도록 자네의 학식을 기울여 협력해 주기를 요청하는 나의 목소리에 조금도 놀라지 않기를 바라네. 데그리뇽가는 백작님이 착수한 여행의 비용으로 10만 프랑의 금액을 마련했네. 자네가 보게 되겠지만, 그와 비교될 만한 젊은이는 파리에 있을 수 없다네! 자네는 외동아들에게 했던 것처럼 그에게 관심을 갖게 될 것이네. 내가 자네에게 위임하는 정신적 후견에서 소르비에 부인도 주저없이 자네에게 조력할 것이라고 나는 확신하네. 빅튀르니앵 백작님의 생활비는 월 2천 프랑으로 결정되었네. 그러나 자네는 그의 초기 비용으로 1만 프랑을 그에게 교부하는 것으로 시작하도록 하게. 이런 식으로 가족은 2년치 체류 비용을 마련했는데, 우리가 별도의 조처를 취하게 될 외국 여행의 경우는 예외로 하고 말일세. 나의 옛 친구여, 이 업무에 참여해 주게. 그리고 지갑 끈은 좀 단단히 졸라매 주게나. 백작님을 질책하지 말고, 그를 존중해 주되, 가능한 한 그를 자제시켜 주고, 합당한 이유 없이 한 달치씩 앞당겨 쓰는 일이 없도록 해 주기 바라네. 명예가 걸려 있는 상황에서 그를 절망에 빠지게 해서는 안 될 터이니까. 그의 행동거지, 그가 하는 일, 그가 사귀게 될 사람들에 관해서 알아봐 주게. 그의 남녀 관계를 살펴봐 주게. 오페라 좌의 무희가 궁정의 여인보다 대체로 비용이 덜 든다고 기사님이 나에게 말한 바 있네. 이 점에 대해서 정보를 알아봐 주고 나에게 자네의 답을 보내 주기 바라네. 자네가 너무 바쁘다면, 그 젊은이가 어찌 지내는지, 그가 어디를 드나드는지를 소르비에 부인이 알아낼 수 있을 것이네. 그처럼 매력적이고 고귀한 아이의 수호천사 노릇을 한다는 생각이 어쩌면 부인의 마음에 들지도 모르지! 신은 이 신성한 임무를 받아들인 부인에게 감사하실 것이네. 빅튀르니앵 백작님이 파리에서 얼마나 위험을 겪는가를 알면 아마 부인의 가슴은 몹시 떨릴 거야. 자네 부부는 알게 될 걸세. 그는 젊은 만큼 아름답고, 신뢰가 가는 만큼 재주가 있다네. 만약 그가 어떤 나쁜 여자와 관계를 맺고 있다면, 소르비에 부인이 자네보다 더 잘 그가 겪는 모든 위험을 그에게 경고해 줄 수 있을 것이네. 자네에게 많은 사실을 말해 줄 수 있을 늙은 하인 하나가 그를 수행하고 있네. 미묘한 상황에서는 자네와 상의하라고 일러두었으니, 그 사람 조제팽에게 물어보게나. 하지만 무엇 때문에 내가 자네에게 더 이상 얘기할 필요가 있겠나? 우리는 서기였고 영악했었지. 우리의 일탈 경험을 상기해 보게. 이 일에 관해서라면, 젊은 시절로 조금만 돌아가 보게나, 이 친구야. 6만 프랑은 파리에 상경하는 우리 도시의 한 남자를 통해 국고 환어음으로 자네에게 교부될 것이네." 운운.

만약 늙은 부부가 쉐넬의 지침에 따랐다면, 그들은 데그리뇽 백작을 감시하기 위해 스파이 세 명은 고용해야 했을 것이다. 그렇지만 수탁자(受託者)의 선택에는 폭넓은 지혜가 도사려 있었다. 은행가는 자기 금고에 자금이 있는 한, 자기 은행에 신용이 설정되어 있는 사람에게 현금을 지급한다. 반면에 젊은 백작은 돈이 필요할 경우마다 공증인을 방문해야 할 터인데, 공증인은 분명코 훈계의 권한을 행사할 것이다. 빅튀르니앵은 자신이 월 2천 프랑을 쓰게 되리란 사실을 알고서 기쁨을 드러냈다. 그는 파리에 대해 아무것도 모르고 있었다. 그는 그 금액을 가지고, 그곳에서 왕자 같은 생활을 영위할 수 있을 것으로 믿던 것이다.

이틀 후, 젊은 백작은 골동품 진열실의 고객들 모두의 축복을 받으며, 귀부인들의 포옹에 감싸이고 신에게의 기원이 충만한 가운데 출발했다. 그의 늙은 아버지와 아버지의 누이동생, 쉐넬은 눈물이 그렁그렁해서 도시의 밖까지 그를 배웅했다. 이 갑작스러운 출발이 여러 날 저녁나절 동안 그 도시의 화젯거리가 되었고, 특히 뒤 크루아지에 살롱의 앙심 깊은 사람들의 마음을 휘저어 놓았다. 데그리뇽 가문의 파멸을 다짐하고 난 연후에, 옛 납품 업자와 재판장과 그들의 지지자들은 자기들의 먹잇감이 달아나는 모습을 보았던 것이다. 그들의 복수는 그 철부지의 악덕에 기초해 있었는데, 이제는 그가 그들의 사정권에서 벗어나 버린 상태였다.

독실한 여인의 딸을 흔히 방탕한 여자로 만들고, 경박한 여인의 딸을 독실한 여자로 만들기도 하는 인간 정신의 자연스러운 한 경향, 아마도 유사함의 법칙에서 연유했을 대조의 법칙이, 조만간 그가 굴복하고 말 욕망의 힘에 의해 빅튀르니앵을 파리로 이끌어 갔다. 그에게 미소 짓는 다정하고 조용한 얼굴들과 주인에게 애정을 품은 근엄한 하인들에 둘러싸여, 지방의 옛집에서 거처의 고색창연한 색조와 조화롭게 자라난 그 아이는 존경스러운 친구들만 보아 왔었다. 케케묵은 기사를 제외하고는, 그를 둘러싼 사람들은 모두 사려 깊은 태도, 품위 있고 진중한 언어를 간직하고 있었다. 그는 블롱데가 독자들에게 묘사한 바 있는 회색 치마와 수놓인 손모아장갑을 착용한 여인네들에게 애지중지 귀여움을 받으며 자랐다. 아버지 집의 내부는 무분별한 생각과는 더없이 동떨어진 예스러운 사치로 장식되어 있었다. 그들 경험의 마른 장미꽃과 그들 젊은 시절 관습의 시든 꽃을 우리의 세기로 옮겨온 지난 두 세기 동안 자리 잡은 노인네들의 상냥함으로 가득 차 있으며, 거짓 종교의 흔적이라고는 없는 한 사제에게서 교육받은 빅튀르니앵, 모든 것이 진지한 습관에 익숙해지도록 도와야 하고, 그의 삶을 위대하고 아름다운 대상으로 여기면서, 역사적 가문의 영광을 계승하도록 모든 것으로부터 권고를 받은 빅튀르니앵은 가장 위험스러운 개념에 귀를 기울이게 되었다. 그는 자신의 귀족 신분에서 그를 다른 사람들 위로 받들어 올리기에 알맞은 발판을 보았던 것이다. 부친의 처소에서 향내 나는 우상을 두드려 보고서, 그는 그것의 속이 비어 있음을 느꼈다. 그는 가장 끔찍스러운 사회적 존재인 동시에 마주칠 수 있는 가장 범상한 존재, 즉 요지부동의 이기주의자가 되었던 것이다. 자아에 대한 귀족적 신념에 근거하여, 그의 어린 시절을 돌본 초기 인물들과 젊은 시절의 무분별함을 함께했던 초기 동료들이 찬미했던 자신의 환상을 뒤쫓는 데 급급했던 그는, 오직 자신에게 가져다주는 쾌락에 의해서만 만사를 평가하고, 자신의 어리석은 행위를 감싸주는 것만을 선한 심성으로 여기는 데 익숙해 있었다. 그를 파멸로 이끌 위험한 허위의식이었다. 아무리 훌륭하고 경건한 것이었다 할지라도, 그가 받은 교육은 그를 지나치게 고립시키고, 자기 시대의 삶의 추이를 그에게 감추는 결함을 갖고 있었다. 그의 진정한 운명은 그를 더 높이 인도하도록 되어 있다는 식의 그 지방 도시의 추이가 분명히 그 시대의 추이는 아니었다. 그는 사실을 사회적 가치로서가 아니라 상대적 가치로 평가하는 습관을 들였고, 자기 행동을 효용성에 따라서 판단했다. 독재자들처럼 그는 상황에 맞춰 법을 만들었다. 불규칙성의 항구적 원인인 환상과 예술 작품의 관계처럼 그것은 악덕의 작용에 따르는 체계인 것이다. 날카롭고 재빠른 눈길을 타고난 그는 올바르고 정확하게 보았지만, 급하게 그리고 잘못 행동했다. 많은 젊은이에게서 볼 수 있는 설명될 수 없는 불완전한 어떤 것이 그의 행실을 변질시켰다. 그의 사고가 적극적이기는 했지만, 그것이 발현될 때는 너무나 급작스러워서, 감각이 작동하면 두뇌는 혼미해져서 더 이상 존재하지 않는 듯이 보였다. 그는 현자들의 놀라움을 자아낼 수도 있고, 광인들을 경악하게 할 수도 있었다. 한줄기 뇌우처럼, 그의 욕망은 그의 두뇌의 맑고 명료한 공간을 순식간에 뒤덮는 것이었다. 그러고 나면, 그는 무력한 방심 상태에 빠지고, 머리와 마음과 몸이 모두 무너져 내린 완전한 탈진 상태에 떨어져 반쯤 바보처럼 되어 버리는 것이었다. 이런 성격은 자기 자신에게 맡겨지면 진창 속을 뒹굴고, 무자비한 친구의 손에 의해 지탱되면 국가의 정상으로 인도될 수도 있는 성격이다. 많은 구석이 시(詩)에 닿아 있으나, 중심부에 무시무시한 약점이 새겨진 이 영혼을 쉐넬도, 부친도, 고모도 꿰뚫어 볼 수가 없었다.

태어난 도시로부터 몇 리외* 떨어지게 되자, 뷔퇴르니앵은 조그만 미련도 느끼지 않았으며, 그를 열 명의 자손처럼 애지중지하는 그의 늙은 아버지도, 거의 비상식적이라고 할 정도로 희생적인 그의 고모도 더 이상 생각하지 않았다. 그는 치명적인 강렬함으로 파리를 갈망했고, 요술의 세계 속에서처럼 파리로 생각이 옮겨 갔으며, 그의 가장 아름다운 꿈의 장면을 그곳에 투사했다. 그는 자기 아버지 이름이 군림하는 지방 도시와 현에서처럼 그곳에서도 자신이 특별한 대접을 받을 것으로 믿었다. 자부심이 아니라 허영심으로 가득 찬 그의 즐거움이 파리 전체 크기만큼 확대되어 갔다. 그는 신속하게 거리를 뛰어넘었다. 그의 생각과 마찬가지로, 그의 마차는 자기 고장의 비좁은 지평선과 수도의 거대한 세계 사이에서 어떠한 지체도 하지 않았다. 그는 리슐리외가의 대로 가까이에 있는 멋진 호텔에 여장을 풀고, 굶주린 말이 풀밭으로 달려들듯 서둘러 파리 탐사에 나섰다. 그는 두 지역의 차이를 즉시 알아차렸다. 이런 변화에 겁먹기보다는 놀라서, 그는 민첩한 그의 정신으로, 바빌론의 백과전서와도 같은 이 어마어마한 세계 가운데서 자신이 얼마나 보잘것없는 존재인지, 새로운 관념과 풍습의 격류를 막아서는 것이 얼마나 미친 짓인지를 인식했다. 그에게는 단 한 가지 사실만으로도 충분했다. 전날 저녁, 그는 국왕 곁에서 가장 신임받는 프랑스의 대영주들 가운데 한 사람인 드 르농쿠르 공작에게 자기 부친의 서신을 전달한 바 있었다. 그는 공작이 으리으리한 저택의 귀족적영화에 둘러싸여 있는 모습을 보았는데, 다음 날에는 손에 우산을 들고, 어떤 훈장도 착용하지 않고, 예전에는 훈장 수훈자가 결코 떼어 놓을 수 없었던 청색수장'도 걸치지 않고서, 대로를 한가롭게 거닐고 있는 공작과 마주쳤던 것이다. 왕실의 최고위 귀족으로서 공작이며 귀족원 의원인 이 인물은, 뛰어난 예의범절을 지녔음에도 불구하고 자기 친척인 후작의 편지를 읽으면서 미소를 억제할 수 없었다. 이 미소는 골동품 진열실과 튀일리궁 사이에는 60리외 이상의 거리가 있음을 빅튀르니앵에게 말해 주었다. 거기에는 여러 세기의 간격이 있었던 것이다.

시대마다 왕좌와 궁정은 다른 치세의 가문들과는 이름이나 성격에서 아무런 유사성이 없는 총애받는 가문들로 둘러싸이게 마련이었다. 이 영역에서 영원히 계속되는 것은 개인이 아니라 실제인 것처럼 보인다. 만약 역사가 이런 고찰을 증명하기 위해 존재하는 것이 아니라면, 그런 역사는 믿을 수 없는 역사일 것이다. 루이 18세의 궁정에서 두드러진 인물들은 루이 15세의 궁정을 장식했던 인물들과는 거의 관계없는 인물들로서, 리비에르, 블랑카, 다바레, 담브레, 보블랑 가문의 출신들, 그리고 비트롤, 도티샹, 라로쉬자클랭, 파스키에, 드카즈, 렌느, 드 빌렐르, 라 부르도네 등등의 인물이다. 만약 여러분이 앙리 4세의 궁정을 루이 14세의 궁정과 비교한다면, 여러분은 후자까지 잔존한 대가문을 다섯 개도 찾아보지 못할 것이다. 루이 14세의 총신이었던 빌르루아는 샤를 9세 아래에서 벼락출세한 비서의 손자였다. 리슐리외의 조카는 루이 14세 궁정에서는 이미 거의 보잘것없는 존재였다. 발루아 왕가하에서는 거의 대공급이었고, 앙리 4세 치하에서는 강력한 권한을 누렸던 데그리뇽 가문이었지만 그 가문에게는 생각조차 미치지 않는 루이 18세의 궁정에서는 어떠한 기회도 없었다. 왕가들의 이름만큼이나 유명한 이름을 지닌 푸아 그라이유나 데루빌 같은 가문들도 오늘날에는 이 시대의 유일한 권력인 돈이 없어서 소멸이나 다름없는 희미한 상태에 빠져 있었다. 이 세계를 판단하게 되자마자, 왕정복고하에서 사회적 신분의 마지막 조각까지 삼켜 버린 괴물이랄 수 있는 파리식의 평등에 상처를 입은 빅튀르니앵은 오직 그런 관점으로서만 세상을 판단했다. 그는 그 세기가 귀족계급에 남겨 준 무뎌지기는 했지만 위험한 무기로 자신의 위치를 재정복하고자 했다. 즉, 그는 파리가 값비싼 관심을 기울이는 사람들의 외양을 모방해서 말과 멋진 마차, 현대적 사치의 모든 액세서리를 소유할 필요성을 느꼈던 것이다. 안내받았던 첫 살롱에서 그가 만났던 첫 댄디인 드 마르세이가 그에게 말했던 것처럼, '자기 시대의 높이에 맞출' 필요가 있었다. 불행하게도, 그는 파리의 탕아들 세계에 떨어졌다. 마르세이, 롱크롤, 막심 드 트라유, 데 뤼포, 라스티냑, 방드네스, 아주다핀토, 보드노르, 라로쉬위공, 마네르빌 같은 자들로서, 그가 데스파르 후작 부인의 집, 드 그랑리외, 드 카리글리아노, 드 소리외 공작 부인의 집, 데글르몽과 리스토메르 후작 부인의 집, 피르미아니 부인의 집, 드 세리지 백작 부인의 집, 오페라좌, 대사관들, 그의 빛나는 이름과 그의 외견상의 재산이 그를 인도한 도처에서 만난 사람들이었다. 파리에서는, 그의 출신 지방을 속속들이 알고 있는 포부르 생제르맹에 의해 인정받고 받아들여진 고위 귀족 계급의 성(姓)은 이류 사회의 주인공들과 알려지지 않은 사람들에게는 경첩이 돌아가기가 더없이 힘든 문들을 열어 주는 열쇠와도 같다. 빅튀르니앵은 자신이 청탁자로서 나타나지 않게 되자, 자기 친척들이 모두 친절하고 호의적인 것을 알게 되었다. 그는 아무것도 얻지 못하는 방법은 무언가를 요구하는 것이라는 사실을 순식간에 알아차렸다. 파리에서는 일차적 움직임이 보호자로서의 모습을 보여 주는 것이라면, 훨씬 더 지속적인 이차적 움직임은 피보호자를 경멸하는 것이다. 자존심, 허영심, 오만 등 젊은 백작의 좋고 나쁜 모든 감정이 오히려 공격적 태도를 취하는 방향으로 그를 이끌었다. 드 베르뇌유, 데루빌, 드 르농쿠르, 드 쇼리외, 드 나바랭, 드 그랑리외, 드 모프리뇌즈 공작, 그리고 드 카디냥 대공과 드 블라몽 쇼브리 대공은 옛 가문의 이 매력적인 잔해를 왕에게 소개하는 것을 즐거움으로 여겼다. 빅튀르니앵은 자기 집안의 문장을 단 화려한 마차를 타고 튀일리 궁에 나타났다. 그러나 그의 소개는 민중이 왕에게 너무 많은 근심을 자아내서 왕으로서는 자기 귀족계급을 챙길 여력이 없다는 것을 빅튀르니앵에게 증명해 주었다. 피선거권이 있는 늙은이들과 늙은 조신(朝臣)들에 둘러싸여 있어 왕정복고 체제는 젊은 귀족층을 예속 상태에 빠지게 했다는 사실을 그는 순식간에 깨달았다. 궁정에도, 국가에도, 군대에도, 요컨대 그 어느 곳에도 그를 위한 적당한 자리가 없다는 사실을 그는 이해했다. 그래서 그는 향락의 세계 속으로 돌진했다. 엘리제 부르봉*, 앙굴렘 공작 부인 댁*, 마르상 빌라*에 등장한 그는, 그를 보게 되자 사람들이 기억해 낸 옛 가문의 상속자에게 합당한 피상적 예절의 표시를 도처에서 마주하게 되었다. 기억이라는 것만 해도 아직은 상당한 것이었다. 빅튀르니앵이 받을 수 있는 영예에는 귀족원 의원직과 훌륭한 결혼이 있을 수 있었다. 그러나 그의 허영심이 자기 입장을 드러내 표명하는 것을 막아서, 그는 거짓 풍요의 무장하에 머물러 있었다. 그런데다가 그는 자신의 차림에 대해 너무나 찬사를 받고, 자신의 첫 성공이 너무도 행복해서, 많은 젊은이가 느끼는 수치심, 단념해야 할 수치심이, 그에게는 자신의 태도를 견지하라는 충고가 되었다. 그는 마구간 하나, 차고 하나, 그리고 그가 우선적으로 받아들이게 된 우아한 생활의 모든 부속물이 딸린 작은 거처를 뒤 바크가에 얻었다.

이런 치장에는 5만 프랑이 소요되었는데, 젊은 백작은 현명한 쉐넬의 모든 예상에 빗나가는 이 거액을 뜻하지 않은 상황의 조력으로 확보하게 되었다. 쉐넬의 편지는 그의 친구 사무실로 제대로 도착했다. 그러나 그의 친구가 작고한 뒤였다. 사무적인 편지 한 통을 보고, 별로 시적 감성이 없는 유가족인 소르비에 부인은 그 편지를 고인의 후임자에게 넘겼다. 새 공증인인 카르도 선생은 만약 국고 환어음이 자기 전임자의 이서를 받도록 되어 있었다면 무효일 것이라고 젊은 백작에게 말했다. 지방의 노공증인이 그렇게 길게 심사숙고해서 쓴 서한에 대한 답신으로, 카르도 선생은 단 네 줄의 편지를 썼는데, 그것은 쉐넬을 감동시키기 위한 것이 아니라, 환어음 금액을 수령하기 위해서였다. 쉐넬은 젊은 공증인 명의로 환어음을 만들어 보냈고, 자기 교신 상대의 감상에 별로 민감하지 않았던 파리의 젊은 공증인은 데그리뇽 백작의 주문대로 응하는 것을 기뻐하며, 빅튀르니앵이 그에게 요구하는 금액 전액을 주었다. 파리 생활을 잘 아는 사람들은 5만 프랑을 써도 많은 가구, 많은 마차와 말과 사치에 충분하지 않다는 사실을 잘 안다. 그러나 그들은 또 빅튀르니앵이 그의 납품 업자들에게 즉시 2만여 프랑의 빚을 지게 되었음을 주목해야만 하겠다. 그의 재산이 여론에 의해서, 그리고 제복을 걸친 쉐넬의 부류라고 할 수 있는 조제팽 덕분에 아주 신속하게 불어나 보여서, 납품 업자들은 바로 그의 현금을 받으려고 하지 않았던 것이다.

파리에 도착한 지 한 달 후, 빅튀르니앵은 그의 공증인 사무실에 가서 1만여 프랑을 다시 요청하지 않을 수 없었다. 그는 단지 드 나바랭, 드 쇼리외, 드 르농쿠르 공작 댁 및 클럽에서 휘스트 게임을 했을 뿐이었다. 처음에 수천 프랑을 딴 다음, 그는 곧 5, 6천 프랑을 잃고서 도박 자금을 따로 마련할 필요성을 느꼈던 것이다. 빅튀르니앵은 사교계의 환심을 사고, 또 대가문의 젊은이들에게 어느 수준에서나 적응할 수 있게 해 주는 그런 재치를 소유하고 있었다. 그는 곧 멋쟁이 젊은 층의 주요 인물로 받아들여졌을 뿐 아니라, 나아가 거기서 부러움을 샀다. 그는 자신이 선망의 대상임을 알게 되자, 그에게 개선의 욕구를 불러일으키기에는 적절치 않은 도취적 만족감을 느꼈다. 이런 점에서 그는 무분별했다. 그는 수단을 생각하고자 하지 않았고, 언제나 채워질 수 있을 것처럼 그의 돈주머니에서 퍼 올렸으며, 이런 방편으로부터 어떤 일이 도래할지 성찰해 보는 것을 스스로 금했다. 이런 방탕한 세계, 이런 축제의 소용돌이 가운데에서는, 그들의 수단에 대해서는 물어보지 않고, 빛나는 의상을 입은 모습으로서만 등장 배우들을 받아들이게 마련이다. 그들을 논쟁거리로 삼는 것 이상으로 악취미는 없을 것이다. 자연이 자신의 것을 은밀히 지속해 나가듯, 각자 자신의 부를 지켜 나가야 하는 것이다. 사람들은 지나간 조난에 대해 뒷공론을 하고, 모르는 사람들의 행운을 비웃으며 불안해 하지만, 그저 그러다 마는 것이다. 포부르 생제르맹의 권력에 의해 뒷받침을 받는, 그리고 그의 후견인들이 실제 소유 이상의 재산을 그에게 인정해 주는 빅튀르니앵과 같은 젊은이로 말하자면, 떨쳐 버려야 할 때에는 한마디 말, 한 줄의 문장으로, 아주 섬세하게, 아주 솜씨 좋게 치워 버릴 존재가 아니었던가. 요컨대 미남이고, 사상이 온건하고, 재치가 넘치는, 결혼시켜야 할 백작, 그의 부친이 아직 옛 후작령의 토지와 세습의 성을 소유하고 있는 그런 젊은이는, 권태에 빠진 젊은 여자들, 결혼시켜야 할 딸들을 거느린 어머니들, 또는 지참금이 없는 아름다운 무희들이 있는 모든 집안에서 놀랄 만큼 환대를 받는다. 그래서 사교계는 그 극장의 제1열 좌석에 미소를 지으며 그를 끌어당겼다. 예전의 후작들이 무대 위에 차지하고 있던 좌석들이, 실재는 변하지 않지만 이름들은 변하는 파리에 여전히 존재하는 것이다.

더없이 신중하게 셈이 이루어지는 포부르 생제르맹의 사교계에서, 빅튀르니앵은 주교 대리 드 파미에라는 인물에게서, 자기 고향 도시의 지인인 기사의 분신 같은 존재를 발견했다. 주교 대리는 재산의 모든 위신에 둘러싸여, 높은 지위의 이점을 누리며 최고의 조건에서 성장한 드 발루아 기사 같은 인물이었다. 이 소중한 주교 대리는 모든 비밀의 저장소였고, 포부르 생제르맹의 잡지 같은 존재였다. 그렇지만 아주 조심스러워서, 모든 잡지와 마찬가지로 공표할 수 있는 것만을 얘기했다. 나아가 빅튀르니앵은 기사에게 들었던 것과 같은 일상 현실을 넘어서는 엉뚱한 견해가 거침없이 표명되는 것을 들을 수 있었다. 주교 대리는 조금의 에두름도 없이 데그리뇽에게 적절한 여인들을 거느리는 얘기를 했고, 자기 동년배끼리의 얘기를 그에게 쏟아 놓았다. 그때 드 파미에 주교 대리가 서슴없이 한 얘기는 영혼과 정열이 크나큰 역할을 하는 현대의 풍속과는 너무나 동떨어져 있어서, 그것을 믿지 못할 사람들에게 그 얘기를 전하는 것은 쓸데없는 짓이다. 그러나 이 뛰어난 주교 대리는 그 이상의 역할을 해서, 그는 결론적으로 빅튀르니앵에게 다음과 같은 말을 했다. "내가 내일 카바레에서 저녁을 내겠소. 우리가 소화 삼아 구경 갈 오페라가 끝난 다음, 당신과 만나기를 고대하는 사람들이 기다릴 집으로 당신을 안내하겠소." 주교 대리는 로쉐드 캉칼*에서 그에게 맛있는 저녁 식사를 샀는데, 초대 손님은 드 마르세이, 라스티냑과 블롱데 세 사람뿐이었다. 에밀 블롱데는 젊은 백작과 동향인으로, 매력적인 젊은 부인과의 관계로 인해 상류 사교계에 드나드는 작가였다. 그 젊은 부인은 빅튀르니앵과 같은 고장에서 온 트레빌가의 아가씨로서, 부르봉 왕가로 넘어온 나폴레옹의 장군 가운데 한 사람인 드 몽코르네 백작과 결혼한 부인이었다. 주교 대리는 회식자의 숫자가 여섯 명이 넘는 저녁 식사는 몹시 경멸한다는 뜻을 표명했다. 그에 의하면, 그런 경우에는 대화도, 요리도, 제대로 된 포도주 맛도 있을 수 없다는 것이었다.

"이보게, 나는 오늘 저녁 당신을 어디로 안내할지 아직 알려 주지 않았소." 그가 빅튀르니앵의 두 손을 잡고 토닥거리면서 말했다. "당신은 데 투쉬 양의 집에 가게 될 텐데, 거기서 재사라 는 자부심에 찬 예쁜 젊은 여자들의 소규모 친목 모임이 열릴 것 이오. 문학, 예술, 시, 요컨대 재능이 그곳에서는 높이 평가받는 다오. 그것은 우리의 옛 문학 클럽 가운데 하나이지만, 이 시대 의 제복과도 같은 군주제의 모랄로 치장되어 있소."

"때때로 그건 새 장화 한 켤레처럼 권태롭고 피곤하지만, 그 러나 그곳에서밖에는 말을 걸 수 없는 여자들이 거기에 있다네" 하고 드 마르세이가 말했다.

"자기들의 뮤즈를 교육시키러 그곳에 오는 시인들 모두가 우리 의 동반자와 닮았다면, 모임이 재미있을 텐데." 라스티냐이 블롱 데의 어깨를 친밀하게 두드리면서 말했다. "그렇지만 오드(ode), 발라드, 사소한 감정을 다루는 명상이며, 큰 여백의 소설 등이 카나페 간식과 정신을 좀 지나치게 산만하게 한단 말일세."

"그들이 부인들을 망치지 않고 처녀들만 타락시킨다면, 나는 그들을 미워하지 않겠네" 하고 드 마르세이가 말했다.

"여러분, 당신들은 나의 문학의 밭을 짓밟고 있어." 블롱데가 미소 지으며 말했다.

"입 다물게, 이 행복한 작자야, 자네는 세상에서 가장 매력적인 여자를 우리에게서 훔쳐 갔어. 우리는 자네의 보잘것없는 아이디어나 자네에게서 뺏을 수 있으려나." 라스티냑이 소리쳤다.

"그래, 악당은 행복하지, 그렇지만, 아마 오늘 저녁엔 빅튀르니앵이 더 행복할걸……." 주교 대리가 블롱데의 귀를 잡고 비틀면서 말했다.

"벌써!" 하고 드 마르세이가 외쳤다. "그는 여기 온 지 한 달밖에 안 됐어. 그의 옛 장원의 먼지를 털어 내고, 그의 아주머니가 그를 절여 두었던 소금물을 씻어 낼 시간이 있었을까 말까 한데. 그가 가진 건 겨우 좀 말끔한 영국산 말 한 필, 유행하는 이륜마차 한 대, 마부 한 명 정도……."

"아니, 아니, 그는 마부가 없어요." 하고 드 마르세이를 가로막으며 라스티냑이 말했다. "그 하인은 자기 고장에서 데려온 시골 농부의 태도를 갖고 있고, 제복의 복식을 가장 잘 이해하는 재단사 뷔이송이 선언하기를 웃옷을 걸치는 데는 서툴다고 했는데……."

주교 대리가 엄숙하게 말했다. "이보게, 어린 친구들, 사실은 진짜 영국 호랑이'를 소유해서, 자네들 모두보다 유리한 위치의 보드노르를 자네들이 본받아야 했을 거네."

빅튀르니앵이 외쳤다. "그러니까 여러분, 프랑스에서 귀족들이 처한 상황이란 이런 거군요. 그들에게는 호랑이 한 마리, 영국산 말 한 필, 그리고 잡동사니를 갖는 것이 중대한 문제라……."

"우와!" 블롱데가 빅튀르니앵을 가리키며 말했다.

선생의 상식이 때때로 나를 겁먹게 하네.'

"그래, 그렇지, 젊은 모랄리스트, 당신은 이런 정도야. 경애하는 주교 대리처럼, 오십 년 전에 그를 유명하게 했던 낭비의 영예조차 당신은 더 이상 누리지 못하지! 우리는 몽토르괴유가, 3층에서 폭음 폭식을 벌이지. 더 이상 추기경과의 전쟁'도 없고, 황금 천의 캠프'도 없소. 결국, 당신, 데그리뇽 백작, 당신은 초라한 지방 판사의 작은아들 블롱데 씨와 저녁을 드는군요. 그곳 시골에서는 당신은 그와 악수조차 하지 않는데, 10년 후에는 그 사람이 왕국의 귀족원 의원들 사이에서 당신 곁에 앉을 수도 있어요. 그다음에는 가능한 한, 당신 자신을 믿으시오!"

"그런데" 하고 라스티냐가 말을 받았다. "우리는 현실에서 이념으로, 난폭한 힘에서 지적인 힘으로 넘어왔어요. 우리 얘기는……."

주교 대리가 말을 받았다. "우리의 파탄에 대해서는 얘기하지 맙시다. 나는 유쾌하게 죽기로 결심했소. 우리 친구가 아직 호랑이를 갖고 있지 않더라도, 그는 사자'의 종족에 속하니, 그에게는 호랑이가 필요 없소."

"그는 호랑이 없이는 지낼 수 없어요. 너무 최근에 도착했거든요" 하고 블롱데가 말했다.

"그의 우아함이 아직 새것이라 해도, 우리는 그것을 받아들입니다" 하고 드 마르세이가 대꾸했다. "그는 우리에게 어울리고, 그는 자기 시대를 이해하고, 그는 재치도 있고, 그는 귀족이고,

그는 친절하니, 우리가 그를 사랑할 것이고, 우리가 그를 도울 것이고, 우리가 그를 밀 것이오……."

"어디로?" 하고 블롱데가 말했다.

"호기심 많기는!" 하고 라스티냑이 대꾸했다.

"오늘 저녁 그는 누구와 함께 이동하는데요?" 하고 드 마르세이가 물었다.

"하렘 전체와 함께" 하고 주교 대리가 답했다.

"저런, 경애하는 주교 대리께서 공주님과 약속을 지키느라 우리를 괄시하시다니 도대체 무슨 일이야? 그녀를 내가 모른다면, 나는 아주 서글프겠는데……" 하고 드 마르세이가 대꾸했다.

"하지만 나도 저 사람처럼 건방졌었군." 드 마르세이를 가리키며 주교 대리가 말했다.

아기자기한 험담과 재미난 퇴폐의 어조가 계속되는 가운데 대단히 유쾌했던 만찬이 끝난 후, 라스티냑과 드 마르세이는 데 투쉬 양의 집에 따라갈 수 있도록, 주교 대리와 빅튀르니앵을 동반하여 오페라좌에 갔다. 이 두 명의 탕아는 비극 강독회가 끝날 시간을 계산해 보고 그곳에 갔다. 그들은 강독회가 밤 11시에서 자정 사이에 이루어지기에는 가장 어울리지 않는 모임이라고 생각했다. 그들은 빅튀르니앵을 염탐하고, 자기들의 출현으로 그를 훼방하기 위해서 왔던 것이다. 질투심 섞인 댄디의 악의로 초를 친, 소학생 같은 진짜 심술궂은 장난기였다. 빅튀르니앵은 시동의 뻔뻔스러움 같은 태도를 보였는데 그것은 그의 자유자재로운 모습에 많은 보탬이 되었다. 그래서 신출내기의 등장을 지켜보면서, 라스티냑은 시대의 멋진 방식으로 신속히 입문한 그에게 적잖이 놀랐다.

"저 꼬마 데그리뇽 크게 성공하겠어, 안 그래?" 하고 그가 동반자에게 말했다.

"하기 나름이지. 하지만 잘하고 있네." 드 마르세이가 대꾸했다.

주교 대리는 이 시대의 가장 사랑스럽고 가장 경쾌한 공작 부인들 중 한 명에게 젊은 백작을 소개했는데, 그녀의 모험담은 5년 후에나 폭발하게 된다.* 영광의 광채로 빛나는 가운데, 증거는 없지만 벌써 얼마간 경박함을 의심받는 그녀는, 파리의 험담에 오르내리는 두드러진 남녀 가운데 한 명이었다. 험구는 평화롭게 살기를 열망하는 범상한 사람들에게는 결코 미치지 않는 법이다. 요컨대 이 여인은 뒥셀 가문의 영애인 드 모프리뇌즈 공작 부인이었는데, 아직은 그녀의 시아버지가 생존해 있었다. 그녀가 드 카디냥 대공 부인으로 호칭되는 것은 나중의 일이다. 이제 자취를 감춘 두 명의 빛나는 여인 드 랑제 공작 부인과 드 보세앙 자작 부인의 친구였던 그녀는 데스파르 후작 부인과 친밀한 사이로, 현재 허약해진 유행의 왕권을 그녀와 다투고 있었다. 괄목할 만한 친척 관계가 오랫동안 그녀를 보호해 주었다. 그러나 그녀는 가능하다면 지상의 소득은 물론 달나라의 소득이라도, 무엇에, 어디에, 어떻게 쓰이는지 모르고, 몽땅 다 먹어치울 그런 종류의 여자에 속했다. 그녀의 성격을 어떻게 묘사해야 좋을지 모르겠다. 오직 드 마르세이만이 그것을 깊이 탐구한 바 있었다. 주교 대리가 이 감미로운 여인에게 빅튀르니앵을 데려가는 것을 보고서, 이 무서운 댄디는 라스티냑의 귀 쪽으로 몸을 숙이고서 "이보게, 저 사람, 삯마차꾼이 브랜디 한 잔을 들이켜는 것처럼 쉽게 먹혀 버리고 말겠어" 하고 소곤거렸다.

끔찍스럽게 천박한 이 말은 앞으로 일어날 애정의 사태를 놀랍도록 예언하고 있었다. 드 모프리뇌즈 공작 부인은 빅튀르니앵을 진지하게 관찰하고 난 다음 그에게 홀딱 반하고 말았다. 그녀가 드 파미에 주교 대리에게 감사를 표하는 천사 같은 눈길을 보았더라면, 연인이라도 그와 유사한 친밀함의 표현에는 질투를 느꼈을 것이다. 주교 대리 면전의 공작 부인처럼, 위험이 없는 영토에 놓였을 때의 여자들은 대초원에 풀어놓은 말들과도 같다. 그럴 때 그녀들은 자연스러우며, 어쩌면 자기들의 은밀한 애정의 표본을 전시하기 좋아한다. 그것은 어떤 거울 속에서도 반복이 가능하지 않은, 그리고 아무도 간파할 수 없는, 눈에서 눈으로 전해지는 조심스러운 눈길이었다.

"저 여자 참 제대로 준비했는걸!" 라스티냑이 마르세이에게 말했다. "숫처녀 같은 화장발, 눈같이 흰 칼라 속의 백조 같은 우아함, 전인미답의 마돈나의 시선, 새하얀 드레스, 소녀가 두른 듯한 허리띠! 자네가 저곳을 거쳤다고 누가 말할 수 있겠는가?"

"하지만 그녀는 본래가 그래." 드 마르세이가 의기양양한 태도로 대답했다.

두 젊은이는 미소를 주고받았다. 드 모프리뇌즈 부인은 이 미소를 얼핏 보고서 그들의 대화 내용을 짐작했다. 그녀는 평화가 이루어지기 이전'에는 프랑스 여자들이 알지 못하던 그런 눈짓을 두 탕아에게 던졌다. 영국식 은그릇 모양, 그들의 마구와 말, 많은 영국의 숙녀가 모여 있을 때 살롱을 식혀 주는 영국식 아이스크림 더미와 더불어 영국 여자들로부터 이입된 그런 눈짓이었다. 지배인으로부터 일장 훈시를 들은 다음 은급(恩給)을 기다리는 점원들처럼 두 젊은이는 진지해졌다. 빅튀르니앵에게 반하게 되면서, 공작 부인은 낭만적인 아녜스' 역을 행하기로 결심했는데, 몇몇 여자들이 그런 태도를 모방하여 오늘날의 젊은 청년들을 불행하게 만들었다. 드 모프리뇌즈 부인은 40세 무렵에 신앙심으로 기우는 대신 문학과 과학으로 기울 생각을 했던 것처럼, 지금은 갑자기 천사 역을 하기로 작정했던 것이다. 그녀는 아무와도 닮지 않기를 고집했고, 독창적인 역할과 복장, 모자와 의견, 치장과 행동 방식을 창안해 냈다. 결혼 후, 아직 그녀가 젊은 처녀와 같았을 때, 그녀는 학식 있고 거의 퇴폐적인 여인의 역을 행했다. 그녀는 경박한 사람들과 평판에 위험이 될 수도 있는 재담을 서슴없이 주고받았지만, 진짜로 감식력이 있는 사람들에게는 자신의 무지를 드러내 보일 수밖에 없었다. 그 같은 결혼의 시기는 천문력(天文曆)에서 짧은 세월의 에누리도 그녀에게 허용하지 않았기 때문에, 스물여섯의 나이에 이르자, 그녀는 순진무구한 모습을 꾸며 내게 되었다. 그녀는 땅에는 거의 발을 딛지 않은 것처럼 보였고, 자신의 커다란 옷소매를 마치 날개인 양 휘저었다. 약간 지나치게 생경한 하나의 말, 하나의 생각, 하나의 시선을 대하면 그녀의 시선은 하늘을 향해 도피했다. 제2의 라파엘로라는 명성을 얻어 가려는 순간 질투심 때문에 살해당한 제노바의 위대한 화가 피올라'가 그린 마돈나, 그의 유리창 아래 제노바의 작은 골목길 안에서 눈에 띄는 마돈나, 모든 마돈나 가운데 가장 순결한 그 초자연적인 마돈나도, 드 모프리뇌즈 공작 부인과 비교하면 메살리나' 같은 추한 여자로 보였다. 덤벙대던 젊은 여자가 어떻게 단 한 번의 화장으로, 베일에 싸인 천사 같은 아름다움으로 변할 수 있는지 여자들은 의아해했다. 그 아름다움은, 유행하는 표현에 따르자면, 알프스 최상봉에 마지막으로 떨어진 눈발 같은 순백의 영혼을 지닌 것으로 보였다. 박사(薄紗) 아래 감춤으로써 자신의 영혼보다 더 순결해 보이는 목덜미를 기막히게 노출하는 그 위선의 문제를 그녀가 어떻게 그리 신속하게 해결했는지, 시선을 너무도 뇌쇄적인 방식으로 던짐으로써 그녀가 어떻게 그렇게 그리 초현실적으로 보일 수 있었는지, 여자들 모두가 의문을 품었다. 더 나은 인생을 위한 희망으로 가득 찬 금욕적 한숨을 내쉬며, 그녀의 입이 자신은 그 어떤 인생도 구체적으로 실현하지는 않으리라고 말하는 듯 보일 때, 그녀는 거의 선정적인 그 눈길에 의해 수많은 쾌락을 약속하는 듯한 모습이었다. 그 시대 왕실 수비대 소속의 몇몇 병사들처럼 순진한 젊은이들은, 은하수에서 떨어진 외계의 안개와도 같은 이런 종류의 순결한 귀부인과는 최종적 친밀 관계 속에서라도 과연 반말을 주고받을 수 있을지 자문해 보는 것이었다. 몇 해 동안 성공을 구가한 이런 체계적 방식은, 강력한 철학으로 덧대어진 우아한 젖가슴을 소유한 여인들, 제의실(祭衣室)의 꾸민 태도 밑으로 커다란 욕구를 감춘 여인들에게는 대단히 유용했다. 천상의 존재 같은 이런 여인들 가운데, 그녀들을 지상으로 불러오고 싶은 상류층 남자들의 갈망이 그녀들에게 가져다줄 수 있는 사랑이 어떤 것인지 모르는 여인은 아무도 없었다. 이런 풍조가 그녀들로 하여금 반쯤은 가톨릭적이고 반쯤은 오시안풍인 그녀들의 천국에 머물도록 허용해 주었다. 그녀들은 인생사의 모든 범속한 디테일은 무시할 수 있었고 또 무시하고자 했다. 그것이 많은 문제에 적절히 적응하는 방식이었다. 드 마르세이가 간파한 이 체계적 방식의 적용이 그가 라스티냑에게 던진 다음과 같은 마지막 말을 설명해 주는데, 그는 빅튀르니앵에게 거의 질투를 느끼고 있는 라스티냑의 모습을 보았던 것이다.

"여보게, 자네가 있는 자리에 그대로 머물러 있게. 우리의 뉴싱겐'은 자네가 한밑천 잡게 해 주겠지만, 반면에 공작 부인은 자네를 파멸시킬 거야. 그녀는 너무 값비싼 여자야." 그가 라스티냑에게 이렇게 말했다.

라스티냑은 더 이상 묻지 않고 드 마르세이가 떠나도록 내버려 두었다. 그는 자신의 파리를 알고 있었다. 그는 가장 세련되고, 가장 고귀한 여인, 꽃다발 하나 이외의 다른 것은 받아들이게 할 수 없을 세상에서 가장 무사무욕(無私無慾)한 여인이 예전의 오페라의 처녀들만큼이나 젊은이에게 위험해질 수 있다는 것을 알고 있었다. 실상은, 오페라의 처녀들은 전설적인 상태로

넘어갔다. 극장의 현재 풍속은 무희와 여배우들을 여자의 권리*
선언처럼 재미있는 어떤 것, 저녁에 몸에 달라붙는 바지를 입고
남자 역을 하며 다리를 보여 주기 전에, 오전에는 덕성스럽고
존경받는 가정의 어머니로서 산책하는 인형 같은 존재로 만들
었다. 지방의 자기 사무실 구석에서, 마음씨 착한 쉐넬은 젊은
백작이 부딪쳐 부서질 수 있는 암초 가운데 하나를 제대로 예측
한 바 있었다. 드 모프리뇌즈 부인이 둘러쓴 시적 광채는, 소녀
가 매는 것 같은 그녀의 허리띠에 묶여서, 요정들의 손으로 채
운 것 같은 버클에 걸려, 첫 순간에 포획당한 빅튀르니앵을 현
혹했다. 이미 아주 타락한 아이는 모슬린 천을 걸친 그 뒤죽박
죽의 순결을, 두 법정에서 깊이 논의된 하나의 법률과도 같은
그 그윽한 표현을 믿었다. 여자의 거짓말을 믿어야 하는 남자는
그것을 믿는 것으로 충분하지 않은가? 세상의 나머지 것은 두
사람의 연인에게는 장식 융단 속 인물들과 같은 가치를 가질 뿐
이다. 솔직히 공작 부인은 자타가 인정하는 파리에서 가장 예쁜
열 명의 여자 가운데 한 명이었다. 사랑의 세계에 있는 가장 예
쁜 파리의 여인들의 수는 문학의 세계에 있는 시대의 걸작 수만
큼 된다는 것을 여러분은 알 것이다. 빅튀르니앵의 나이에는,
그가 공작 부인과 나눈 대화는 그다지 피곤하지 않게 지속될 수
있다. 매우 젊고, 파리 생활의 실상에 정통하지 않은 그는 경계
할 필요가 없었고, 자신의 사소한 말 또는 시선을 살필 필요가
없었다. 각 대화 상대자에게서 대단히 우스꽝스러운 저의로 표
출되는 그 종교적 감상주의는 옛 프랑스식 잡담의 부드러운 친

밀성, 정신적 자연스러움을 배제시킨다. 그런 잡담 가운데서는 은연중에 서로 사랑하게 된다. 빅튀르니앵은 지방 특유의 순진성을 지니고 있어서, 공작 부인의 마음에 드는 대단히 적절하고 꾸밈없는 도취 상태에 머물 수 있었다. 여자들은 자기들의 연극에 속지 않는 것과 마찬가지로 남자들이 꾸미는 연극에 속아 넘어가지 않는 것이다. 드 모프리뇌즈 부인은 족히 여섯 달 동안, 한편으로는 두려움을 느끼면서도, 순수한 사랑에 대한 젊은 백작의 착각을 높이 평가했다. 그녀는 속눈썹의 황금빛 자락 아래로 자기 시선의 섬광을 가리면서, 순결한 처녀처럼 바라보는 것을 너무도 즐겨서, 데스파르 후작 부인은 그녀에게 작별 인사를 하러 다가올 때면, 그녀의 귀에 대고 이렇게 속살거리는 것으로 시작했다. "좋아요! 아주 좋아! 친구야!" 그리고 나서 아름다운 후작 부인은 자기의 경쟁자가 사랑의 나라'의 현대판 지도 위를 여행하도록 놔두고서 떠났다. 사랑의 나라라는 것은 몇몇 사람들이 생각하는 것만큼 그렇게 우스꽝스러운 개념이 아니다. 그 지도는 세기가 거듭되면서 다른 이름들로 다시 새겨지며 항상 동일한 수도(首都)로 인도된다. 살롱의 한구석, 긴 의자에서, 한 시간 동안 두 사람이 공개적으로 마주 앉아 대화를 나눈 다음, 공작 부인은 데그리뇽을 스키피오적 관대함'으로, 아마디스'적 헌신으로, 중세의 자기희생으로 이끌었다. 중세의 단검, 돌출회랑, 긴 웃옷, 쇠사슬 갑옷, 끝이 뾰족하게 쳐들린 구두, 채색 판지로 만든 중세의 낭만적 도구 일체가 당시에 유행하기 시작했던 것이다. 그런데다가 그녀는 여러 생각들을 드러내 놓고 표현하지 않으면서, 무심하면서도 신중한 방식으로, 실패에 바늘들을 하나하나 꽂듯, 빅튀르니앵의 가슴에 쑤셔 넣는데 놀라운 수완을 발휘했다. 그녀는 경이로울 정도로 주저함을 보였고, 매혹적으로 위선을 부렸으며, 희망을 솟아나게 한 뒤에 자세히 살펴보면 햇빛에 내놓은 얼음처럼 녹아 버리는 미묘한 약속들을 남발했다. 요컨대 그녀는 대단히 불성실하게 갖가지 욕망을 고취하고 품게 했다. 이 멋진 만남은 인쇄된 글자로는 결코 그려 내지 못할 그 겸허하고도 아양 섞인 방식을 거쳐서, 그녀를 보러 오라는 초대의 점점 죄어오는 매듭으로 귀결되는 것이었다.

"당신은 나를 잊을 거예요! 당신을 밝혀 주는 대신, 당신에게 아첨하는 데 급급한 하고많은 여자들을 당신은 보게 될 거예요…….─하지만 당신은 환상에서 깨어나 나한테 되돌아오게 될 거예요.─나한테로 오시겠죠, 그전에? ……아니, 당신 원하시는 대로 하세요.─나, 나는 당신의 방문이 나에게는 몹시 기쁠 것이라고 순진하게 말하겠어요. 올바른 영혼을 가진 사람은 매우 드물지만, 나는 당신을 믿어요.─자, 안녕히 계세요. 우리가 더 이상 얘기하면, 사람들이 우리 얘기를 화제로 떠들게 될 거예요." 그녀는 이런 말을 했다.

문자 그대로, 그녀는 나는 듯이 자취를 감췄다. 빅튀르니앵은 공작 부인이 떠난 후 오래 머물러 있지 않았다. 그렇지만 그는 행복한 사람들 특유의 태도, 즉 종교재판관들의 조용한 신중함과 아울러 죄의 사함을 받고 고해실을 나서는 독신자(篤信者)들의 과묵한 지복 상태와 유사한 태도로 인해 사람들이 그의 황홀감을 눈치챌 정도의 시간 동안은 남아 있었다.

"드 모프리뇌즈 부인은 오늘 저녁 아주 신속하게 목적에 도달했어요." 데 투쉬 양의 작은 살롱에 여섯 명만이 남게 되자 드 그랑리외 자작 부인이 이렇게 말했다. 남아 있는 사람은 신임받는 청원 심사관 데 뤼포, 방드네스, 드 그랑리외 자작 부인, 카날리스, 그리고 드 세리지 부인이었다.

"데그리뇽과 모프리뇌즈는 꼭 달라붙은 것 같은 두 이름이네요." 무언가 재담을 한다는 자부심을 갖고 드 세리지 부인이 대꾸했다.

"며칠 전부터 그녀는 플라토니즘에 빠져 있었어요." 데 뤼포가 말했다.

"그녀는 저 가엾은 순진한 아이를 파멸시킬 겁니다." 샤를르 드 방드네스가 말했다.

"그게 무슨 뜻의 말씀이죠?" 데 투쉬 양이 물었다.

"오오! 정신적으로 또 재정적으로요, 의심의 여지가 없어요." 자작 부인이 자리에서 일어서며 말했다.

이 잔인한 말은 젊은 데그리뇽 백작에게는 잔인한 현실을 내포하고 있었다. 다음 날 아침, 그는 고모에게 편지를 써서, 포부르 생제르맹의 고급 사교계에 자신이 데뷔한 전말을 사랑의 프리즘이 투사하는 생생한 색채로 얘기했다. 그는 도처에서 자기가 받은 환대를 부친의 자부심을 만족시키는 방식으로 설명했다. 후작은 이 긴 편지를 두 차례 거듭 읽게 했고, 그의 옛 지인인 드 파미에 주교 대리가 베푼 만찬과 공작 부인에게 자기 아들을 소개한 얘기를 들으면서 두 손을 비비며 만족을 표했다. 그러나 혁명기에는 검사였던 블롱데 씨라고 불리는 판사의 작은아들이 출현한 것은 도무지 이해할 수가 없어서 갖가지 억측에 사로잡혔다. 그날 저녁 골동품 진열실에는 축제 같은 상황이 벌어졌다. 그곳에서는 젊은 백작의 성공담이 계속 얘기되었다. 드 모프리뇌즈 부인에 대해서는 너무나 신중을 기한 나머지 그녀의 얘기를 전해 들은 사람은 기사가 유일했다. 이 편지에는 재정에 관한 추신, 이런 경우에는 젊은이라면 누구나 덧붙이게 마련인 군자금에 관계되는 불유쾌한 결론이 붙어 있지 않았다. 아르망드 양은 편지를 쉐넬에게 전달했다. 쉐넬은 조그만 사족도 달지 않고 기쁨을 나타냈다. 기사와 후작이 말했듯이, 드 모프리뇌즈 공작 부인에게 사랑받는 젊은이는 궁정의 주인공 가운데 하나가 될 것이 분명했다. 궁정에서는 옛날과 마찬가지로, 여성들에 의해 모든 것에 이르게 되어 있는 것이다. 젊은 백작은 아주 괜찮은 선택을 한 셈이었다. 지체 높은 노부인들은 루이 13세부터 루이 16세에 이르기까지 모프리뇌즈 가문의 모든 정사(情事) 이야기를 주고받았고, 이전의 치세에 찬사를 보냈다. 결국 그 여자들은 매료된 것이었다. 빅튀르니앵에게 관심을 가진 것에 대해 드 모프리뇌즈 부인은 많은 칭찬을 받았다. 진짜 희극을 만들고자 하는 극작가라면 골동품 진열실의 소그룹 이야기를 귀기울여 들어볼 만했다. 빅튀르니앵은 자기 아버지와 고모, 그리고 유명한 헝가리의 공주가 1778년에 여행 왔을 때, 주교 대리와 함께 스파*에 갔던 추억담을 떠올린 기사의 기분 좋은 편지들을 받았다. 쉐넬 역시 편지를 썼다. 편지의 각 페이지마다 이 불행한 아이가 길들어 있는 찬사가 넘쳐나고 있었다. 아르망 드 양은 드 모프리뇌즈 부인의 즐거움에 자신도 반쯤은 빠져 있는 듯이 보였다. 자기 가족의 찬동에 행복해서, 젊은 백작은 댄디즘의 위험하고 값비싼 오솔길로 거리낌 없이 접어들었다. 그는 말을 다섯 필 가졌는데, 그건 절제 있는 편이었다. 드 마르세이는 말을 열네 필이나 소유하고 있었다. 그는 주교 대리, 드 마르세이, 라스티냑, 그리고 나아가 블롱데에게까지 자기가 대접받았던 만찬에 대해 답례했다. 그 만찬에는 500프랑의 비용이 들었다. 지방 출신인 그는 그 신사들로부터 동급으로 대단한 환대를 받았다. 그는 많은 도박을 했고, 유행하는 휘스트 게임에서는 결과가 좋지 못했다. 그는 자신의 무위도식을 바쁘게 지내는 방식으로 조직했다. 빅튀르니앵은 매일 낮 정오부터 세 시까지 공작 부인 집에 갔다. 거기에서, 그는 불로뉴 숲에 가서 그녀를 다시 만났는데, 그는 말을 타고, 그녀는 마차를 타고 재회했다. 이 두 매력적인 파트너가 이따금 말을 타고 하는 나들이는 화창한 아침나절에 이루어졌다. 젊은 백작의 저녁 시간은 사교 모임, 무도회, 연회, 공연 같은 것들로 채워졌다. 빅튀르니앵은 도처에 자신의 재치의 구슬을 뿌리고 다녔기 때문에, 사방에서 빛을 발했다. 그는 난해한 재담으로 사람들, 사물들, 사건들에 대해 판단했다. 마치 꽃만 피는 과일나무와도 같았다. 어쩌면 돈 이상으로 영혼이 탕진되는 삶, 더없이 훌륭한 재능이 매장되는 삶, 완전무결한 청렴성이 죽어 가는 삶, 최고로 단련된 의지가 녹아내리는 삶, 그는 그런 나른한 삶을 영위했다. 공작 부인, 그처럼 순결하고, 그처럼 연약하고, 그처럼 천사 같은 그 여인은 어린 남자들의 방탕한 삶을 즐겼다. 그녀는 첫 상연을 보는 걸 좋아했고, 익살스러운 것, 기상천외한 것을 사랑했다. 그녀는 카바레에 다닌 경험이 없었는데, 데그리뇽이 로쉐 드 캉칼에서 상냥한 방탕아 그룹과 함께 그녀에게 매력적인 파티를 주선했다. 그녀는 그 방탕아들을 훈계하면서 유혹했고, 파티는 야식과 아울러 유쾌하고, 재치 넘치고, 재미있었다. 이 파티는 또 다른 것들을 이끌어 왔다. 그렇지만 빅튀르니앵에게는 그것이 천사의 사랑과 같은 것이었다. 그렇다, 드 모프리뇌즈 부인은 지상의 타락이 결코 닿지 않은 천사로 남아 있었다. 바리에테 극장에서 거의 음탕하고 상스러운 익살극을 보고 웃음을 터트리면서도 천사였고, 난교 파티에서 주고받을 것 같은 관능적인 농담과 추잡한 가십의 십자포화 가운데서도 천사였으며, 보드빌 극장의 철책 두른 좌석에서 정신이 몽롱해진 상태에서도 천사였고, 오페라좌 무희들의 포즈를 눈여겨보면서, 아래층 입석 왼편에 서 있는 늙은이의 식견으로 그것을 비판하면서도 천사였고, 포르트 생 마르탱 극장에서도 천사였으며, 거리의 소극장들에서도 천사였고, 그녀가 소학생처럼 즐긴 가면무도회에서도 천사였다. 그녀는 사랑이 궁핍, 영웅주의, 희생으로 버티기를 바라면서도, 말에 입힌 옷이 자기 마음에 들지 않는다고 데그리뇽에게 말을 바꾸게 하고, 그가 백만금의 소득을 누리는 부유한 영국 영주와 같은 차림을 하기를 원하는 천사였다. 그녀는 도박에서도 천사였다. 그녀가 데그리뇽을 향해 "나를 위해 게임을 하세요!"라고 말할 때처럼 그렇게 천사처럼 말할 줄 아는 부르주아 여자는 아무도 없을 것이다. 그녀가 무분별한 짓을 할 때에는 너무도 완벽하게 광적이어서, 지상의 쾌락의 취향 가운데 그 천사를 유지시키기 위해서 악마에게 그녀의 영혼을 팔려고 하는 것 같았다.

첫 겨울이 지난 후, 젊은 백작은 훈계의 권한을 사용하는 것을 삼가는 카르도 씨에게서, 쉐넬이 보낸 액수에서 자그마치 3만 프랑이 초과하는 금액을 가져갔다. 새로운 요구에 대한 공증인의 극도로 공손한 거절이 빅튀르니앵에게 대차 부족액을 알려주었다. 그가 클럽에서 6천 프랑을 잃었고, 그곳에 되돌아가기 위해서는 그 금액이 필요했던 만큼, 빅튀르니앵은 거절에 대해 더욱더 기분이 상했다. 3만 프랑에 대해서는 쉐넬에게 편지를 써서 알리면서도 빅튀르니앵에 대한 신용을 유지했었지만, 아름다운 드 모프리뇌즈 공작 부인의 귀염둥이 앞에서는 이른바 그 신용에 크게 경종을 울린 공증인 카르도의 거절에 그는 몹시 화가 난 참이었다. 하지만 명예가 걸린 빚의 문제였기 때문에, 데그리뇽은 어떻게 처리해야 좋을지 공증인에게 묻지 않을 수 없었다.

"백작님 부친의 은행가 앞으로 어음을 발행하시고, 아마도 그 어음을 할인해 줄 은행가의 교신자에게 어음을 가져가십시오. 그런 다음 은행가 앞으로 어음의 자금을 불입하라고 백작님의 가족에게 편지로 알리십시오."

그가 처해 있는 곤경 가운데서, 젊은 백작은 그에게 뒤 크루아지에라는 이름을 불쑥 상기시킨 내면의 목소리를 들었다. 백작은 귀족계급에 무릎 꿇은 그의 모습을 본 적이 있었지만, 귀족계급에 대한 그의 성향에 대해서는 전혀 아는 바가 없었다. 그래서 그는 그 은행가에게 아주 거리낌 없는 어조로 편지를 써서, 자기가 그의 앞으로 1만 프랑짜리 어음을 발행하며, 그 자금은 자기 편지를 받은 후 쉐넬 씨 또는 아르망드 데그리뇽 양에 의해 그에게 지불될 것이라고 알렸다. 그러고 나서 그는 쉐넬과 고모에게 두 통의 눈물겨운 편지를 썼다. 파멸로 달려가는 것이 문제일 때, 젊은이들은 특이한 술수와 기교를 보여 주며, 그것을 다행스러워한다. 빅튀르니앵은 오전에 뒤 크루아지에와 관계를 맺고 있는 파리의 은행가들의 이름과 주소를 찾아냈는데, 드 마르세이가 그에게 지적해 준 켈레 형제였다. 드 마르세이는 파리의 모든 것을 알고 있었다. 켈레 형제는 두말없이 어음의 액수를 할인해서 데그리뇽에게 지불했다. 그들은 뒤 크루아지에에게 채무가 있었던 것이다. 이 도박 빚은 숙소의 상태와 비교하면 아무것도 아니었다. 빅튀르니앵의 거처로는 청구서들이 비 오듯 쏟아졌다.

"아니! 자네 이런 일에 정신을 팔고 있다니. 이보게, 자네는 이것들을 다 정리해 놓는군. 나는 자네가 이렇게 부르주아적인 줄 미처 몰랐네." 어느 날 오전 라스티냑이 웃음을 짓고 데그리뇽에게 말했다.

"이 사람아, 생각하지 않을 수가 없네, 여기 쌓인 것이 2만 수

천 프랑어치라네."

종루 레이스'를 위해 데그리뇽을 찾으러 왔던 드 마르세이가 주머니에서 우아한 작은 지갑을 꺼내더니, 거기서 2만 프랑을 집어, 데그리뇽에게 내밀었다.

"이것이 이 돈을 잃지 않는 최상의 방식일세. 어제 나의 존경스러운 아버지 더들리 경한테 이 돈을 땄으니 오늘 나는 이중으로 만족이야" 하고 마르세이가 말했다.

이런 프랑스적 호의가 데그리뇽의 마음을 사로잡아 우정에 대한 믿음을 키웠다. 데그리뇽은 청구서는 조금도 지불하지 않고, 그 돈을 모두 환락에 써 버렸다. 댄디들이 쓰는 언어 표현에 따르자면, 드 마르세이는 데그리뇽이 파멸에 빠져드는 것을 이루 말할 수 없는 기쁨을 느끼며 보고 있었고, 우정의 모든 사탕발림을 펼치며 데그리뇽의 어깨에 팔을 걸치고 그를 짓눌러 일찍 사라지게 하려는 데서 즐거움을 찾고 있었다. 그는 공작 부인이 자기에게는 문을 걸어 잠그고, 데그리뇽을 광채로 감싸는데 질투를 느꼈기 때문이었다. 더구나 그는 터키 여자들이 욕탕 속에서 즐기듯 악 가운데서 즐거움을 찾는 빈정거리기 좋아하는 거친 사내들 가운데 하나였던 것이다. 그가 승마 경기에서 상을 타서, 내기꾼들이 여관에 모여 고급 포도주를 곁들여 점심을 들 때, 드 마르세이는 웃으면서 데그리뇽에게 말했다. "자네가 염려하는 그 청구서들은 분명히 자네 것이 아니야."

"그가 그것을 염려하겠나?" 하고 라스티냑이 대꾸했다.

"그렇다면 대체 그건 누구에게 속한 것인데" 하고 데그리뇽이 물었다.

"그러니까 자네는 공작 부인의 상황을 모른단 말인가?" 드 마르세이가 다시 말에 오르면서 말했다.

"모르네." 데그리뇽이 당황해서 대답했다.

"그러면, 여보게, 사정은 다음과 같다네. 빅토린네 상점에 3만 프랑, 우비강 상점에 1만 8천 프랑, 에르보, 나티에, 누르티에, 라투르 상점¹ 등에도 셈할 것이 있어서 합계 10만 프랑이라네." 드 마르세이가 다시 대꾸했다.

"천사가?" 데그리뇽이 눈을 하늘로 향하며 말했다.

"그것이 천사 날개의 셈속이지." 라스티냑이 익살스럽게 소리쳤다.

"이보게, 바로 천사이기 때문에 그녀는 그 모든 빚을 지고 있다네" 하고 드 마르세이가 대답했다. "하지만 우리 모두 그런 상황에서 천사들을 만났지." 그가 라스티냑을 쳐다보며 말했다. "여자들은 돈에 대해서는 아무것도 모른다는 그 점에서 숭고하단 말이야. 그녀들은 돈 문제에는 끼어들지 않고, 돈은 그녀들과는 전혀 상관이 없지. 병원에서 죽은 어떤 시인의 말에 따르자면, 그녀들은 '인생의 향연'에 초대받은¹ 것이지."

"나는 모르는데, 자네는 어떻게 그것을 아나?" 데그리뇽이 순진하게 대꾸했다.

"그녀가 자네에게 빚이 있다는 것을 아는 마지막 여자가 될 것처럼, 자네는 그 사실을 아는 마지막 남자가 될걸세."

"나는 그녀에게 10만 리브르의 연수가 있다고 믿었는데" 하고 데그리뇽이 말했다.

드 마르세이가 말을 이었다. "그녀의 남편은 그녀와 헤어져서 자기 연대에서 살며 조금씩 저축하고 있다네. 그도 역시 얼마간 자잘한 빚이 있기 때문이지, 우리의 경애하는 공작이! 자네는 대체 어디에서 온 거야? 우리처럼, 자네 친구들의 회계를 헤아리는 것부터 배우도록 하게. 디안느 양(그녀의 이름 때문에 나는 그녀를 사랑했다네!), 디안느 뒥셀은 그녀 몫으로 6만 리브르의 연수를 가지고 결혼했네. 그녀의 집은 8년 전부터 연수 20만 리브르 수준으로 올라갔다네. 그런데 현재는 그녀의 토지 전부가 가치를 초과해서 저당 잡혀 있는 것이 확실하네. 조만간 어느 아침에 결단을 내려야만 할 거야. 그리고 천사는 도주를⋯⋯ 이 말을 해야만 할까? 우리 중의 하나를 체포하듯이 파렴치하게 천사를 붙잡으려는 집달리들을 피해 도주해야만 할 거야."

"가련한 천사 같으니!"

"어이! 이 친구, 파리라는 천국에 머무르려면 아주 비싼 값이 든다네. 매일 아침 안색과 날개를 깨끗이 씻어 내야 하니까" 하고 라스티냑이 말했다.

사랑하는 디안느에게 자신의 곤경을 고백할 생각이 데그리뇽의 머리에 스치는 순간, 그는 자신이 진 빚이 이미 6만 프랑에 달하며, 도래할 청구서 액수가 1만 프랑이라는 것을 떠올리며 전율을 느꼈다. 그는 아주 음울한 상태로 거처에 돌아왔다. 잘 감추지 못한 그의 걱정하는 기색을 알아채고서, 저녁 식사 자리에서 친구들은 이런 말을 주고받았다. "저 꼬마 데그리뇽이 파멸하는군! 그는 파리와 보조를 맞추지 못해. 그는 머리를 쏘고 말 거야. 작은 바보라니까." 등등.

젊은 백작은 금방 위로받았다. 그의 시종이 그에게 두 통의 편지를 전해 주었던 것이다. 우선 쉐넬의 편지였는데, 그 편지는 질책이 섞인 충성심과 주서(朱書)로 쓴 정직을 강조하는 문장의 골치 아픈 냄새를 풍겼으므로, 그는 그것을 존중하기는 했지만, 저녁에 읽기로 하고 일단 간직해 두었다. 뒤이어 그는 뒤 크루아지에가 쓴 두 번째 편지에서 키케로풍의 웅변적 문장을 무한한 기쁨을 느끼며 읽었는데, 뒤 크루아지에는 제롱트 앞에서 스가나렐이 하듯이* 그의 앞에 무릎을 꿇는 태도로, 그가 자기 앞으로 끊어 주신 어음에 앞으로는 미리 돈을 불입하게 하심으로써 자신으로 하여금 황송함을 느끼지 않도록 해 주십사 하고 간청하고 있었다. 이 편지는 고귀한 데그리뇽 댁을 섬기기 위해 돈으로 가득 찬 활짝 열린 금고와 너무도 닮은 것 같은 문장으로 끝나고 있어서, 빅튀르니앵은 스가나렐, 마스카리유*, 그리고 손가락 끝에 양심의 근질근질함을 느끼는 모든 사람들이 보일 법한 몸짓을 취해 보였다. 자신이 켈레 형제 사무실에 무한정의 신용을 갖게 되었음을 알고 난 후, 그는 즐거운 마음으로 쉐넬의 편지를 개봉했다. 그는 훈계가 넘쳐나는 네 장짜리 빽빽한 편지를 예상해서, 신중함, 명예, 실행의 정신 등등 습관적인 단어들이 벌써 눈에 선했다. 그래서 다음과 같은 글을 읽게 되자 현기증이 일었다.

백작님,

저에게 남아 있는 저의 전 재산이 이제 20만 프랑뿐입니다. 백작님께 존경을 드리는, 백작님 가족의 가장 헌신적인 종복에게서 그것을 취하시는 영예를 베풀어 주신다면, 그 금액을 초과하지 않으시기를 간청드립니다.

쉐넬.

"이 사람은 플루타르크의 인물이구나." 빅튀르니앵은 편지를 자기 테이블 위에 던져 놓으며 중얼거렸다. 그는 분함을 맛보았고 또한 이런 큰 고귀함 앞에서 자신이 왜소하다는 느낌이 들었다. '자, 이제 나 자신을 바꿔야 한다'고 그는 생각했다.

식사 때마다 50프랑에서 60프랑 사이의 돈을 소비하던 레스토랑에서 저녁을 드는 대신, 그는 드 모프리뇌즈 공작 부인 집에서 저녁을 먹는 절약책을 택했다. 그는 공작 부인에게 편지의 일화를 얘기했다.

"나는 그 사람을 보고 싶습니다." 두 개의 움직이지 않는 별처럼 두 눈을 반짝이며 그녀가 말했다.

"그를 어쩌시려고요."

"그이에게 내 일을 맡기려고요."

디안느는 완벽하게 차려입고, 자신의 치장으로 빅튀르니앵을 영예롭게 하고자 했다. 빅튀르니앵은 그녀가 자신의 사무, 아니 더 정확히 말해 자신의 빚을 취급하는 가벼움에 매료당했다.

아름다운 한 쌍은 이탈리아 극장의 연극 상연을 구경하러 갔다. 이 아름답고 매혹적인 여인이 이보다 더 고결하고 이보다 더 순수해 보인 적은 일찍이 없었다. 홀 안에 있는 그 누구도 바로 그날 오전, 드 마르세이가 데그리뇽에게 액수를 말한 바 있던 그녀의 엄청난 빚에 대해 믿을 수 없었을 것이다. 지상의 어떠한 시름도 최상의 위치에 있는 여성의 자부심으로 가득 찬 그 숭고한 얼굴에까지 가 닿지는 못했다. 그녀의 꿈 꾸는 듯한 모습은 고상하게 억제된 세속적 사랑의 반영인 듯 보였다. 미켈란젤로가 내심 라파엘로를 찬미하듯 그녀를 찬미하면서도, 자기들의 라이벌인 디안느의 패배를 확신하는 여자들의 견해에 맞서서, 대부분의 남자는 미남인 빅튀르니앵이 헛고생하고 있다고 장담했다. 어떤 여자의 견해에 의하면, 디안느가 프랑스에서 가장 아름다운 금발을 갖고 있기 때문에, 빅튀르니앵이 그녀를 사랑하는 것은 그녀의 머리칼 때문이라는 것이었다. 또 다른 여자에 의하면, 그녀는 몸매가 좋은 것이 아니라 옷을 잘 입는 것이고, 그녀의 주된 장점은 그녀 옷의 하얀색이라고 했다. 어떤 여자들은 디안느가 얼굴은 평범한데, 그녀의 유일하게 멋진 부분은 발뿐이어서, 데그리뇽이 그녀를 사랑하는 것은 바로 그 발 때문이라고 했다. 그러나 파리의 현재 풍속을 놀랍게 그려 내는 애기로서, 한편에서 남자들은 공작 부인이 빅튀르니앵의 사치 비용을 댄다고 애기했고, 다른 한편에서는 라스티냑이 말한 것처럼, 여자들은 빅튀르니앵이 그 천사의 날개 값을 지불한다고 암시하는 것이었다. 돌아오는 길에, 자신의 빚보다 공작 부인의 빚에 훨씬 더 무거운 압박감을 느낀 빅튀르니앵은, 그 문제에 접근하기 위한 질문을 수없이 입가에 떠올렸다. 그러나 그녀의 승합마차 등불 빛에 여신처럼 비치는 그 여인, 언제나 그녀의 마돈나와 같은 순결성으로부터 강렬하게 이끌려 나온 것처럼 보이는 그런 관능의 매력을 발산하는 여인의 태도 앞에서, 그 질문은 매번 잦아들었다. 그녀를 모방하는 시골 여자들이 하듯, 공작 부인은 자신의 덕성이나 자신의 천사 같은 면모를 발설하는 어리석음을 범하지 않았다. 그녀는 훨씬 더 능란해서, 자신의 크나큰 희생을 부여받는 남자로 하여금 스스로 그 점에 대해 생각하게끔 만들었다. 사귄 지 여섯 달이 흐른 후에도, 그녀는 더없이 순진무구하게 손에 입을 맞춘 행위에 중범죄 같은 외양을 부여했으며, 너무나 완벽한 기교를 발휘하여 우아한 멋을 강요하였으므로, 그녀가 사귀기 전보다 후에 더 천사 같다고 믿지 않을 도리가 없었다. 언제나 달에 새로운 매력을 부여하고, 별들을 낭만화하고, 항상 똑같은 숯 자루 속에 굴리고 나서 항상 더 흰 상태로 거기에서 꺼낼 수 있을 만큼 강력한 힘을 발휘하는 것은 파리의 여인들밖에 없다. 지적인 파리 문명의 최종 단계가 거기에 있는 것이다. 라인강 너머 또는 영불해협 너머의 여자들은 객담을 늘어놓을 때면 자기들이 그것을 믿는 반면, 파리의 여인들은 자기 애인들의 모든 물질적, 정신적 허영심을 만족시킴으로써 그들을 더 행복하게 해 주기 위해 그들로 하여금 그 객담을 믿도록 만든다. 몇몇 사람들은 공작 부인이 자신의 마법에 속아 넘어가는 첫 번째 인물이라고 주장하면서, 그녀의 장점을 깎아 내리려고 했다. 그건 터무니없는 모략이었다! 공작 부인은 자기 자신 이외에는 아무것도 믿지 않았던 것이다.

1823년과 1824년 사이, 겨울이 시작될 무렵, 빅튀르니앵은 켈레의 사무실에 20만 프랑의 채무를 지고 있었는데, 쉐넬도 아르망드 양도 그것에 대해 전혀 모르고 있었다. 그가 돈을 끌어 쓰는 원천을 더 잘 숨기기 위해, 그는 이따금 2천 에퀴씩 쉐넬이 자신에게 송금하도록 만들었다. 그는 대부분의 행복한 사람들처럼 속아서 행복하게 살고 있는 가련한 자기 아버지와 고모에게 거짓 편지들을 썼다. 파리 생활의 매혹적인 충동이 그 명문 대가의 가족을 겨냥하고 있는 참혹한 파탄의 비밀을 꿰뚫어 보고 있는 것은 단 한 사람뿐이었다. 저녁에 골동품 진열실 앞을 지나가면서, 뒤 크루아지에는 기쁨으로 두 손을 비벼 댔다. 그는 자신의 목표에 다다를 희망에 벅차 있었다. 그의 목표는 데 그리뇽가의 파멸이 아니라 치욕이었다. 그 무렵 그는 복수의 본능을 품고서, 그것을 냄새 맡고 있었다! 젊은 백작이 막대한 빚을 져 그 젊은 영혼이 빚의 무게에 짓눌려 압도당할 것을 알게 되자마자 마침내 그는 복수를 확신했다. 그는 자기 적들 가운데 가장 밉살스러운 사람, 존경스러운 쉐넬을 괴롭히는 일부터 시작했다. 이 선량한 노인은 뒤 베르카유가에 있는 지붕이 아주 높고, 포장된 작은 마당이 딸린 집에 살고 있었다. 마당의 벽을 따라서는 장미 나무들이 2층까지 뻗어 있었다. 뒤편에는 작은 시골 정원이 있었는데, 습하고 어두운 벽들에 둘러싸여 있고, 가장자리에 회양목을 심은 화단들로 나뉘어 있었다. 회색의 깔끔한 대문에는 초인종이 매달려 있고, 산울타리가 둘러 있었는데, 그것은 간판처럼 이곳에는 공증인이 살고 있다는 것을 말해 주고 있었다. 저녁 다섯 시 반, 노인이 저녁 식사를 소화하는 시간이었다. 쉐넬은 난로 앞, 검은 가죽 제품의 낡은 안락의자에 앉아 있었다. 그는 채색 판지로 만든 장화 모양의 장구를 착용하고서 그의 다리를 불로부터 보호하고 있었다. 그는 두 발을 빗장에 기대고서 소화를 시키며 불을 뒤적거리는 습관이 있었다. 쉐넬은 항상 너무 많이 먹었고, 맛있는 음식을 좋아했다. 아아! 이 작은 결함만 없었다면, 그는 한 인간에게 허용되는 것 이상으로 더욱더 완전하지 않았을까? 마침 커피 한 잔을 막 들고 난 참이었다. 그의 늙은 가정부가 20년 전부터 그 용도로 쓰인 쟁반을 가지고 물러간 후였다. 그는 카드 게임을 하러 외출하기 전에 자기 서기들을 기다리고 있었다. 그는 누구에게도 그 무엇에도 묻지 말자고 생각했다. 백작이 어디에 있지? 그는 무엇을 하지? 하고 자문하지 않고서 하루가 흘러가는 일은 드물었다. 그가 아름다운 모프리뇌즈와 함께 이탈리아에 가 있으리라는 생각이 들었다. 물려받지 않고 획득해서 재산을 소유한 사람들의 가장 달콤한 즐거움 가운데 하나는 그 재산에 기울인 노고의 추억과 자기들 돈을 처리할 미래에 대한 생각이다. 그들은 현재, 과거, 미래 등 동사의 모든 시제에서 즐거움을 맛보는 것이다. 또한 감정이 단 하나의 애착으로 요약되는 이 사람은, 그처럼 잘 선택됐고, 잘 경작되었으며, 힘들게 사들였던 자신의 토지가 데그리뇽 가문의 영지를 확장할 것을 생각하면서, 이중의 기쁨을 느꼈다. 자신의 낡은 안락의자에 편안하게 앉아서, 부젓가락을 써서 타오르는 숯으로 쌓아 올린 건조물과 자신의 정성으로 일으켜 세운 데그리뇽 가문의 건조물을 그는 번갈아 바라보았다. 그는 행복한 젊은 백작을 상상하면서, 그가 자기 삶에 부여한 의미에 만족했다. 쉐넬은 굳센 정신이 부족한 것이 아니었다. 그 위대한 헌신에는 오직 그의 영혼만이 작용한 것이 아니었다. 그는 자신의 자부심이 있었고, 자기들의 이름을 새기며 성당 안의 기둥들을 개축한 그런 귀족들과 닮은 점이 있었다. 그는 데그리뇽 가문의 기억 속에 자기 이름을 새겨 넣었던 것이다. 그 기억 속에서 사람들은 늙은 쉐넬에 대해 얘기할 것이다. 그 순간, 그의 늙은 가정부가 극도로 겁에 질린 표정으로 들어왔다. "불이라도 났어, 브리지트?" 하고 쉐넬이 말했다.

"그 비슷한 거예요. 뒤 크루아지에 씨가 드릴 말씀이 있대서……" 하고 그녀가 대답했다.

"뒤 크루아지에 씨라." 차디찬 의혹의 칼날에 너무도 가혹하게 폐부까지 찔려 부젓가락을 떨어뜨린 노인이 그녀의 말을 되풀이했다. '뒤 크루아지에 씨가 여기에, 우리의 최고 적수가!' 하고 그는 생각했다.

그때 뒤 크루아지에가 찬장에서 우유 냄새를 맡는 고양이 같은 자세를 하고 들어왔다. 그는 인사를 하고, 공증인이 그에게 내민 안락의자에 조용히 앉더니, 22만 7천 프랑짜리 계산서 한 통을 내밀었다. 그것은 이자를 포함해서 빅튀르니앵 씨에게 제시된 돈의 총액으로서, 그의 앞으로 발행되어 영수 서명된 어음들로 이루어져 있었다. 뒤 크루아지에는 그 금액의 지불을 요구했으며, 이행하지 않을 시에는 데그리뇽가의 추정 상속인을 극히 엄하게 추적하겠다고 했다. 쉐넬은 가문의 적인 그에게 비밀을 지키도록 요청하고, 그 치명적인 어음들을 한 장 한 장 검토했다. 만약 48시간 내로 지불이 이행된다면, 입을 다물겠다고 그는 약속했다. 그는 자신이 금전적으로 곤란한 처지이며, 공장주들에게 갚아야 할 빚이 있다고 했다. 뒤 크루아지에는 차용인들도 공증인들도 속지 않을 이런 일련의 거짓말을 늘어놓았다. 노인은 눈길이 흔들렸고, 울음을 억제하기 힘들었다. 그는 가격 이하로 자기 재산을 저당 잡히는 것 말고 달리 지불할 방법이 없었다. 돈을 상환하는 데 어려움이 있는 것을 알게 되자, 뒤 크루아지에는 더 이상 곤란한 처지가 아니었고, 더 이상 돈이 필요하지 않았다. 그는 갑자기 노공증인에게 그의 토지를 매입하겠다고 제안했다. 그 매매는 이틀 만에 서명이 끝나 성사되었다. 가엾은 쉐넬은 가문의 자제가 빚 때문에 5년 동안 감금당한다는 것은 생각만 해도 견딜 수가 없었던 것이다. 며칠 후, 공증인에게 남아 있는 것이라고는 그의 사무실과 미수금, 그리고 집 외에 아무것도 없었다. 재산을 다 잃은 쉐넬은 그물 무늬가 새겨진 밤나무 목재를 쳐다보며 자기 서재의 검은 떡갈나무 미장널 아래를 서성거렸다. 그는 창문 밖으로 포도덩굴을 바라봤으나, 더 이상 그의 소작농도, 아꼈던 자르의 자기 들판도 생각하지 않았다.

"그는 어떻게 될까? 그를 불러와서, 부유한 상속녀와 결혼시켜야만 한다"고 두 눈이 흐려진 채로 고개를 늘어뜨리고서 쉐넬은 중얼거렸다.

그는 어떻게 아르망드 양에게 접근해서 어떤 말로 그녀에게 이 소식을 알릴지 알지 못했다. 가족의 이름으로 부채의 셈을 청산하고 난 그는 사실을 얘기하는 것에 대해 두려움을 느꼈다. 뒤 베르카유가로부터 데그리뇽 저택으로 가면서, 선량한 노공증인은 아버지의 집에서 도망쳤다가 비탄에 잠긴 애엄마의 처지로 그리 되돌아갈 수밖에 없는 처녀처럼 가슴이 떨렸다. 아르망드 양은 매혹에 찬 위선의 편지를 막 받은 길이었는데, 그 편지에서 그녀의 조카는 세상에서 가장 행복한 사람처럼 보였다. 드 모프리뇌즈 부인과 함께 온천장과 이탈리아를 다녀온 후, 빅튀르니앵은 자기 고모에게 여행 일기를 써 보냈던 것이다. 그의 모든 문장 속에는 사랑이 숨 쉬고 있었다. 때로는 베네치아의 매혹적인 묘사와 이탈리아 예술의 걸작들에 대한 황홀한 평가가 나오고, 또 때로는 밀라노의 대성당과 피렌체에 대한 신성한 기술(記述)이 나왔다. 여기에는 알프스산맥의 묘사와 대비되는 아펜니노산맥의 묘사가 있는가 하면, 저기에는 주위를 완벽한 행복이 둘러싸고 있는 치아바리* 같은 마을들이 가련한 고모를 매혹하고 있었다. 그녀는 그 사랑의 고장들을 통해 천사가 나는 모습을 보는 것 같았는데, 천사의 다정함은 그 아름다운 사물들에 타오르는 듯한 모습을 부여했다. 아르망드 양은 억압당한 부자연스러운 정열의 불길에 익어 간 얌전한 처녀가 그래야 하듯, 편지를 천천히 음미했다. 변함없는 기쁨 가운데에서 가족의 제단 위에 제물로 바쳐진 욕망의 희생물 같은 모습이었다. 그녀는 공작 부인과 같은 천사의 외모가 아니었다. 그때 그녀는 성당의 경이로운 예술가들이 어느 모퉁이에 놓아 둔, 직립(直立)의 메마르고 날씬한, 노란 색조의 작은 조각상과 닮은 모습이었다. 그 아래에서는 축축한 습기에 메꽃이 자라나 어느 화창한 날, 조각상은 아름다운 푸른 종 모양의 꽃에 뒤덮일 터였다. 그 순간, 이 성스러운 여인의 눈에서는 작은 종 모양 꽃이 피어나고 있었다. 아르망드 양은 그 아름다운 한 쌍을 환상적으로 사랑했다. 그녀는 빅튀르니앵에게로 향한 결혼한 여자의 사랑을 비난할 만한 일로 여기지 않았다. 다른 모든 경우라면 그녀는 그 사랑을 비난했을 것이다. 그러나 여기서는 자신의 조카를 사랑하지 않는 것이 죄가 되었을 것이다. 고모, 어머니, 누이는 자기의 조카, 자기의 아들, 자기의 동생에 대해서는 특별한 법 원리를 갖고 있는 것이다. 그리하여 아르망드 양은 두 줄기의 베네치아 대운하 위에 요정들이 축조한 궁전의 한가운데에 자신이 있는 것으로 상상했다. 그곳에서 그녀는 빅튀르니앵의 곤돌라에 타고 있었다. 빅튀르니앵은 자신의 손안에서 공작 부인의 아름다운 손의 감촉을 느끼는 것이 얼마나 행복한지, 그 사랑의 여왕의 품에서 이탈리아의 바다를 여행하면서 사랑받는 것이 얼마나 행복한지를 그녀에게 얘기해 주었다. 이 천상의 황홀경과 같은 순간, 오솔길 끝에 쉐넬의 모습이 나타났다! 아아! 죽음의 신의 모래시계에서 떨어져 내려, 그 신의 맨발에 부숴지는 모래처럼, 쉐넬의 발밑에서 모래가 사각거리는 소리가 났다. 끔찍스러운 비탄에 잠긴 쉐넬의 모습과 그 모래 밟히는 소리가 상상의 나라에서 혼령에 의해 다시 깨어난 감각이 야기하는 것과 같은 무서운 동요를 노처녀에게 일으켰다.

"무슨 일이에요?" 심장에 발작이 인 것처럼 그녀가 소리쳤다. "모든 게 파멸입니다! 우리가 바로잡지 못한다면, 백작님은 가문에 불명예를 안길 것입니다" 하고 쉐넬이 말했다.

그는 어음들을 보이고, 간결하지만 단호하고 감동적인 몇 마디 말로 나흘 전부터 자신이 겪은 괴로움을 설명했다.

"불쌍한 사람, 그 애가 우리를 속였군요." 큰 물결처럼 넘쳐흐른 피의 쇄도로 가슴이 부풀어 오른 아르망드 양이 외쳤다.

노인이 강한 목소리로 대꾸했다. "우리의 죄를 회개해야지요, 우리는 그분이 자기 뜻대로 행동하도록 길들여 놨습니다. 그에게는 엄격한 인도자가 필요했는데, 처녀이신 아가씨도, 그가 귀기울이지 않는 저도 그런 인도자가 될 수 없었습니다. 그에게는 어머니가 없었습니다."

"무너지는 귀족 혈통에게는 무시무시한 운명이란 것이 있습니다." 눈물이 글썽해진 아르망드 양이 말했다. 그 순간, 후작이 모습을 드러냈다. 노인은 자기 아들이 여행에서 돌아와 자신의 여행담을 귀족적 관점에서 써 보낸 편지를 읽고서 산책에서 돌아오는 길이었다. 빅튀르니앵은 제노바, 토리노, 밀라노, 피렌체, 베네치아, 로마, 나폴리에서 이탈리아 최고의 명문가로부터 환대를 받았다고 했다. 그가 받은 기분 좋은 환대는 자신의 이름과 또 어쩌면 공작 부인 덕분이라고 했다. 요컨대 그는 데그리뇽가의 일원이 그래야 하듯, 그곳에서 화려한 등장을 한 것이었다. "자네는 자네 몫을 한 걸세, 쉐넬." 그가 노공증인에게 말했다.

아르망드 양이 쉐넬에게 강렬하고도 무서운 신호, 두 사람 모두 마찬가지로 잘 이해하는 신호를 보냈다. 이 가엾은 아버지, 이 봉건적 명예의 정수는, 자신의 환상을 품은 채 죽어야 하는 것이다. 고귀한 공증인과 고귀한 처녀 사이에 침묵과 헌신의 약정은 간단한 고개의 끄덕거림으로 체결되었다.

"아! 쉐넬, 15세기경, 프랑스를 섬기던 트리뷸스‘ 원수가 자기 휘하에 베이아르를 거느렸던 데그리뇽가 인사 밑에서 복무하던 때에는, 데그리뇽가 사람들은 지금과 같은 방식으로 이탈리아에 가지 않았다네. 다른 시대에는 다른 즐거움이 있는 법이지. 그런데 드 모프리뇌즈 공작 부인은 드 스피놀라 후작 부인‘에 비견될 만하지."

노인네는 자신의 족보 나무에 기대어, 마치 자신이 드 스피놀라 후작 부인을 소유하기라도 했던 듯이, 그리고 현대의 공작 부인을 소유하기라도 한 듯이 거들먹거리는 태도로 몸을 좌우로 흔들었다. 번민하는 두 사람은 그들만 남게 되자, 혼잣말하는 듯한 몸짓으로 멀어져 가는 행복한 아버지를 바라보면서, 같은 벤치에 앉아, 같은 상념에 빠져서, 오랫동안 서로 모호하고 의미 없는 말을 주고받았다.

"그 애는 어떻게 될까요?" 하고 아르망드 양이 말했다.

"뒤 크루아지에는 증서 없이는 더 이상 그에게 금전을 교부하지 말라는 명령을 켈레 씨 형제에게 보냈습니다" 하고 쉐넬이 대답했다.

"그 애는 빚을 졌군요." 아르망드 양이 말을 이었다.

"그런 염려가 듭니다."

"더 이상 방책이 없게 되면, 그 애는 어떻게 할까요?"

"저는 저 자신에게도 답할 엄두가 나지 않습니다."

"그런 삶으로부터 그 애를 떼어 내 이리 데려와야만 합니다. 그 애는 모든 것이 결핍될 상황에 이를 테니까요."

"그리고 모든 것을 저버리는 상황에" 하고 쉐넬이 비통하게 이어받았다.

아르망드 양은 아직 깨닫지 못했다. 그녀는 그 말뜻을 이해할 수 없었던 것이다.

"어떻게 그 여자에게서 그 애를 빼내죠? 아마도 그 애를 끌고 갈 그 공작 부인에게서 말이에요" 하고 그녀가 말했다.

"그녀 곁에 남아 있기 위해서 그는 범죄라도 저지를 겁니다." 참을 만한 중간 단계들을 거쳐서 참을 수 없는 상상에 다다르려고 애쓰면서 쉐넬이 말했다.

"범죄라!" 아르망드 양이 반복했다. "아! 쉐넬, 그런 생각은 당신에게만 떠오를 수 있어요." 그에게 견디기 힘든 시선, 신에게 벼락이라도 때릴 수 있을 것 같은 여자의 시선을 던지면서 그녀가 부연했다. 귀족들이 범하는 범죄는 국가 반역죄라고 일컬어지는 범죄 이외에 다른 것은 없으며, 그 경우에는 왕들에게 시행하듯 검은 천 위에서 그들의 목을 자르게 되어 있는 것이다.

"시대가 많이 변했습니다." 빅튀르니앵 때문에 마지막 머리 칼도 빠져 버린 머리를 좌우로 흔들면서 쉐넬이 말했다. "우리 의 순교자 왕은 영국의 찰스'처럼 죽지 않았습니다." 이런 고찰 이 귀족 처녀의 웅대한 분노를 가라앉혔지만, 그녀는 아직도 쉐 넬의 생각을 믿지 못하고, 전율을 느꼈다.

"내일 방침을 정하기로 하죠. 깊이 생각해 봐야죠. 여차하는 경우에는 우리에게도 재산이 있어요" 하고 그녀가 말했다. "그 렇습니다, 아가씨께서는 후작님과 재산을 공유하시고, 큰 몫이 아가씨에게 속하니, 후작님께는 아무 말씀 드리지 않고 그 재산 을 저당 잡힐 수 있습니다." 쉐넬이 이렇게 대꾸했다. 저녁 시간 동안, 휘스트, 리버시, 보스톤, 트리트랙 등 카드놀이를 하는 남 녀 손님들은 평소에 그렇게도 고요하고 순수했던 아르망드 양 의 외모에서 얼마간 동요의 기색을 주시해 보았다.

"가련하고 고귀한 아이 같으니라고! 아직도 고통을 겪고 있 구나. 여자는 자기 집에 희생을 바치면서, 자기가 무슨 일에 관 여하는지 결코 모르는 법이지." 드 카스테랑 노후작 부인이 말 했다. 다음 날 쉐넬과 협의하여 조카를 파멸로부터 끌어내기 위 해 아르망드 양이 파리에 가기로 결정되었다.

누군가가 빅튀르니앵의 납치를 수행할 수 있다면, 그것은 그 를 위한 모성의 오장육부를 소유하고 있는 여자가 아니었겠는 가? 드 모프리뇌즈 공작 부인을 만나러 가기로 결심한 아르망 드 양은 그 여자에게 모든 것을 선언하고자 했다. 그러나 후작 과 도시의 눈에 이 여행을 정당화하기 위해서는 핑계가 필요했다. 아르망드 양은 솜씨 좋은 명의들의 진찰을 요하는 어떤 병이 생겼다고 믿게 방치함으로써 덕성스러운 처녀로서의 자신의 모든 수치심을 위험에 내맡겼다. 그 일에 대해 사람들이 뭐라고 수군거렸는지 모를 일이었다. 아르망드 양은 자신의 명예말고 또 다른 명예가 걸려 있다는 것을 알고 있었다! 그녀는 떠났다. 쉐넬이 자신의 마지막 돈 주머니를 그녀에게 가져다주었다. 그녀는 자신의 하얀 모자와 망사 장갑을 잡듯 무심히 그것을 받았다.

"고결하신 아가씨! 참으로 우아하구나!" 아르망드 양과 예덕수도회의 수녀와 비슷한 그녀의 시녀를 마차에 태우고 나서 쉐넬이 중얼거렸다.

지방 사람들이 모든 것을 계산하듯, 뒤 크루아지에는 자기의 복수를 계산해 두고 있었다. 자신들의 일을 모든 방면에서 깊이 검토하는 것은 이 세상에 미개인들, 농부들, 그리고 지방 사람들밖에는 없다. 따라서, 그들이 생각으로부터 사실에 이를 때면, 사태가 완전한 것으로 판명된다. 외교관들은 이 세 부류의 포유류에 비하면 어린애들과도 같다. 이 세 부류는 자기들 앞에 시간을 가지고 있다. 시간은 여러 가지 일을 생각해야 하는 사람들, 인간의 큰일들 가운데서 모든 것을 관리하고, 모든 것을 준비해야 하는 사람들에게는 결핍된 요소인 것이다. 뒤 크루아지에가 가련한 빅튀르니앵의 마음속을 너무도 잘 탐색해 놓아서, 그가 자신의 복수에 얼마나 쉽게 부응할 것인지를 미리 예상할 수 있었던 것일까, 아니면 몇 년 동안 염탐해 온 우연한 기회를 이용한 것일까? 타격이 준비된 방식에는 어떤 교묘한 솜씨를 증명하는 디테일이 분명히 존재한다. 누가 뒤 크루아지에에게 경고했는가? 켈레 형제였던가? 파리에서 법률 공부를 마쳐 가던 뒤 롱스레 법원장의 아들이었던가? 드 모프리뇌즈 공작 부인이 마지막 곤경에 처해 있고, 데그리뇽 백작이 교묘하게 은폐된 것만큼이나 끔찍스러운 궁핍에 시달리고 있다는 사실을 뒤 크루아지에가 알게 된 순간, 그는 빅튀르니앵에게 편지 한 통을 써서 차후로는 켈레 형제에게서 일체의 가불을 받을 수 없도록 조치가 이루어졌다는 것을 알렸다. 그 불행한 젊은이는 부유함을 가장하는 데 그의 재치를 발휘하고 있었다! 유가증권이 없이는 켈레 형제가 그에게 아무것도 교부하지 않는다는 것을 희생자에게 얘기하고 있는 그 편지는 과장된 상투적 존경의 인사말과 서명란 사이에 아주 널찍한 공간을 남겨 두고 있었다. 편지의 이 부분을 잘라 내면, 그것을 거액의 유가증권으로 변조하는 것이 수월했다. 이 지옥 같은 편지는 두 번째 장의 이면 위에까지 이어지다가 봉함되었고, 안은 백지로 남아 있었다. 이 편지가 도착했을 때, 빅튀르니앵은 절망의 심연 속을 헤매고 있었다. 더없이 행복하고, 더없이 감각적이고, 전혀 생각이 없는 상태에서, 가장 사치스러운 생활 가운데 2년을 보낸 후, 그는 가혹한 비참, 돈을 얻는 것이 절대적으로 불가능한 상황에 맞부딪치게 된 것이었다. 여행도 얼마간의 금전적 난관이 없이 끝나지는 않았다. 백작은 공작 부인의 도움도 좀 얻어서 은행가들에게서 얼마간의 금액을 대단히 힘들게 쥐어 짜냈다. 어음으로 표시된 그 금액은 은행의 가차 없는 독촉과 상법의 원리와 더불어, 돈의 모든 엄정성 가운데에서 그의 앞에 솟아오르려 하고 있었다. 자신의 마지막 향락을 통해서, 이 불행한 아이는 운명의 기사의 칼끝을 느끼고 있었다. 야식 중간에 그는 돈 후안처럼, 계단을 올라오는 조상(彫像)의 무거운 발소리를 듣는 듯했다. 그는 빚의 더운 바람이 일으키는 이루 말로 표현할 수 없는 전율을 느꼈다. 그는 우연에 기대를 걸었다. 5년 전부터 항상 추첨에 당첨되듯 이겨서, 그의 지갑은 언제나 채워져 왔다. 쉐넬 다음에는 뒤 크루아지에가 나타났고, 뒤 크루아지에 다음에는 또 다른 금광이 솟을 것이라고 그는 생각했다. 게다가 그는 도박에서 큰 금액을 따기도 했다. 도박은 이미 몇 차례의 난관에서 그를 구해 낸 적이 있었다. 종종 무모한 희망을 품고, 그는 클럽이나 혹은 사교계의 휘스트 게임에서 딴 돈을 에트랑제 살롱에 가서 잃기도 했다. 두 달 전부터 그의 삶은 모차르트 곡 「돈 후안」의 불멸의 피날레와 닮아 있었다! 이 음악은 빅튀르니앵이 발버둥치고 있는 것과 같은 상황에 다다른 어떤 젊은이들을 전율에 떨게 만들 것이다. 만약 어떤 것이 음악의 거대한 힘을 증명해 보일 수 있다면, 그것은 외곬으로 관능적인 삶 속에서 태어나는 무질서와 곤경의 숭고한 표현, 그리고 빚, 결투, 협잡, 악운 위에서 정신을 잃고 몰입하는 편견의 소름 끼치는 묘사에서가 아니겠는가? 이 곡에서 모차르트는 몰리에르의 멋진 라이벌인 것이다. 거침없고, 절망적이고, 즐겁고, 무시무시한 이 불타는 피날레, 추악한 유령들과 짓궂은 여자들로 가득 찬 피날레, 밤참의 포도주가 불붙이는 마지막 시도에 의해, 그리고 미친 듯한 방어에 의해 낙인이 찍힌 피날레, 이 모든 지옥의 시를 빅뛰르니앵은 혼자서 연기하고 있었다! 마법의 책의 종말에서처럼 '끝'이라는 단어가 새겨진 돌 앞에, 빅뛰르니앵은 친구도 없이 버림받은 채, 혼자 서 있었다. 그렇다! 그에게는 모든 것이 끝나 가고 있었다. 그는 차디찬 조롱의 시선, 그의 동료들이 그의 파탄의 이야기를 맞이할 미소를 미리 보고 있었다. 파리의 증권거래소, 살롱, 서클 등 도처에서 펼쳐지는 초록색 양탄자 위에 막대한 금액을 거는 사람들 가운데서, 친구를 구하기 위해 지폐 한 장이라도 떼어 줄 인간은 아무도 없다는 것을 그는 알고 있었다. 쉐넬은 아마 파산했을 것이다. 빅뛰르니앵이 쉐넬을 먹어 치운 것이다. 그들의 행복이 홀 전체의 부러움을 샀던 이탈리아 극장의 칸막이 좌석에서 그가 공작 부인에게 미소를 짓고 있을 때는, 그의 가슴속에 온갖 격정이 차오르고 있었다. 결국, 어느 정도까지 그가 의혹과 절망과 불신의 심연 속에서 뒹굴고 있는가를 설명하기 위해서는, 그가 삶을 지키기 위해서 비굴함도 무릅쓰고 삶을 사랑했다는 것, 그 천사가 그에게 삶을 그토록 아름답게 느끼도록 만들어 주었다는 것을 말해야 할 것이다. 그런데 그는 자기 피스톨을 쳐다보고 있었다. 자기 이름값을 못 하는 향락적인 악동인 그는 이제 자살까지 생각하고 있었던 것이다. 모욕 비슷한 것도 참지 못했을 그가, 자기 자신으로부터밖에는 들을 수 없는 그런 끔찍스러운 훈계를 스스로에게 퍼부었다. 그는 뒤 크루아지에의 편지를 침대 위에 펼친 채로 놔두었다. 조제팽이 그에게 편지를 갖다 준 것은 아홉 시였는데, 그는 자기 가구들이 압류당했는데도, 오페라에서 돌아와서는 잠이 들었다. 그런데 그는 궁중의 축제, 더없이 눈부신 무도회와 찬란한 야회 후에 공작 부인과 단둘이서 몇 시간씩 재회하여 관능을 즐기던 작은 방을 들러 온 길이었다. 체면치레는 대단히 능란하게 유지되었다. 그 작은 방은 드 모프리뇌즈 부인이 들어갈 때 깃털이나 꽃으로 장식한 머리를 숙여야만 하는 일견 보잘것없는 지붕밑 방이었지만, 인도의 실내 장식가들이 장식해 놓은 장소였다. 파멸하기 전날 밤, 백작은 자신이 축조하여 자신의 천사에 어울리는 하나의 시로 다듬어진 그 우아한 둥지에서 작별 인사를 하고 싶었다. 그곳에서는 불행에 의해 깨진 마법의 알들이 앞으로 더 이상 흰 비둘기로, 빛나는 붉은 가슴되새로, 장밋빛 홍학으로, 삶의 마지막 날들 동안 우리의 머리 위로 또다시 날아오를 수많은 환상의 새들로 깨어나지 못할 터였다. 아아! 사흘 후에는 도망쳐야만 했다. 고리대금업자들에게 발행해 준 어음에 대한 추적이 마지막 기한에 다다라 있었다. 그의 머릿속에 잔혹한 생각이 떠올랐다. 공작 부인과 함께 도망쳐서 북미나 남미 깊숙이, 알려지지 않은 구석에 가서 산다. 그러나 채권자들이 그들의 증서와 정면으로 마주치게 내버려 둔 채, 재산을 가지고 도망쳐야 한다. 이 계획을 실현하려면, 뒤 크루아지에가 서명한 편지 아랫부분을 잘라서 그것을 어음으로 만들어 켈레 형제에게 가져가는 것으로 충분했다. 그것은 눈물을 쏟아붓는 싸움, 가문의 명예가 조건부로 달려 있는 끔찍한 하나의 싸움이었다. 빅튀르니앵은 그의 아름다운 디안느에 대해 확신을 갖기를 원했다. 그는 그녀가 자신들의 도주에 동의하느냐 여부에 자기 계획의 실행을 종속시켰다. 그는 뒤 포부르 생토노레가의 공작 부인 집으로 갔다. 그는 예쁘장한 실내복 차림의 그녀를 만났는데, 그 차림은 돈이 들어간 것만큼 정성이 들어간 것으로, 오전 열한 시부터 그녀에게 천사 역할을 시작할 수 있도록 허용해 주는 복장이었다.

드 모프리뇌즈 부인은 반쯤 생각에 잠긴 모습이었다. 똑같은 불안이 그녀를 괴롭히고 있었지만, 그녀는 용기 있게 불안을 감내하고 있었다. 생리학자들이 여자들에게서 주목한 다양한 특성들 가운데는, 무언가 무시무시한 하나의 특성이 있다. 그것은 영혼의 활력, 통찰의 명석함, 결단의 신속함, 무사태평함, 아니그보다도 남자가 질겁할 어떤 것들에 대한 단호한 대응을 내포하고 있는 특성인 것이다. 이런 기능들은 더없이 우아한 유약함의 외관 아래 감춰져 있다. 여자들 가운데서 오직 일부 여자들만이 뷔퐁*이 남자에게만 실재하는 것으로 인정한 바 있는 두 존재의 결합 내지 그 두 존재의 대립을 제시해 보인다. 다른 여자들은 전적으로 여자들의 속성을 갖는다. 그런 여자들은 전적으로 부드럽고, 전적으로 어머니들이며, 전적으로 헌신적이고, 전적으로 무용하거나 단조로운 존재들이다. 그녀들의 신경은 그녀들의 피와 조화를 이루고, 그녀들의 피는 그녀들의 머리와 조화를 이룬다. 그러나 공작 부인과 같은 여자들은 감성이 갖는 최고도의 모든 경지에 도달할 수 있으며, 가장 이기적인 무감각을 증명해 보일 수도 있다. 몰리에르의 영광 가운데 하나는 그가 대리석에 뚜렷이 깎아 내듯 그려 낸 가장 위대한 형상인 셀리멘느*를 통해서 그런 여자들의 성격의 일면을 찬탄할 만하게 묘사했다는 점이다. 파뉘르주*의 재판(再版)이라고 할 수 있는 피가로*가 민중을 대변하듯, 셀리멘느는 귀족의 여인을 대변한다. 이와 같이, 공작 부인은 막대한 빚의 무게에 짓눌려 있으면서도, 자신의 문제를 스스로 단번에 정리해 버렸다. 마치 나폴레옹이 근심의 눈사태는 단 한 순간만 염두에 둘뿐, 결정적 방침을 정하기 위해서 자기 생각의 짐을 마음대로 내려놓거나 다시 짊어지는 것과 꼭 같았다. 그녀는 자기 자신과 분리되어서, 재난의 밑에 매몰되는 대신, 몇 걸음 떨어져 그 재난을 관조하는 능력을 갖고 있었다. 그것은 분명히 한 여자 안에 존재하는 위대하지만 무서운 면모였다. 그녀가 잠에서 깨어나 맑은 정신을 되찾은 시간과 그녀가 화장대 앞에 가 앉은 잠깐의 시간 사이에, 그녀는 자신이 처한 위험의 범위 전체와 무시무시한 추락의 가능성을 모두 숙고해 보았다. 그녀는 생각에 잠겼다. 외국으로의 도주, 또는 왕에게 가서 자신의 부채를 고하기, 또는 뒤틸레나 뉘싱겐 같은 은행가를 유혹해서, 그가 자기에게 줄 돈으로 증권시장에서 투기해서 빚을 갚는 것 등등. 부르주아 은행가는 이익만 가져다주고 손실은 전혀 언급하지 않을 만큼 재치가 있을 것이므로, 모든 것을 덮을 신중한 처리가 될 것이다. 이런 다양한 수단들과 이런 파국 등 모든 것이 냉정하게, 조용하게, 마음의 동요 없이 심사숙고되었다. 박물학자가 가장 멋진 인시

류를 잡아서 솜 위에 핀으로 꼽듯이, 드 모프리뇌즈 부인은 공
작 부인의 관을 구하고 난 다음에 순결한 자신의 솜 위에 자신의
아름다운 정열을 다시 꽂을 태세를 갖추고서, 순간의 필요성을
생각하기 위해 자신의 마음으로부터 사랑은 제거해 두고 있었
다. 리슐리외가 조제프 신부에게만 털어놓았던, 그리고 나폴레
옹이 처음에는 모든 사람에게 숨겼던 그런 망설임은 전혀 없이,
그녀는 이거냐 아니면 저거냐 하고 혼자 생각에 잠겼다. 날씨가
허용하면 숲에 가려고 미리 차비를 명령해 놓고서, 그녀가 난롯
가에 앉아 불을 쬐고 있는데, 빅튀르니앵이 안으로 들어왔다.

발현되지 못한 출중한 역량과 발랄한 재주를 지닌 인물임에
도, 백작은 실상은 그 여인이 처해 있어야 할 것과 같은 상태에
자신이 빠져 있었다. 그의 가슴은 고동쳤고, 댄디 차림으로 빼
입은 그는 땀을 뻘뻘 흘리고 있었다. 주춧돌이 밀려나 그들 상
호 간의 생존을 지탱해 줄 피라미드가 무너질까 봐 무서워 그는
아직 주춧돌에 손도 감히 갖다 대지 못하는 상태였다. 확신을
갖기가 그에게는 그토록 힘든 일이었다! 최고로 강한 남자들은
어떤 것에 대해 알려진 진실이 자기들을 모욕하고 훼손할 경우
에는, 그것에 대해 스스로 착각하기를 좋아한다. 빅튀르니앵은
위험한 문장을 풀어놓음으로써 자기 자신의 우유부단이 결투
장으로 끌려 나오도록 강요했다.

"웬일이세요?" 사랑하는 빅튀르니앵의 모습을 본 디안느 드
모프리뇌즈의 첫 마디였다.

"사랑하는 디안느, 나는 너무 큰 곤경에 처해서 물속에 빠져

마지막 물 한 모금을 들이켜는 사람도 나에 비하면 행복할 것입니다."

"저런, 그럴 수가! 당신 참 어린애 같군요. 자, 말해 보세요" 하고 그녀가 말했다. "나는 빚으로 망했어요. 그리고 막다른 골목에 이르렀습니다."

"그것뿐이에요?" 그녀가 미소를 짓고 말했다. "모든 금전 문제는 이런저런 방식으로 해결이 돼요. 치유 불가능한 것은 사랑의 파탄뿐이에요."

자기 입장에 대한 이런 돌연한 이해에 적이 마음이 놓여, 빅튀르니앵은 지난 30개월 동안 자기 삶의 화려한 융단을 재능과 재치를 발휘하여 뒤집어 펼쳐 보였다. 그는 큰 위기 가운데에서는 누구나 빠뜨리지 않는 찰나의 시정(詩情)을 자기 이야기 속에 펼쳐 보였고, 사물과 사람들에 대한 우아한 경멸로 그 이야기를 윤색할 줄도 알았다. 그것은 귀족적인 모습이었다. 공작부인은 아주 높이 쳐든 무릎 위에 팔꿈치를 기대고서, 이야기를 들을 줄 아는 사람답게 귀 기울여 들었다. 그녀는 발받침 위에 발을 올려놓고 있었다. 그녀의 손가락들은 예쁜 턱 주위에 귀엽게 모여 있었고, 두 눈은 백작의 두 눈에 고정되어 있었다. 그러나 뇌우의 섬광이 두 무리의 구름 사이를 지나듯 수많은 감정의 기복이 눈동자 밑을 스쳐 갔다. 그녀의 이마는 고요했고, 입은 긴장과 사랑으로 엄숙했으며, 입술은 빅튀르니앵의 입술에 밀착된 듯했다. 보다시피, 이렇게 경청된다는 것은 신성한 사랑이 그 가슴에서 발산됨을 믿는 것과 다름없었다. 따라서, 백작이 자신의 영혼에 묶여 있는 그 영혼을 향해 도주를 제안하자마자, 그는 즉시 "당신은 천사에요!"라고 소리치지 않을 수가 없었다. 왜냐하면 아직 그의 말이 채 끝나기도 전에 아름다운 모프리뇌즈가 대답했기 때문이었다.

그녀가 표명한 사랑에 몸을 맡기는 대신 자신을 위해 간직해온 융숭 깊은 술책에 몸을 맡긴 공작 부인이 말했다. "좋아요, 좋아. 이보세요, 그런데 문제는 그것이 아녜요…….('천사'에게는 이제 '그것'에 지나지 않았다.) 당신에 대해 생각해 봅시다. 그래요, 우리는 떠날 거예요. 빠를수록 좋아요. 모든 것을 준비하세요. 나는 당신을 따라갈 거예요. 여기에 파리며 사교계를 내팽개치는 것은 멋져요. 사람들이 아무것도 의심할 수 없게 하는 방식으로 나는 내 채비를 갖추겠어요."

"나는 당신을 따라갈 거예요!"라는 그 말은 그 시대에 마르스'같은 배우가 2천 명의 관객을 소스라치게 만들기 위해 했을 법한 식으로 발설되었다. 드 모프리뇌즈 공작 부인 같은 여자가 이러한 문장으로 사랑에 대해 이와 같은 희생을 제공할 때에는, 그녀는 자신의 빚을 다 갚은 것과 마찬가지다. 그녀에게 천박한 디테일을 애기하는 것이 가당키나 한 일인가? 더구나 빅튀르니앵은 자기가 사용하려고 염두에 둔 수단을 감출 수 있었으므로, 디안느는 그에게 질문하는 것을 삼갔다. 드 마르세이가 말했듯, 그녀는 모든 남자가 그녀에게 바쳐야 할 장미꽃으로 장식된 연회에 초대받아 머물러 있었던 셈이다. 빅튀르니앵은 이 약속이 조인되지 않은 상태로 자리를 뜨기를 원하지 않았다. 그의 생각으로는 잘못 해석될 염려가 있는 행동을 결단하기 위해서, 그는 자신의 행복에서 용기를 길어낼 필요가 있었다. 그렇지만 사태를 무마하기 위해 그가 최종적으로 기대한 것은 그의 고모와 그의 아버지였고, 나아가 어떤 타협책을 찾아내기 위해서 그는 아직 쉐넬에게도 기대를 걸고 있었다. 게다가, '이 사태'는 가족의 토지에서 차용을 끌어내기 위한 유일한 수단이었다. 30만 프랑을 가지면, 백작과 공작 부인은 베니스의 어떤 궁전에 가서 행복하게 숨어 살 수 있을 것이며, 그들은 거기서 세상을 잊을 수 있을 것이다! 그들은 미리 자기들의 로망에 관한 얘기를 주고받았다.

다음 날 빅튀르니앵은 30만 프랑짜리 어음 한 장을 만들어, 켈레 형제 사무실로 가지고 갔다. 켈레 형제는 현금을 지불했다. 그들은 현재 뒤 크루아지에에게 불입할 자금이 있었던 것이다. 그러나 그들은 뒤 크루아지에에게 편지를 보내 더 이상 예고 없이는 자기들 앞으로 어음을 발행하지 말도록 통보했다. 매우 놀란 뒤 크루아지에는 계산서를 청구했고, 그들이 그에게 계산서를 보내 주었다. 이 계산서가 그에게 모든 것을 설명해 주었다. 그의 복수는 실패했던 것이다.

빅튀르니앵은 돈을 받자, 드 모프리뇌즈 부인 집으로 그것을 가져갔고, 그녀는 자기 책상 서랍에 지폐를 보관한 후, 마지막으로 오페라를 보면서 세상에 작별을 고하고자 했다. 빅튀르니앵은 몽상에 잠겨, 멍한 상태로 불안을 느꼈으며, 깊은 상념에 빠져들기 시작했다. 그는 공작 부인의 칸막이 좌석 안 자기 자리가 비싼 값이 들 거라고 생각했고, 30만 프랑을 안전하게 보관한 다음, 역마차를 타고 달려가 쉬넬의 발밑에 몸을 던지고서 자신의 곤경을 그에게 고백하는 편이 낫지 않을까 하고 생각했다. 극장으로 가기 전에, 공작 부인은 자신이 그토록 좋아했던 그 보금자리에 또다시 작별을 고하고 싶다는 욕망이 번쩍이는 사랑스러운 눈길을 빅튀르니앵에게 던지는 것을 억제할 수 없었다. 너무 젊은 백작은 하룻밤을 잃어버렸다. 다음날 세 시, 그는 드 모프리뇌즈 저택에 가서 밤중에 출발하기 위해 공작 부인의 지시를 받고자 했다.

"왜 우리가 떠나야지요?" 하고 그녀가 말했다. "나는 그 계획에 대해 잘 생각해 보았어요. 드 보세앙 자작 부인과 드 랑제 공작 부인은 자취를 감췄지요. 나의 도주는 어떤 면에서 천박할 수 있어요. 우리는 폭풍우에 맞설 겁니다. 그것이 훨씬 더 보기 좋을 거예요. 나는 성공을 확신합니다."

빅튀르니앵은 현기증이 났다. 그는 자신의 피부가 해체되고, 자신의 피가 사방팔방으로 흐르는 것 같았다.

"무슨 일이에요?" 여자들이 결코 용서하지 않는 망설임을 눈치채자 아름다운 디안느가 소리쳤다.

여자들의 모든 변덕에 대해, 능란한 사람들은 우선 예라고 말해 놓고 나서, 그녀들의 생각, 그녀들의 결심, 그녀들의 감정을 무한히 변경시킬 그녀들의 권리 행사를 그녀들에게 맡기면서 아니오의 이유를 그녀들에게 암시해야 하는 것이다. 처음으로 빅튀르니앵은 분노의 발작, 비와 번개가 섞였지만 천둥은 치지 않는 폭풍우, 즉 나약하고 시적인 사람들의 분노의 발작을 일으켰다. 그는 자신의 생명 이상인 자기 가문의 명예를 걸고 신뢰했던 그 천사를 대단히 험하게 대했다.

"그러니까, 18개월의 애정 끝에 우리가 마주한 것이 바로 이거군요" 하고 그녀가 말했다. "당신은 나에게 잘못, 그것도 아주 잘못하고 있어요. 가 버리세요! 나는 더 이상 당신을 보고 싶지 않아요. 나는 당신이 나를 사랑한다고 믿었는데, 당신은 나를 사랑하지 않아요."

"내가 당신을 사랑하지 않는다고요?" 그 비난에 벼락이라도 맞은 듯이 그가 물었다.

"그래요, 무슈."

"하물며, 무슈라고." 그가 외쳤다. "아아! 내가 당신을 위해 무슨 짓을 했는지 아시기나 하세요?"

"그래 당신이 나를 위해 무엇을 그리 많이 했는데요, 무슈? 당신을 위해 그토록 애쓴 여자를 위해 당신은 무엇이든 감수해야 마땅하거늘."

"당신은 그걸 알 자격이 없어요." 빅튀르니앵이 격분해서 외쳤다.

"아!"

그 존엄한 "아!" 소리 이후로, 디안느는 머리를 숙여 손으로 감싸고서, 인간의 감정은 아무것도 공유하지 않는 천사들이 그래야 하는 것처럼, 냉랭하게, 무정한 태도로 꼼짝하지 않고 머물러 있었다. 빅튀르니앵은 이 여인이 이런 무서운 자세를 취하고 있는 모습을 보자, 자신의 위험을 잊었다. 그는 세상에서 가장 천사와 같은 존재를 함부로 대한 것이 아니었던가? 그는 그녀의 용서를 바라고서, 디안느 드 모프리뇌즈의 발아래 무릎을 꿇고, 그 발에 키스를 퍼부었다. 그는 그녀에게 애원하며 울음을 터뜨렸다. 불행한 남자는 갖가지 광태를 보이며 거기에 두 시간을 머물러 있었다. 그가 변함없이 마주친 것은 차디찬 얼굴, 때때로 눈물이, 침묵의 굵은 눈물이 흐르는 두 눈이었다. 그 눈물은 자격이 없는 애인이 그것을 거두지 못하도록 곧 닦이는 것이었다. 공작 부인은 여자들을 장엄하고 신성하게 만들어 주는 그런 고통 가운데 하나를 연기하고 있었다. 다른 두 시간이 이와 같은 처음 두 시간을 이었다. 백작은 그제야 디안느의 손을 잡을 수 있었지만, 그 손이 차갑고 혼이 빠져 있는 것을 알았다. 보석이 가득 찬 그 아름다운 손은 그저 부드러운 나뭇개비와 흡사했다. 그 손은 아무것도 표현하지 않았다. 그가 그 손을 잡았지, 그 손은 주어진 것이 아니었다. 그는 더 이상 살아 있지 않았고, 더 이상 생각하고 있지 않았다. 그는 다시는 해를 보지 못할 것 같았다. 무엇을 한다? 어떻게 해결한다? 어떤 결정을 내린다? 이런 경우를 당하고 나서 태연함을 유지하기 위해서는, 밤새 왕실 도서관의 황금 메달들을 훔치고 나서, 아침에 정직한 시민인 제 형제에게 그것을 녹여 달라고 부탁하러 와서는, 어떻게 해야죠? 라고 묻는 소리를 듣고서, 내게 커피 좀 타 줘! 라고 대답하는 배짱을 가진 그런 도형수 같은 기질을 타고나야 하는 것이다. 그러나 빅튀르니앵은 어둠이 그의 정신을 뒤덮는 망연자실한 마비 상태에 빠져 버렸다. 이 잿빛 안개 위로, 라파엘로가 검은 바탕 위에 그렸던 형상들과도 흡사한, 이제 작별을 고해야 할 쾌락의 영상들이 지나가고 있었다. 냉혹하고 경멸적인 표정의 공작 부인은 빅튀르니앵에게 성난 눈길을 던진 채 스카프 자락을 만지작거렸다. 그녀는 자신의 사교계 추억들에 추파를 던지고 있었다. 분노한 나머지, 18개월의 사랑을 한순간에 부인할 수 있는 남자를 다른 남자로 대체할 결심이라도 한 듯이, 그녀는 자기 애인에게 그의 라이벌들에 대한 애기를 늘어놓았다.

그녀는 이렇게 말했다. "아! 그 사랑스럽고 매력적인 펠릭스 드 방드네스, 드 모르소프 부인에게 그처럼 충실했던 그 사람이라면, 이런 장면을 스스로 허용할 수 없었을 거예요. 그 사람, 그는 사랑했거든요! 드 마르세이, 모든 사람이 호랑이같이 생각한 그 무시무시한 드 마르세이는, 남자들을 거칠게 다루지만, 여자들에 대해서는 모든 섬세함을 간직한 그런 강한 남자들 가운데 한 사람이지요. 몽리보는 드 랑제 공작 부인을 짓밟았지요. 마치 오셀로가 분노의 발작 가운데 데스데모나를 죽이듯 말이죠. 그런데 그 분노의 발작이란 실상은 그의 극단적 사랑을 증명해 보이는 것이었어요. 그것은 다투는 것처럼 쩨쩨한 짓이 아니었어요! 그런 식으로 부서지는 것에는 즐거움이 있죠! 작고, 마르고, 호리호리한 금발 남자들은 여자들을 괴롭히기 좋아해요. 그들은 가련한 약한 여자들 위에 군림할 줄밖에 몰라요. 그들은 스스로 남자라고 믿을 이유를 갖기 위해 사랑해요. 사랑의 횡포가 그들의 유일한 권력의 기회지요." 그녀는 어찌하여 자기가 금발 남자의 지배하에 놓이게 되었는지를 알지 못했다. 드 마르세이, 몽리보, 방드네스, 이 아름다운 갈색 머리 남자들은 눈에 햇빛을 지니고 있었는데.

그것은 총탄처럼 휙휙 소리를 내며 지나간 독설의 홍수였다. 디안느는 한마디 말속에서 세 개의 화살을 발사했다. 말뚝에 묶인 그들의 적에게 고통을 가하고자 할 때 열 명의 야만인이 상처를 입히듯이, 그녀는 그녀 혼자서 모욕하고, 찌르고, 상처를 입혔다.

백작은 안절부절못하면서 "당신 미쳤군요!"라고 소리치고, 정신없이 밖으로 뛰쳐나갔다! 그는 일찍이 말을 다뤄 본 적이 없는 사람처럼 말을 몰았다. 그는 마차들과 스치고, 루이 15세 광장에서는 경계석에 부딪치고, 어딘지도 모르고 내달렸다. 그의 말은 고삐가 잡히지 않은 것을 감지하고, 케 도르세를 통과해 제 마구간을 향해 달음질쳤다. 위니베르시테가를 돌다가, 이륜마차는 조제팽에게 붙잡혔다.

"주인님, 댁으로 돌아가실 수 없습니다. 사법 당국이 주인님을 체포하러 와 있습니다." 늙은이가 질겁한 태도로 말했다.

빅튀르니앵은 이 체포의 이유를 그의 어음 때문이 아니라, 아직 검사장에게까지는 다다를 수 없었던 영장 탓으로 생각했다. 그의 어음들은 며칠 전부터 정식 판결문의 형태로 돌고 있었고, 집달리들의 손이 밀정들, 집달리의 입회인들, 치안판사들, 경관들, 헌병들, 그리고 사회 질서의 다른 대변자들의 지원을 받아 그것을 전면에 등장시켜 놓고 있었다. 대부분의 죄인과 마찬가지로, 빅튀르니앵도 자신의 범죄밖에는 아무 생각도 할 수가 없었다.

"나는 파멸이구나" 하고 그는 소리쳤다.

"아닙니다, 백작님. 앞으로 밀고 나가셔서, 드 그르넬가의 봉 라 퐁텐 호텔로 가십시오. 백작님은 거기서 마차에 말을 매놓고 백작님을 모셔 가려고 기다리고 계신 아르망드 양을 만나실 것입니다."

황망 중에, 빅튀르니앵은 난파 한가운데서 손 닿는 거리에 던져진 그 나뭇가지를 그러잡았다. 그는 그 호텔로 달려가, 거기서 펑펑 울고 있는 고모를 발견하고 그녀를 끌어안았다. 그녀는 마치 자기 조카의 공범이기라도 한 것 같았다. 두 사람은 마차에 올랐고, 잠시 후에는 파리를 벗어나 브레스트로 가도에 접어들었다. 기진맥진한 빅튀르니앵은 깊은 침묵에 빠져들었다. 고모와 조카가 서로 말을 주고받게 되었을 때, 그들은 둘 다 운명적인 착각의 희생물이 되어, 빅튀르니앵은 아무 생각 없이 아르망드 양의 품속으로 몸을 던졌다. 조카는 자신의 서류 위조를 생각했고, 고모는 빚과 어음을 생각했다.

"고모는 모두 알고 계시죠" 하고 그가 그녀에게 말했다.

"그래, 가엾은 애야, 하지만 우리는 이런 처지에 빠져 버렸다. 지금으로서는, 내가 너를 질책하진 않겠다, 용기를 되찾아라."

"저는 숨어야만 할 거예요."

"어쩌면 그렇겠지. 그래, 그 생각이 괜찮구나."

"제가 사람들 눈에 띄지 않고 쉬넬 집으로 들어갈 수 있다면, 우리의 도착을 한밤중으로 맞추면 어떨까요?"

"그것이 나을 거야. 오라버니께 모든 것을 숨기기에는 그 편이 좀 더 편하겠지. 가엾은 천사 같으니! 괴로워하고 있구나." 철딱서니 없는 아이를 쓰다듬으며 그녀가 말했다.

"오! 이제야 저는 불명예가 무언지 깨달았어요. 그것이 저의 사랑을 식게 했어요."

"불쌍한 아이! 그 많은 행복 끝에 이런 엄청난 비참이라니!"

아르망드 양은 조카의 불타는 듯한 머리를 품에 안고서, 그리스도를 수의 속에 감싸면서 성녀들이 그 이마에 키스했던 것처럼, 추위에도 땀을 흘리고 있는 조카의 이마에 키스했다. 탁월한 계산에 따라, 이 탕아는 뒤 베르카유가의 평화로운 집에 밤중에 당도할 수 있었다. 그러나 그곳에 오면서, 속담식 표현에 따르자면, 그가 늑대의 아가리에 몸을 던지게 된 것은 우연의 장난이었다. 쉬넬은 그 밤에 르프레수아르 씨의 수석 서기와 자기 사무실의 매매 거래를 했다. 그가 귀족계급의 공증인이었던 것처럼, 르프레수아르 씨는 자유주의자들의 공증인이었다. 그 젊은 서기는 쉬넬에게 10만 프랑이라는 거금을 선금으로 지불할 수 있을 만큼 부유한 집안에 속한 사람이었다.

그 순간 노공증인은 두 손을 비비며 혼잣말했다. "10만 프랑을 가지면, 채무를 막을 수 있겠구나. 젊은이는 고리채를 지고 있으니, 우리가 그를 이곳에 보호해 두고, 내가 직접 그곳으로 가서, 그 개 같은 놈들과 타결을 지어야겠다." 쉬넬, 정직한 쉬넬, 덕성스러운 쉐넬, 품위 있는 쉐넬이 자신의 사랑의 자식인 빅튀르니앵 백작의 빚쟁이들을 개 같은 놈들이라고 불렀다. 미래의 공증인이 뒤 베르카유가를 떠나고 있었는데, 그때 아르망드 양의 사륜마차가 그곳으로 들어왔다. 이 도시에서, 이런 시간에, 사륜마차가 노공증인의 문간에 멈추는 것을 보았다면, 젊은이라면 누구나 자연스럽게 호기심이 일게 마련이었다. 따라서 수석 서기는 문 근처 외진 곳에 머물러 있다가 아르망드 양의 모습을 알아보게 되었다.

'아르망드 데그리뇽 양이 이 시간에? 도대체 데그리뇽가에 무슨 일이 일어나고 있는 거지?' 하고 그는 생각했다.

아가씨의 모습을 보자, 쉐넬은 손에 들고 있던 등불을 안쪽으로 당기면서, 아주 은밀하게 그녀를 맞았다. 아르망드 양이 그에게 귓속말을 건네자마자 노인은 빅튀르니앵를 알아보고서 모든 상황을 금방 이해했다. 그가 길 쪽을 쳐다보았고, 길이 조용하고 평온한 것을 확인하고서 신호를 보내자, 젊은 백작이 사륜마차에서 마당 안으로 달려 들어갔다. 모든 것이 파탄 났다. 빅튀르니앵의 은신처가 쉐넬의 후임자에게 들킨 것이었다. 쉐넬의 서재 안에 있어서 그 노인을 짓밟지 않고서는 침투할 수 없을 방 안에 빅튀르니앵이 자리 잡자, "아! 백작님" 하고 전 공증인이 소리쳤다.

자기 옛 친구의 감탄사를 이해하고서 젊은이가 대답했다. "그래요, 나는 당신의 말에 귀 기울이지 않았어요. 나는 깊은 구렁텅이에 빠졌고, 거기에서 죽어야 할 거예요."

"아닙니다, 아닙니다" 하고 노인이 아르망드 양과 백작을 자신만만하게 쳐다보면서 말했다. "저는 제 사무실을 팔았습니다. 저는 아주 오래전부터 일해 왔고, 은퇴를 생각해 왔습니다. 저는 내일 정오에 10만 프랑을 받게 되는데, 그걸 가지고 많은 일을 해결할 수 있습니다. 아가씨, 아가씨께서는 피곤하시니, 마차를 타고 돌아가 주무십시오. 일 처리는 내일 하지요."

"그는 안전하지요?" 그녀가 빅튀르니앵을 가리키며 대꾸했다.

"그렇습니다." 노인이 말했다. 그녀는 조카를 포옹하고, 그의 이마 위에 몇 방울의 눈물을 남겨 놓고서 떠났다.

"어지신 쉐넬, 제가 처해 있는 상황에서 당신의 10만 프랑이 무슨 소용이 있겠습니까?" 일 문제를 얘기하기 시작하자, 백작이 그의 옛 친구에게 말했다. "제 생각에, 당신은 제 불행의 범위를 알지 못하는 것 같습니다."

빅튀르니앵은 자신의 문제를 설명했다. 쉐넬은 아연실색했다. 그의 헌신의 힘이 뒷받침해 주지 않았다면, 그는 이 타격을 받고 졸도해 넘어졌을 것이다. 이미 말라 버린 줄 알았던 그의 눈에서 두 줄기 눈물이 콸콸 흘러내렸다. 그는 잠시 다시 어린애가 된 것 같았다. 얼마 동안, 그는 자기 집에 불이 나서, 창문을 통해 자녀들의 요람이 타오르는 것이 보이고, 그 애들의 머리카락이 타는 지직거리는 소리를 듣는 사람처럼 얼이 빠진 모습이었다. 그 모습을 보고, 아미요'는 "그가 일어섰어요"라고 말했을 법하다. 그는 키가 더 자란 것 같아 보였다. 그는 자신의 늙은 손을 쳐들고서, 절망적이고 미친 듯한 동작으로 흔들었다.

"아버님이 아무것도 모르신 채 돌아가시도록 해 드려야 합니다. 젊은 분! 서류 위조자가 되는 것으로 충분합니다. 부친 살해자는 결코 되지 마세요! 도피한다? 안 됩니다. 그들은 궐석재판으로 단죄할 겁니다. 불행한 분 같으니, 왜 저, 제 서명을 위조하지 않으셨습니까? 저, 저라면 지불했을 것입니다. 저는 증서를 검사장 사무실로 가져가지 않았을 것입니다. 저는 이제 더 이상 아무것도 할 수 없습니다. 당신은 지옥의 마지막 구덩이로 저를 몰아넣었습니다. 뒤 크루아지에! 어떻게 될까요? 무엇을 할까요? 만약 누군가를 죽였다면, 그건 그래도 변명의 여지가 있어요. 하지만 위조라! 위조. 그런데 시간, 시간이 흐르고 있어요." 그는 절박한 몸짓으로 그의 낡은 벽시계를 가리키며 말했다. "지금은 가짜 여권이 필요해요. 범죄는 또 다른 범죄를 불러와요." 그는 잠깐 사이를 두었다가 말했다. "무엇보다 먼저 데그리 뇽 가문을 구해야만 합니다."

"그러나 돈이 아직 드 모프리뇌즈 부인 집에 있어요" 하고 빅튀르니앵이 외쳤다.

"아! 그렇다면 아직 미약하지만 희망의 여지가 있어요" 하고 쉐넬이 외쳤다. "우리가 뒤 크루아지에를 누그러뜨리고, 그를 매수할 수 있을까요? 그가 원한다면, 가문의 전 재산을 갖게 하지요. 제가 그리로 가겠습니다. 제가 그를 깨우고, 그에게 모든 것을 제안하겠습니다. 그런 데다가, 위조를 한 것은 백작님이 아니고, 제가 될 것입니다. 제가 갤리선으로 가겠습니다. 아니저는 도형을 당할 연령이 지나서 감옥에나 들어갈 것입니다."

"하지만 어음의 주요부를 제가 썼습니다." 쉐넬의 무분별한 헌신에는 놀라지도 않고 빅튀르니앵이 말했다.

"바보같이! 아이고, 용서하세요, 백작님. 그것을 조제팽에게 쓰게 시키셨어야죠." 노공증인이 화가 나서 외쳤다. "그는 좋은 사내예요. 그는 무엇이든 자기가 짊어졌을 겁니다. 끝장이군요, 세상이 무너집니다." 낙담해서 주저앉으며 노인이 말을 이었다. "뒤 크루아지에는 호랑이 같은 자입니다. 그를 깨우지 말도록 하죠. 몇 시인가요? 어음은 어디에 있죠? 파리의 켈레 형제 사무실에서 그걸 도로 살 수 있을 거예요. 그들이 응할지도 몰라요. 아! 그건 위험투성이인 일예요, 자칫 한 걸음만 잘못 디디면 우린 파멸이에요. 어찌 됐든 돈이 필요합니다. 자, 백작님이 이곳에 계신지 아는 사람은 아무도 없습니다. 필요하다면, 지하실에라도 박혀 지내십시오. 저, 저는 파리로 갑니다. 그리 달려가겠습니다. 브레스트의 우편마차가 오는 소리가 들리는 것 같습니다."

그 순간, 노인은 그의 젊은 시절의 기능, 그의 민첩함과 활력을 되찾았다. 그는 여행 가방을 꾸리고, 돈을 챙기고, 작은 방 안에 6파운드의 빵을 갖다 놓고서, 자신의 양자와 같은 아이를 그곳에 감금했다.

"소리 내지 말고, 제가 돌아올 때까지 여기 머물러 계십시오. 밤에 불을 켜지 마십시오, 아니면 도형장(徒刑場)에 끌려갑니다! 제 말 아시겠습니까, 백작님? 그렇습니다, 우리 도시 같은 곳에서는, 누군가 여기서 백작님을 알아보는 날에는, 바로 도형장 신세입니다." 그가 젊은이에게 이렇게 말했다.

그런 다음 가정부를 불러서 그가 아프다고 말하라고, 아무도 받아들이지 말라고, 누구든 돌려보내고, 모든 종류의 일을 사흘 후로 연기하라고 명령한 다음, 쉐넬은 집을 나섰다. 그는 우편마차 지배인을 유혹하러 가서, 그에게 소설 같은 얘기를 꾸며 댔다. 그는 능란한 소설가 같은 재능을 갖고 있었던 것이다. 그는 우편마차에 빈자리가 하나 있을 경우에는, 여권* 없이도 거기에 탈 수 있는 권한을 얻어 냈다. 그리고 그는 이 급한 출발에 대해 비밀을 지키도록 약속하게 만들었다. 대단히 다행스럽게 도 우편마차는 빈 채로 도착했다.

다음 날 밤 파리에 내린 공증인은 아침 아홉 시에 켈레 형제 사무실에 가서, 그 치명적인 어음이 사흘 전부터 뒤 크루아지에 에게 돌아가 있다는 것을 알았다. 그러나 정보 수집을 하면서 도, 그는 위험의 소지가 있는 말은 일체 하지 않았다. 은행가들 과 헤어지기 전에 그는 원금을 돌려준다면 그들이 그 서류를 회 수할 수 있는지 물어보았다. 프랑수아 켈레는 그 서류가 뒤 크 루아지에에게 속한 것이어서, 그만이 서류를 간직할지 돌려보 낼지 결정할 수 있다고 답변했다. 절망한 노인은 공작 부인 집 으로 갔다. 그 시간에, 드 모프리뇌즈 부인은 아무도 접견하지 않았다. 시간의 소중함을 느낀 쉐넬은 대기실에 앉아서 몇 줄의 편지를 썼고, 세상에서 가장 건방지고, 가장 접근하기 힘든 하 인들을 유혹하고, 매료시키고, 관심 갖게 하고, 어르면서, 그 편 지를 드 모프리뇌즈 부인에게 다다르게 만들었다. 그녀는 아직 침대에 누워 있었지만, 검은 바지에, 피륙 양말에, 버클 달린 구두 차림의 노인을 자기 침실 안으로 맞아들여서, 집 안 사람들 모두가 부인의 행동에 놀라 자빠질 지경이었다.

"무슨 일입니까, 선생. 그 배은망덕한 자는 나한테 뭘 원합니까?" 어수선한 가운데서 자세를 가다듬으며 그녀가 말했다.

"공작 부인께서는 저희 돈 10만 에퀴를 가지고 계십니다." 노인이 소리쳤다.

"그래요. 그게 뜻하는 게……" 하고 그녀가 말했다.

"그 금액은 우리를 도형장으로 이끌어 갈 위조 행위의 결과입니다. 그것은 부인에 대한 사랑 때문에 이루어진 일이고요." 쉐넬이 격한 어조로 말했다. "어떻게 그걸 알아차리지 못하셨습니까, 그처럼 영민하신 부인께서? 그 젊은이를 야단치시는 대신, 부인께서는 그에게 물어보아서, 제때 중지시켜 그를 구하셨어야죠. 지금으로서는, 신의 뜻이 아니고는 불행은 돌이킬 수 없습니다! 저희로서는 부인에 대한 국왕의 신임이 전적으로 필요할 때입니다."

사태를 설명하는 말을 듣자마자, 그처럼 정열적인 애인에 대한 자신의 행동이 부끄러워진 공작 부인은 공모를 의심받을까 봐 두려워졌다. 전혀 손대지 않고 돈을 간직해 두었다는 것을 보일 욕심에 그녀는 일체 체면치레도 잊고, 그 공증인이 남자라는 사실조차 고려하지 않았다. 그녀는 자신의 이불을 격렬한 동작으로 걷어 젖히고, 라마르틴의 삽화들을 가로지르는 천사 중 하나처럼* 공증인 앞을 지나쳐서 자기 서랍장으로 돌진하더니,

10만 에퀴를 쉐넬에게 내민 다음, 혼비백산하여 침대로 되돌아 갔다.

"당신은 천사이십니다, 부인" 하고 그가 말했다. (그녀는 모든 사람에게 천사임에 틀림없었다.) "하지만 이것이 전부가 아닙니다. 저는 저희를 구하기 위한 부인의 후원을 기대합니다" 하고 공증인이 다시 말했다.

"당신들을 구한다! 나는 그 일에 성공하겠어요. 아니면 죽겠습니다. 범죄 앞에서도 물러서지 않으려면 열렬히 사랑해야만 하지요. 과연 어떤 여자를 위해서 사람들이 이런 일을 했겠습니까? 가엾은 아이 같으니! 자, 이제 가 보세요. 시간을 낭비하지 마세요, 친애하는 쉐넬 씨. 당신 자신처럼 나를 믿으세요."

"공작 부인님, 공작 부인님!"

노공증인은 이 말밖에 할 수 없었다. 그토록 그는 감격했던 것이다! 그는 울음을 터트렸고, 춤이라도 추고 싶었지만, 미칠까 봐 두려워 억지로 참았다.

"우리 둘이서, 우리가 그를 구할 것입니다." 그는 멀어지면서 이렇게 말했다.

쉐넬은 바로 조제팽을 만나러 갔는데, 그 하인이 젊은 백작의 서류가 들어 있는 서랍장과 테이블을 쉐넬에게 열어 주었다. 아주 다행스럽게도 쉐넬은 거기서 유용할 수도 있을 뒤 크루아지에와 켈레 형제의 편지 몇 통을 발견했다. 그리고 나서 그는 바로 떠나는 합승마차에 자리 하나를 잡았다. 그는 마부들에게 듬뿍 팁을 주어서 육중한 마차가 역마차만큼이나 빨리 달리도록 했는데, 그가 마차에서 만난 두 명의 여행자는 그와 마찬가지로 급한 형편이어서, 그들은 지체하지 않고 마차 내에서 식사하는 데 동의했다. 마차는 축지법을 쓰듯 순식간에 길을 내달렸다. 공증인은 부재 사흘만에 뒤 베르카유가로 돌아갔다. 시간은 자정 전 11시였지만, 이미 때가 늦은 시간이었다. 쉬넬은 자기 집 문에서 헌병들 모습을 얼핏 보았고, 그가 문지방에 다다랐을 때에는 그의 마당 안에서 체포당한 젊은 백작을 보았다. 만약 그에게 그럴 힘이 있었다면, 그는 분명 모든 사법기관 사람들과 병사들을 죽이기라도 했을 것이지만, 몸을 던져 빅튀르니앵의 목에 매달리는 수밖에 없었다.

"제가 사태를 잠재우는 데 성공하지 못한다면, 기소장이 작성되기 전에 저는 당신을 죽여야만 할 것입니다" 하고 그가 젊은이의 귀에 대고 말했다.

빅튀르니앵은 대경실색한 상태로, 그의 말을 이해하지 못하고서 공증인을 쳐다보기만 했다.

"나를 죽인다" 하고 그가 되풀이 말했다.

"그래요! 이보세요, 만약 당신에게 그만한 용기가 없으면, 나에게 기대세요." 쉬넬이 그의 손을 꽉 잡으며 말했다.

그 광경이 그에게 야기한 고통스러움에도 불구하고, 그는 떨리는 두 다리를 지탱하고 붙박힌 듯이 서서, 그의 마음의 아들인 데그리뇽 백작, 그 대가문의 상속자가 헌병들 사이에서, 그 도시의 경찰서장, 치안판사, 그리고 법원의 정리(廷吏) 사이에서 걸어가는 모습을 바라보았다. 그 무리가 사라지고, 더 이상

발소리가 들리지 않고, 조용함이 되돌아온 후에야 노인은 자신의 결의와 온전한 정신을 되찾았다.

"선생님, 감기 드시겠어요" 하고 브리지트가 말했다.

"젠장, 귀신에게나 잡혀가라지." 공증인이 격앙해서 소리쳤다.

쉐넬을 섬긴 지 29년 이래로 그런 말은 한 번도 들어보지 못한 브리지트는 들고 있던 촛대를 떨어뜨렸다. 그러나 브리지트의 공포는 아랑곳하지 않고서, 자기 가정부의 울부짖음도 듣지 못한 주인은 뒤 크루아지에의 집이 있는 발 노블을 향해 달려가기 시작했다.

"저 양반 정신이 나갔군" 하고 그녀는 중얼거렸다. "결국, 뭔가 일이 있어. 그런데 저 양반 어디 가지? 나로선 쫓아갈 수도 없고. 어떻게 될까? 물에 빠지러 가나?"

브리지트는 수석 서기를 깨워서 감시차 강기슭으로 보냈다. 불행하게도 그곳은 앞날이 창창한 젊은이가 자살한 이후로, 그리고 최근에는 유혹에 넘어갔던 처녀 하나가 빠져 죽는 바람에 유명해진 장소였다. 쉐넬은 뒤 크루아지에의 저택으로 가고 있었다. 그곳밖에는 희망을 걸 데가 없었다. 위조의 범죄는 사적 고소에 입각해서만 소추될 수 있는 것이다. 뒤 크루아지에가 고소하고자 했다면, 그는 고소를 오해에 의한 것으로 돌리는 것이 아직 가능했으므로, 쉐넬은 그 사람을 매수하기를 희망했다.

그날 저녁 시간에는, 뒤 크루아지에 부부의 집에 평소보다 훨씬 더 많은 손님이 와 있었다. 이 사건은 지방법원장인 뒤 롱스레 씨, 검사장의 수석 검사 대리 소바제 씨, 잘못 투표해서 면직

당한 전 등기소 직원 뒤 쿠드레 씨 사이에 비밀로 유지된 사항이
긴 했지만, 뒤 롱스레 부인과 뒤 쿠드레 부인은 한두 명의 친밀
한 여자 친구에게 비밀리에 사건을 털어놓았다. 그리하여 뒤 크
루아지에 집에 모이는 귀족과 부르주아가 반반쯤 섞인 사교계
에 그 소식이 떠돌고 있었다. 그와 같은 사건의 중대성은 각자
가 느끼고 있어서, 누구도 감히 그 얘기를 공공연히 하지는 못
했다. 그런 데다가 상층 귀족계급에 대한 뒤 크루아지에 부인의
애착이 잘 알려져 있어서, 데그리뇽 가문에 일어난 불행에 대해
사람들은 설명을 구하면서 겨우 몇 마디씩 속삭이는 것이 전부
였다. 관심 있는 주요 인사들은 그 얘기를 주고받기 위해서 선
량한 뒤 크루아지에 부인이 자기 침실로 물러갈 시간을 기다렸
다. 그 부인은 침실에서 남편의 시선과 멀리 떨어져 자기의 종
교적 의무를 수행하는 것이었다. 집의 안주인이 자리를 뜨는 순
간, 대실업가 뒤 크루아지에의 비밀과 계획을 알고 있는 그의
지지자들은 스스로 숫자를 헤아려 보았다. 그들은 정치적 견해
나 이해관계가 의심스러운 사람들이 아직 살롱에 남아 있는 것
을 보고서, 카드 게임을 계속했다. 열한 시 반 경에는, 소바제
씨, 예심판사 카뮈조 씨와 그의 부인, 뒤 롱스레 씨 부부와 그들
의 아들인 파비앵, 쿠드레 씨 부부, 노판사의 큰아들인 조제프
블롱데 등 십여 명의 친밀한 인사만 남아 있었다.

운명의 날 밤 새벽 세 시에 탈레랑은 드 뤼인 공작 부인 집에
서 카드놀이를 하다가 놀이를 중단시키고, 테이블 위에 자기 회
중시계를 올려놓고서, 드 콩데 공에게 당지앵 공작 이외에 다른

자식이 있는지를 좌중에게 물었다는 이야기가 전해진다'. "당신은 왜 익히 알고 계신 사실을 묻습니까?" 하고 드 뤼인 부인이 대꾸했다. "공에게 다른 자식이 없다면, 콩데 가문은 끝났기 때문입니다." 탈레랑이 이렇게 말했다고 한다. 그리고 잠시 침묵한 후에, 사람들은 게임을 다시 시작했다. 그가 현대사의 이런 특성을 알고 있었든지, 아니면 정치계의 의사 표현에서는 소인들이 대인들을 닮기 때문이든지 간에, 지방법원장 뒤 롱스레는 탈레랑과 흡사한 방식으로 처신했다. 그는 자기 시계를 쳐다보더니, 보스턴 게임을 중단시키고서 다음과 같이 말했다. "이 순간, 데그리뇽 백작님이 체포되는 중이고, 그처럼 오만한 그 가문은 영원히 치욕을 당했습니다."

"그러니까 당신들은 자식에게 손을 대셨군요" 하고 뒤 쿠드레가 기쁜 듯이 소리쳤다.

지방법원장, 검사 대리, 그리고 뒤 크루아지에를 제외한 모든 좌중이 갑작스러운 놀라움을 나타냈다.

"그는 숨어 있던 쉐넬의 집에서 막 체포되었습니다." 경찰장관이 되어야 할 텐데 진가를 인정받지 못한 유능한 인물 같은 태도를 취하면서 검사 대리가 말했다.

수석 검사 대리인 이 소바제 씨는 스물다섯 살 난 젊은이로서, 마르고 큰 키에, 올리브색이 도는 긴 얼굴을 하고, 곱슬곱슬한 검은 머리칼이 풍성했다. 그는 거무스름한 주름진 눈꺼풀 때문에 위쪽에 갈색의 널찍한 원형의 그림자가 겹쳐 보였고, 그 아래에 테를 두른 듯한 움푹 파인 두 눈이 달려 있었다. 그는 맹금의 코, 앙다문 입, 공부에 짓눌리고 야심에 파인 두 볼을 갖고 있었다. 그는 호시탐탐 상황을 노리고, 출세를 위해서는 무엇이든 할 태세가 되어 있지만, 가능성의 한계와 합법성의 전례 안에 머물고자 하는 그런 이류 인간들의 유형을 제시해 보였다. 그의 전체하는 태도는 그의 비열한 달변을 놀랄 만큼 잘 예고해 보였다. 쉬넬의 후임자가 젊은 백작의 은신처에 관한 비밀을 그에게 말해 주었는데, 그는 그 사실을 자신의 통찰력의 영예로 만들었다. 이 소식은 예심판사 카뮈조 씨를 몹시 놀라게 한 것으로 보였다. 예심판사는 소바제의 청구로 체포 영장을 발부했고, 영장은 신속하게 집행되었다. 카뮈조는 약 30세의 키가 작고, 벌써 살이 오른 금발의 사내로서, 사무실이나 법정에 갇혀 지내는 거의 모든 법관들처럼 무른 살에 창백한 안색을 하고 있었다. 그는 교활함으로 통할 만한 그런 불신으로 가득 찬, 밝은 노란색의 작은 눈을 갖고 있었다.

카뮈조 부인은 '내가 옳지 않았어요?'라고 말하는 듯한 눈길로 자기 남편을 쳐다보았다.

"늘 그렇듯 사태가 벌어지겠지요?" 하고 예심판사가 말했다.

"그걸 의심하세요? 백작을 잡았으니 모든 것이 끝났지요." 뒤 쿠드레가 말을 이었다.

"배심원단이 있죠" 하고 카뮈조 씨가 말했다. "검찰에 배당된 기피 인물들 및 피고의 기피 인물들과 아울러, 무죄 석방에 찬동하는 사람들만 남는 방식으로 지사님이 배심원단을 구성할 수도 있을 것입니다. 제 의견은 타협하는 쪽입니다." 뒤 크루아지에를 향해서 그가 덧붙여 말했다.

"타협이라, 하지만 법원은 이미 제소를 받았습니다" 하고 법원장이 말했다.

"무죄 석방이든 유죄 선고든, 데그리뇽 백작은 여하튼 치욕을 당할 것입니다" 하고 검사 대리가 말했다.

"나는 손해 배상 청구인입니다. 나는 형 뒤팽'을 변호사로 세울 겁니다. 데그리뇽 가문이 그의 발톱에서 어떻게 벗어날지 우리는 두고 볼 것입니다." 뒤 크루아지에가 말했다.

"그 가문은 파리의 변호사를 선정해서 자신을 방어할 수 있을 것입니다. 그들은 베리에'를 맞세울 것입니다. 좋은 고양이에 좋은 쥐라, 호적수가 있게 마련이지요." 카뮈조 부인이 이렇게 말했다.

뒤 크루아지에, 소바제 씨, 지방법원장 뒤 롱스레는 자기 아내와 같은 생각에 사로잡혀 있는 예심판사를 바라보았다. 데그리뇽 가문을 파멸시키는 음모를 꾸며온 여덟 사람의 면전에 속담 같은 표현을 던진 젊은 여자의 어조와 태도가 그들에게 마음의 동요를 야기했다. 그들 각자는 수도원 생활 같은 고적한 생활의 술책에 계속 밀착해서 살아오는 데 습관이 든 지방 사람들답게 그런 마음의 동요를 잘 숨길 줄 알았다. 뒤 크루아지에의 계획에 예심판사가 반대할지도 모른다는 것을 눈치채자마자 사람들의 안색에 변화가 인 것을 앙증맞은 카뮈조 부인이 주시했다. 자기 남편이 생각의 속내를 드러내는 것을 보면서, 그녀는 그들의 증오심의 깊이를 측정해 보고, 뒤 크루아지에가 어떤 이해관계에 의해 수석 검사 대리를 자신에게 밀착시켰는지 가늠해 보고자 했다. 검사 대리는 그처럼 신속하게, 그리고 현행 권력의 관점과 그처럼 상반되게 행동했던 것이다.

카뮈조 부인이 말했다. "어쨌든 간에, 만약 이 사건에 파리의 유명한 변호사들이 출현한다면, 이 사건은 중죄 재판소의 대단히 흥미로운 재판 장면들을 우리에게 약속할 겁니다. 그러나 이 사건은 법정과 왕실 사이에서 종료될 것입니다. 대가문에 속하고, 드 모프리뇌즈 공작 부인을 애인으로 둔 젊은이를 구하기 위해, 인력으로 할 수 있는 모든 일을 정부가 은밀히 행할 것이라 생각할 수 있으니까요. 따라서 우리가 랑데르노의 스캔들*을 보게 되리라고는 생각되지 않는군요."

"아니, 그럴 수가요, 부인!" 하고 법원장이 엄격하게 말했다. "사건을 우선 심리하고 판결할 법원이 사법 절차와 상관없는 고려에 의해 영향을 받는다고 생각하십니까?"

"사태는 그 반대임을 증명하고 있습니다." 카뮈조 부인이 그녀에게 차가운 시선을 던진 검사 대리와 법원장을 쳐다보며 심술궂게 말했다.

"설명해 보시겠습니까, 부인? 마치 저희가 저희 의무를 다하지 못했다는 듯이 말씀하시는군요" 하고 검사 대리가 말했다.

"부인의 말은 아무 의미가 없어요" 하고 카뮈조가 말했다.

"그러나 법원장님의 말씀은 예심에 달려 있는 문제를 예단하지 않으셨나요? 그렇지만 예심은 아직 남아 있는 일이고, 법정은 아직 선고하지 않았는데요." 그녀가 대꾸했다.

"우리는 재판소에 있지 않습니다. 게다가 우리는 그 모든 사실을 알고 있습니다." 검사 대리가 그녀에게 신랄하게 대답했다.

"검사장님은 아직 전부를 모르고 계십니다." 그녀가 빈정거리는 듯이 검사 대리를 쳐다보며 대답했다. "그분은 곧 국회에서 서둘러 돌아올 것입니다. 당신은 그에게 귀찮은 일을 떠맡겼습니다. 아마 그분 스스로 말을 하겠지요."

검사 대리는 두텁고 무성한 눈썹을 찌푸렸고, 이해 당사자들은 그의 이마에 뒤늦은 가책이 새겨지는 것을 보았다. 그러자 잠시 정적이 서렸고, 그동안은 카드를 던지거나 들어 올리는 소리밖에는 들리지 않았다. 카뮈조 부부는 자기들이 대단히 냉랭하게 취급받는 것을 알고, 음모자들이 마음 편히 얘기를 주고받도록 놔두고서 자리를 떴다.

"카뮈조, 당신 너무 나갔어요. 당신이 그 사람들의 계획에 발을 담그지 않는다는 것을 왜 그들에게 의심받도록 했어요? 그들이 당신을 골탕먹일지도 몰라요." 길에 나서자 부인이 카뮈조에게 말했다.

"그들이 내게 무슨 짓을 할 수 있겠어, 나는 유일한 예심판사인데."

"암암리에 당신을 중상모략해서, 당신의 해임을 선동할 수도 있지 않겠어요?"

그 순간, 그 부부는 쉐넬과 마주쳤다. 노공증인이 예심판사를 알아보았다. 일에서 손을 뗀 사람들의 명석함으로, 그는 데그리뇽 가문의 운명이 그 젊은이의 손아귀에 놓여 있다는 것을 깨달았다.

"아! 선생님" 하고 노인이 소리쳤다. "우리는 당신이 몹시 필요하게 될 것입니다. 나는 꼭 한 마디만 말씀드리고 싶습니다. 용서해 주십시오, 부인." 그녀에게서 남편을 떼어 내면서 그가 판사의 부인에게 말했다.

능숙한 음모꾼 여자답게, 카뮈조 부인은 누군가 나오는 기색이 있으면 그들의 일대일 면담을 떼어 놓기 위해, 뒤 크루아지에의 집 쪽을 쳐다보았다. 그러나 그들의 계획 틈새로 던진 그녀의 작은 장애물에 대해 왈가왈부하느라고 적들이 여념이 없으리라는 그녀의 판단은 옳았다. 쉐넬은 벽을 따라 어두운 구석으로 판사를 끌고 가서, 그의 귀에 바짝 다가섰다.

그가 예심판사에게 말했다. "당신이 데그리뇽 가문 편에 서신다면, 드 모프리뇌즈 공작 부인의 신임, 드 카디냥 공, 드 나바랭 공작과 드 르농쿠르 공작의 신임, 법무 장관, 대법관, 국왕 등 모두가 당신을 위해 확보된 셈입니다. 나는 파리에서 오는 길입니다. 나는 모든 것을 알고 있습니다. 나는 궁정에 모든 것을 설명하러 달려갔습니다. 우리는 당신에게 기대하며, 나는 당신에게 비밀을 지키겠습니다. 만약 당신이 우리에게 적대적이라면, 나는 내일 다시 파리로 가서, 각하의 수중에 법원에 대한 정당한 사유의 고소를 제기하겠습니다. 아마도 법원의 몇몇 멤버들이 오늘 저녁에 뒤 크루아지에의 집에 있었고, 법에 저촉되게 거기에서 먹고 마셨을 것이며, 게다가 그들은 그의 친구들이지요."

쉐넬은 만약 그에게 그럴 힘이 있었다면 하느님 아버지라도 개입시켰을 것이다. 그는 대답도 기다리지 않은 채 판사를 그 자리에 남겨 두고, 뒤 크루아지에의 집을 향해 한 마리 어린 짐승처럼 돌진했다. 쉐넬의 속내 이야기를 털어놓으라고 아내에게서 재촉받은 판사는 그 말에 따랐는데, 이내 "여보, 내가 맞지 않았어요?"라는 공격에 휩싸였다. 여자들은 자기들이 틀렸을 때에도 역시 그렇게 말하는데, 그 경우에는 물론 덜 부드럽게 말하는 것이 다반사다. 자기 집에 도착하자, 카뮈조는 자기 아내의 우월함을 인정하고 자기가 그녀에게 소속되는 행복감을 표시했는데, 그것은 아마도 두 내외에게 행복한 밤을 준비해 준 고백일 것이다. 쉐넬은 뒤 크루아지에의 집에서 나오고 있는 자기 적들의 무리와 마주치자, 집주인이 이미 잠자리에 들지 않았을까 걱정했다. 그는 신속함을 요하는 상황에 처해 있었으므로, 뒤 크루아지에가 잠자리에 들었다면, 그것을 불행한 일로 여겨야 했을 것이다.

"국왕의 이름으로 문을 열라!" 현관을 닫고 있는 하인에게 그가 소리쳤다.

그는 야심 있는 하급 판사에게 국왕을 막 운위한 길이어서, 입가에 그 단어가 맴돌고 있었다. 그는 헷갈렸고, 착란을 일으켰다. 하인이 문을 열었다. 공증인은 벼락처럼 대기실 안으로 달려들었다.

그가 하인에게 말했다. "이보게, 자네가 뒤 크루아지에 부인을 깨워서 즉시 나에게 보내 준다면 자네에게 100에퀴를 줌세.

부인에게는 자네가 하고 싶은 대로 무슨 말이든 하게."

뒤 크루아지에가 혼자서 성큼성큼 걷고 있는 화려한 살롱의 문을 열면서 쉐넬은 침착하고 냉정해졌다. 그 두 사람은 이십 년간의 증오와 적의가 깊이 쌓인 시선으로 한순간 서로를 훑어보았다. 한 사람은 데그리뇽 가문의 심장 위에 발을 디디고 있었고, 다른 한 사람은 그 가문을 그에게서 떼어 내기 위해 사자와 같은 힘으로 전진하고 있었다.

"선생, 나는 겸허하게 당신에게 인사드립니다. 당신의 고소가 제기되어 있지요?" 하고 쉐넬이 말했다.

"그렇습니다, 선생."

"언제부터입니까?"

"어제부터요."

"체포 영장이 발송되지 않도록 하는 다른 어떤 조치도 없었지요?"

"그렇게 생각됩니다." 뒤 크루아지에가 대답했다.

"나는 담판하러 왔습니다."

"법원은 제소를 받았고, 공소가 진행될 것이므로, 어떤 것도 그것을 중지시킬 수 없습니다."

"그 문제는 염두에 두지 마십시다. 나는 당신의 분부에 따르고, 당신의 발밑에 엎드리겠습니다."

늙은 쉐넬은 무릎을 꿇고서, 뒤 크루아지에를 향하여 애원하는 손길을 뻗었다.

"당신에게 무엇이 필요합니까? 우리의 재산, 우리의 성을 원하세요! 모든 것을 가지시고, 고소를 취하하시고, 우리에게 생명과 명예만을 남겨 주세요. 제가 제시하는 모든 것 외에도, 저는 당신의 종복이 되겠습니다. 저를 마음대로 처분해 주세요."

뒤 크루아지에는 노인이 무릎을 꿇은 채로 내버려 두고, 안락의자에 가서 앉았다.

"당신은 앙심 깊지 않습니다. 당신은 착하십니다. 당신은 화해에 응하지 않을 만큼 우리에게 원한이 없습니다. 날이 밝기 전에, 젊은이는 방면될 수 있을 것입니다" 하고 노인이 말했다.

"도시 전체가 그의 체포를 알고 있습니다." 자신의 복수를 만끽하면서 뒤 크루아지에가 말했다.

"그것은 큰 불행이지요. 하지만 판결과 증거가 없다면, 우리는 모든 것을 잘 타결할 수 있을 것입니다."

뒤 크루아지에는 생각에 잠겼고, 쉐넬은 그가 이해관계를 놓고 갈등을 빚고 있다고 믿었다. 그는 인간 행동의 주요 동기에 의해 자신의 적을 사로잡을 희망을 품었다. 이 중대한 순간에, 뒤 크루아지에 부인이 모습을 드러냈다.

"어서 오십시오, 부인. 경애하는 부군의 마음을 누그러트리도록 저를 좀 도와주십시오." 쉐넬이 여전히 무릎을 꿇은 채로 말했다.

뒤 크루아지에 부인은 더할 나위 없이 심한 놀라움을 나타내 보이며 노인을 일으켜 세웠다. 쉐넬이 사건을 설명했다. 달랑송 공작 가문을 섬겼던 사람들의 고귀한 딸이 무엇이 문제인지를 알게 되자, 그녀는 눈에 눈물을 글썽이며 뒤 크루아지에를 향해 고개를 돌렸다.

"아! 이보세요, 당신이 망설일 수 있어요? 데그리뇽 가문은 이 지방의 영예인데" 하고 그녀가 남편에게 말했다.

"바로 그것이 문제요." 뒤 크루아지에가 일어서서, 흥분하여 서성이는 동작을 되풀이하면서 소리쳤다.

"에! 도대체 무엇이 문제입니까?" 쉐넬이 놀라서 물었다.

"쉐넬 씨, 프랑스가 문제입니다! 나라가 문제이고, 민중이 문제입니다. 당신네 귀족 나리들에게 정의가 있고, 법이 있다는 사실, 그리고 부르주아 계급이 있으며, 당신네들과 같은 가치를 지니고, 당신네들을 지지하는 소귀족 계급이 있다는 사실을 가르쳐 주는 것이 문제입니다. 토끼 한 마리를 사냥하기 위해 열 군데 밀밭을 엉망으로 짓밟아서는 안 되며, 가련한 처녀들을 유혹해서 가족에 불명예를 안겨서는 안 되고, 우리와 똑같은 가치를 갖는 사람들을 멸시해서는 안 됩니다. 그런 사실들이 커져서 눈사태를 일으키지 않은 채 십 년 동안 그들을 조롱할 수는 없는 노릇입니다. 눈사태는 무너져 내려, 귀족 나리들을 짓눌러 파묻게 될 겁니다. 당신네는 옛 질서로의 복귀를 원하지요, 당신네는 사회적 계약, 우리의 권리가 쓰여 있는 헌장을 찢어 버리기를 원하는 것이지요……."

"나중에는" 하고 쉐넬이 말했다.

"민중을 계몽하는 것은 신성한 사명이 아니겠습니까?" 하고 뒤 크루아지에가 외쳤다. "피에르나 쟈크 같은 하층민처럼 귀족들도 중죄 재판소에 가는 모습을 보게 되면, 민중은 당신네 당파의 도덕성에 대해 눈을 뜨게 될 것입니다. 명예를 지키는 하층민들이 명예를 더럽히는 상류층보다 더 가치가 있다고 사람들은 서로 애기를 주고받을 것입니다. 중죄 재판소는 모든 사람을 위해 빛을 발합니다. 나는 이곳에서 민중의 옹호자이고, 법의 친구입니다. 당신 자신이 두 번이나 나를 민중의 편으로 내던졌습니다. 처음에는 나의 결혼을 거부함으로써, 그리고 다음에는 당신네 사교계에서 나를 추방함으로써 그랬지요. 당신은 당신이 씨 뿌린 것을 거두는 것입니다."

이 서막은 뒤 크루아지에 부인과 마찬가지로 쉐넬을 몹시 놀라게 했다. 부인은 자기 남편의 성격에 대해 무서운 인식을 하게 되었다. 그것은 그녀에게 과거뿐만 아니라 미래를 밝혀 주는 하나의 빛이었다. 이 거물을 굴복시키는 것은 불가능해 보였다. 그러나 쉐넬은 불가능 앞에서 결코 물러서지 않았다.

"뭐라고요! 이보세요, 당신은 용서하지 않는다고요? 도대체 당신은 기독교인이 아닌가요?" 뒤 크루아지에 부인이 말했다.

"나는 하느님이 용서하듯이, 조건에 따라 용서한다오, 부인."

"그 조건이 무엇인가요?" 한 줄기 희망의 빛을 보았다고 생각한 쉐넬이 물었다.

"선거가 다가오고 있습니다. 나는 당신이 좌우할 수 있는 표를 원합니다."

"그걸 가지십시오" 하고 쉐넬이 말했다.

"나는 데그리뇽 후작님과 그의 가족이 나의 아내와 나를 매일 저녁 허물없이, 적어도 외견상으로는 친밀하게 맞아 주기를 원합니다." 뒤 크루아지에가 덧붙여 말했다.

"우리가 어떻게 거기에 이르게 되는지는 모르겠습니다만, 당신은 받아들여지게 될 것입니다."

"나는 항상 장전된 대포로 당신의 가슴을 겨누고 있기 위해서, 이 문제에 관해 문서로 작성된 타협에 기초한 40만 프랑의 저당을 원합니다."

"동의합니다." 그가 10만 에퀴의 현금을 가지고 있다는 사실을 아직 밝히지 않고서 쉐넬이 말했다. "그러나 저당은 제삼자의 수중에 보관되다가, 당신의 선거와 지불이 완료된 후 가족에게 반환될 것입니다."

"아닙니다. 아마 언젠가 4백만 프랑을 모으게 될 내 조카딸 뒤발 양의 결혼이 이루어진 후입니다. 그 젊은 아이는 계약상 나의 상속인이 될 것이고, 또한 내 아내의 상속인이 될 것입니다. 당신은 그 아이를 당신의 젊은 백작과 결혼시키시오."

"결단코 안 되오!" 하고 쉐넬이 말했다.

"결단코." 자신의 승리에 도취한 뒤 크루아지에가 반복했다. "잘 가시오."

"참 바보같이 굴었구나. 저런 인간과의 관계에서 나는 왜 거짓말 앞에서 후퇴하는가!" 쉐넬이 중얼거렸다.

쉐넬의 굴욕을 즐기고, 지방 귀족계급의 축도와 같은 최고 가문의 운명을 저울질해 보고, 데그리농가 사람들의 폐부에 자기 발자국의 흔적을 찍은 다음, 구겨진 자기 자존심의 이름으로 모든 것을 파기한 것을 기뻐하면서, 뒤 크루아지에는 자리를 떴다. 그는 아내를 쉐넬과 함께 남겨 두고서, 자기 침실로 올라갔다. 도취에 빠져 그는 자신의 승리에 반하는 것은 전혀 보지 못했다. 그는 10만 에퀴는 이미 탕진되었다고 굳게 믿었다. 그 돈을 만들기 위해서, 데그리농가는 자기네 재산을 팔거나 저당 잡힐 필요가 있었다. 따라서 그가 보기에 중죄 재판소는 불가피했다. 위조 사건은 사취된 금액이 반환될 경우에는 언제나 조정될 수 있는 것이다. 이 범죄의 희생자들은 경솔한 한 인간의 불명예의 원인에 대해서는 개의치 않는 부유한 사람들인 것이 보통이다. 그러나 뒤 크루아지에는 반드시 분별 있는 방식으로만 자기 권리를 포기하고자 했다. 그래서 그는 중죄 재판소에 의해서든, 조카딸의 결혼에 의해서든, 자신의 희망이 멋지게 완성되는 것을 생각하면서 잠자리에 들었고, 뒤 크루아지에 부인과 더불어 탄식하는 쉐넬의 목소리를 들으며 즐거워했다. 가톨릭 신자로서 신앙심이 깊으며, 왕당파로서 귀족계급에 밀착된 뒤 크루아지에 부인은 데그리농 가문에 대해 쉐넬과 견해를 같이했다. 따라서 그녀의 모든 감정은 심하게 상처를 받고 있었다. 이 선량한 왕당파 여인은 가톨릭의 파괴를 소망하는 자유주의파 지도자의 견해를 통해 자유주의의 울부짖음을 들은 적이 있었다. 그녀에게 좌파란 폭동과 단두대와 더불어 존재하는 1793년을 뜻했다.

"부인의 아저씨, 그 성자 같은 분이 우리 얘기를 듣는다면, 뭐라고 하시겠습니까?" 하고 쉐넬이 외쳤다.

뒤 크루아지에 부인은 뺨을 타고 흘러내리는 두 줄기 굵은 눈물로서 답할 뿐이었다.

"부인은 이미 가엾은 소년의 죽음과 그 애 어머니의 영원한 슬픔의 원인이셨습니다." 쉬넬은 자기가 얼마나 정확하게 타격을 가했는지, 그리고 빅뛰르니앵을 구하기 위해서는 그 심장을 깨트릴 정도로 더 심하게 타격을 가해야 한다는 것을 의식하면서 말을 계속했다. "부인께서는 자기 집안의 치욕 후에는 일주일도 살아남지 못할 아르망드 양을 죽게 하시겠습니까? 부인은 부인의 옛 공증인인 가련한 쉬넬을 죽게 만드시겠습니까? 저는 젊은 백작이 단죄되기 전에 감옥으로 가서 그를 살해하고, 저 자신이 살인죄로 중죄 재판소로 끌려가기 전에 스스로 죽음을 택할 것입니다."

"친구여, 고만! 고만하세요! 이런 사태를 잠재우기 위해서라면 나는 무슨 일이든 할 수 있습니다. 그러나 내가 뒤 크루아지에 씨의 전모를 알게 된 것은 불과 방금 전부터입니다……. 당신에게라면, 나는 고백할 수 있습니다! 아무 방책이 없군요."

"만약 방책이 있다면요?" 하고 쉬넬이 말했다.

"방책을 이루기 위해서는 내 피의 절반이라도 내놓겠습니다." 성공의 욕망이 표현된 고개의 끄덕임으로 자기 생각을 마무리 지으며 그녀가 대답했다.

마렝고 전쟁터에서 오후 다섯 시까지는 패배해 있다가, 여섯 시가 되자 드제의 필사적인 공격과 켈레르만의 무시무시한 돌격에 의해 승리를 쟁취한 제일 집정관 나폴레옹과 유사하게, 쉬넬은 파멸의 한가운데서 승리의 요소들을 얼핏 알아보았다. 나폴레옹만큼 위대하기 위해서는, 나아가 그 이상이기 위해서는, 노공증인, 노집사 쉐넬이어야 했고, 아버지 소르비에 공증인의 견습 서기를 거친 쉐넬이어야만 했으며, 절망 가운데의 불현듯한 계시가 필요했다. 이 전투는 마렝고 전투가 아니라, 워털루 전투였다. 쉐넬은 프러시아 군대가 도착한 것을 보고서, 그들을 무찌르고자 했다.

"부인, 제가 이십 년 동안 업무를 처리해 드린 분이며, 데그리농 가문이 이 지방 귀족계급의 영예이듯, 이 지방 부르주아 계급의 영예이신 부인께서, 데그리농 가문을 구하는 것은 이제 오직 부인에게 달려 있다는 것을 알아두십시오. 이제 대답하시겠습니까? 부인의 아저씨의 혼, 데그리농가 사람들, 가련한 쉐넬이 치욕을 당하도록 방치하시겠습니까? 울고 있는 아르망드 양을 죽게 만들고 싶으세요? 달랑송가 공작들의 집사였던 부인의 선조들을 기쁘게 함으로써, 관을 뚫고 나오실 수 있다면 제가 무릎 꿇고 부인께 부탁드리는 일을 하라고 명령하실 우리의 경애하는 사제님의 혼을 위로함으로써, 부인의 허물을 대속하고 싶지 않으세요?"

"뭐라고요?" 뒤 크루아지에 부인이 소리쳤다.

"좋아요, 여기 10만 에퀴가 있습니다." 주머니에서 현금 다발을 꺼내면서 그가 말했다. "이것을 받으십시오. 그러면 모든 것이 끝날 것입니다."

"단지 그런 문제라면, 그리고 그 때문에 제 남편에게 나쁜 일이 일어나지 않는다면……" 하고 그녀가 말을 이었다.

"좋은 일뿐입니다. 이승에서의 가벼운 실망의 대가로 지옥의 영원한 복수를 그에게 피하게 해 주는 일입니다" 하고 쉐넬이 말했다.

"그가 나쁜 일에 연루되지 않겠지요?" 쉐넬을 쳐다보며 그녀가 물었다.

그러자 쉐넬은 이 가엾은 여인의 마음속을 읽었다. 뒤 크루아지에 부인은 두 종교 사이에서, 즉 교회가 아내들에게 제시한 계명과 왕좌와 제단에 대한 자신의 의무 사이에서 주저하고 있었다. 그녀는 자기 남편이 비난받을 만하다고 생각했으나 감히 그를 비난하지 못했고, 그녀는 데그리농가 사람들을 구할 수 있기를 바랐으나, 자기 남편의 이해에 반해서는 아무것도 하고 싶지 않았던 것이다.

"전혀 아닙니다. 부인의 늙은 공증인이 성스러운 복음서에 대고 부인께 맹세합니다" 하고 쉐넬이 말했다.

쉐넬은 이제 데그리농 가문에 바칠 것이라고는 자신의 영혼의 구원밖에 없었는데, 끔찍한 거짓을 범함으로써 그것을 위험에 빠트렸다. 그러나 뒤 크루아지에 부인을 이용하거나 아니면 파멸해야만 했다. 그는 곧 자신이 영수증을 작성하고서, 그것을 뒤 크루아지에 부인에게 구술하여 쓰게 했다. 10만 에퀴짜리 영수증은 운명의 어음이 발행되기 닷새 전 날짜로 되어 있었는데, 그 날짜에는 뒤 크루아지에가 토지 개량 건을 처리하기 위해 아내의 토지에 가느라고 자기 집에 부재했던 것을 쉐넬은 기억하고 있었다. 뒤 크루아지에 부인이 10만 에퀴를 받고 그가 그 서류를 갖게 되자 쉐넬이 말했다. "기입된 날짜에 그 금액을 수령했음을 예심판사 앞에서 진술하시겠다고 저한테 맹세하십시오."

"그건 거짓이 아니겠습니까?"

"비공식적으로요." 하고 쉐넬이 말했다.

"저의 지도 신부이신 쿠튀리에 신부님의 의견이 없이는 그렇게 할 수 없습니다."

"그렇다면 이 사건에서는 그분의 충고에 따라서만 행동하십시오." 쉐넬이 말했다.

"그렇게 약속하지요."

"예심판사 앞에 출두하신 후에야 맡긴 금액을 뒤 크루아지에 씨에게 돌려주십시오."

"그러지요." 하고 그녀가 말했다. "아아, 인간의 법정에 출두하여 거기서 거짓말을 지탱할 수 있는 힘을 하느님이 제게 내려 주시기를!"

뒤 크루아지에 부인의 손에 키스한 다음, 쉐넬은 라파엘로가 바티칸에 그린 예언자들 중 한 사람처럼 위엄있게 일어섰다.

"당신 아저씨의 영혼이 기쁨으로 떨며 일어나, 왕좌와 제단의 적과 결혼한 당신의 과오를 영원히 지워 주셨을 겁니다."

이 말은 뒤 크루아지에 부인의 소심한 영혼에 강한 충격을 주었다. 쉐넬은 뒤 크루아지에 부인의 고해사제인 쿠튀리에 신부의 지원을 확보해야 한다는 생각을 불현듯 해냈다. 신앙심 깊은 사람들이 일단 자신들의 결심을 위해 한 걸음 내딛게 되면 자기들 관념의 승리에 얼마만큼 고집스러운지 그는 알고 있었기 때문에, 그는 가능한 한 신속하게 교회를 이 싸움에 끌어들여 자기 편으로 만들고자 했다. 그래서 그는 데그리뇽 저택으로 가서 아르망드 양을 깨워, 그녀에게 밤사이 사건의 추이를 알렸고, 고위 성직자 자신을 전쟁터로 인도하기 위해 주교관으로 가는 길로 아르망드 양을 내몰았다. "제기랄! 너는 데그리뇽가를 구해야만 한다." 느린 걸음으로 자기 집으로 돌아가면서 쉐넬이 혼자 소리쳤다. "사건은 이제 사법적 싸움이 되었다. 우리는 열정에 싸이고 이해관계를 지닌 사람들과 대면해 있다. 우리는 그들로부터 모든 것을 얻을 수 있다. 뒤 크루아지에란 자는 의회의 개회 이후로 파리에 가 있는, 우리에게 헌신적인 검사장의 부재를 이용했다. 수석 검사 대리가 자기 상관과 상의도 없이 고소에 즉시 응했는데, 그를 손아귀에 넣기 위해 그들은 도대체 무슨 짓을 한 것인가? 내일 아침엔 그 수수께끼를 풀고, 전장(戰場)을 살펴보고서, 어쩌면 그 음모의 실타래를 파악한 다음, 드 모프리뇌즈 부인의 손을 통해 고위 권력층을 가동시키기 위해 나는 파리로 되돌아가야 할 것이다." 사태를 정확하게 본 가엾은 노전사의 추론은 이와 같았다. 그는 수많은 마음의 동요와 과로의 무게에 짓눌려 거의 죽은 듯이 잠자리에 쓰러졌다. 그렇지만 곯아떨어지기 전에, 그는 법정을 구성하는 법관들에 대해 탐색의 일별을 던졌고, 그들의 야심의 비밀스러운 생각 전모를 파악했다. 그것은 이 싸움에서 자신의 승산이 어떠한지, 그리고 그들에게 어떻게 영향력을 행사할 수 있을지를 가늠해 보기 위해서였다. 쉐넬이 행한 양심의 긴 검토 요약본을 제시한다면,

그것은 아마도 지방 소재 사법관의 일람표를 보이는 결과가 될 것이다.

사법적 야망이 난무하는 지방에서 그들의 경력을 시작해야 했던 판사들과 관료들은 모두 경력의 초기에는 파리를 바라보고, 대규모 정치 사건이 취급되는, 그리고 사법관직이 사회의 첨예한 이해관계와 연결된 드넓은 무대에서 빛을 발하기를 모두 갈망한다. 그러나 사법계 인사들의 이 천국은 선택된 소수만을 받아들이고, 사법관의 10분의 9는 조만간 영원히 지방에 안주해야만 한다. 따라서 지방 소재의 모든 법정과 관청은 분명하게 절단된 두 파를 제시해 보이는데, 하나는 희망에 지친 야망, 또는 법관들이 그곳에서 행하는 역할에 대해 지방에서 허용되는 과도한 존중에 만족한 야망, 아니면 조용한 삶에 의해 잠들어 있는 야망의 파이다. 그리고 다른 한 파는 젊은이들과 진짜 재능 있는 인사들 편이다. 이 파에 속하는 사람들은, 어떠한 실망도 완화시키지 못한 출세의 욕망, 아니면 출세의 갈망에 끊임없이 자극받는 출세의 욕망으로 자기들의 천직에 대해 일종의 광신을 품게 된다. 이 시대에는, 왕정주의가 부르봉 왕가의 적들에 맞서 젊은 법관들을 고무하고 있었다. 최하급 검사 대리도 논고를 꿈꾸었고, 열정을 북돋우고, 내각의 관심을 끌며, 관료들을 진급시키는 그런 정치적 소송을 간절히 기대했다. 검사국들 가운데서, 보나파르트파의 음모가 터져 나오는 곳을 관할권 내에 두고 있는 법정을 시기하지 않는 데가 어디 있겠는가? 카롱' 같은 자, 베르통' 같은 자, 또는 하나의 폭동 같은 것과 마주치기를 소망하지 않는 법조인이 누가 있겠는가? 정파들 간의 큰 싸움으로 고무되고, 국익 우선주의와 아울러 프랑스 군주제의 필요성에 근거를 둔 이런 불타는 야심가들은 명석하고, 용의주도하고, 통찰력이 있었다. 그들은 엄격하게 치안을 유지했고, 국민을 염탐했고, 국민이 복종의 길로 들어서 절대 거기에서 벗어나지 않도록 압박했다. 군주제의 신념에 의해 과격화된 당시의 사법권은 옛 고등법원의 오류를 개선했고, 어쩌면 지나칠 정도로 공공연히 종교와 보조를 맞춰 나갔다. 당시에 그 사법권은 능란하기보다는 열성적이었으며, 사법권의 과오는 마키아벨리즘에 의해서라기보다 자기 입장에 대한 충실성에 의해 빚어졌다. 사법권의 입장은 국가의 일반적 이해에 상반되는 것으로 보였는데, 사법권은 국가를 혁명으로부터 보호하는 데 진력했던 것이다. 그러나 전체적인 관점에서 볼 때, 사법권은 아직 부르주아적 요소를 너무 많이 내포하고 있으며, 여전히 자유주의의 쩨쩨한 열정에 지나치게 근접해 있는 상태여서, 사법권이 조만간 입헌주의적 성향을 띠어, 투쟁의 날이 오면 부르주아지의 편에 서게 될지도 모를 일이었다. 행정 분야에서와 마찬가지로 사법의 대집단 내에는 위선이, 아니 좀 더 나은 표현을 쓰자면 모방의 정신이 존재해서, 그것은 항상 프랑스로 하여금 궁정을 모범으로 삼도록 부추기고, 그리하여 별 악의 없이 프랑스를 배신하는 경향이 있다.

젊은 데그리뇽의 운명이 결정될 법정에는 이런 두 종류의 사법관의 면모가 존재했다. 뒤 롱스레 법원장님과 브롱데라는 이름의 한 늙은 판사는 자기들의 현 상태를 체념하고 받아들이며, 자기들의 도시에 영원히 안주하는 그런 법관들을 대변할 만한 사람들이었다. 젊고 야심 있는 측에는 예심판사 카뮈조 씨와 드 생시뉴 가문의 후견에 의해 대리 판사로 임명받은 미슈 씨가 있었다. 미슈 씨는 기회가 오는 대로 바로 파리 왕실의 관할 내로 들어가게 될 터였다.

법관의 종신제에 따라 해임의 위험에서는 전적으로 벗어나 있으며, 스스로 자부하는 위신에 어울리는 대접을 귀족계급으로부터 받지 못하는 것을 알게 된 뒤 롱스레 법원장은 부르주아 지 편에 서기로 마음먹었다. 그는 자신의 사고방식 때문에 평생 법원장으로 머물 처지라는 것을 알지 못한 채, 자신의 실의를 독립성이라고 호도하고 있었다. 일단 이런 노선에 들어서자, 그는 필연적 논리에 따라 뒤 크루아지에와 좌파의 승리에 자신의 승진 희망을 걸게 되었다. 그는 궁정의 신임을 받지 못하는 것 이상으로 현청의 신임을 받지 못했다. 권력과 조심스러운 관계를 유지해야 했던 그는 자유주의자들에게서도 의심을 샀다. 따라서 그는 어느 당파에도 입지를 확보하지 못했다. 선거의 후보 자리를 뒤 크루아지에에게 양보해야 했던 그는 영향력을 행사하지 못하는 처지에서 부차적인 역할에 머물렀다. 그의 입장이 지닌 허위성이 그의 성격에도 작용하여, 그는 성마르고 불만에 차 있었다. 자신의 정치적 애매성에 지쳐, 그는 자신이 자유주의파의 우두머리가 되어, 뒤 크루아지에를 지배할 결심을 은밀히 하고 있었다. 데그리뇽 백작 사건에서 그의 행동은 이러한 경력의 첫걸음이었다. 그는 이미 부르주아지를 놀라울 정도로 잘 대변하고 있었다. 즉, 자신의 쩨쩨한 열정으로 나라의 큰 이해관계를 가리고, 정치적으로 변덕스러워서 오늘은 권력의 편에 섰다가 내일은 권력에 맞서는 부르주아지, 자신이 행한 악에 절망하면서도 계속 그 악을 배태하는, 모든 것을 연루시키면서 아무것도 지키지 못하는 부르주아지, 자신의 옹졸함을 인정하려 하지 않고, 권력의 시녀를 자처하면서도 권력을 성가시게 히고, 겸손한 동시에 거만한 부르주아지, 자신은 동의하지 않는 왕권에의 복속을 민중에게는 요구하는 부르주아지, 마치 위대함이 사소한 것일 수 있다는 듯이, 마치 권력이 세력 없이도 존재할 수 있다는 듯이, 자기 수준에서 갖추기를 욕망하는 우월성에 불안을 느끼는 그런 부르주아지를 그는 대표하고 있었던 것이다.

이 법원장은 마르고 호리호리하며 키가 큰 남자로서, 벗어진 이마, 밤색의 가느다란 머리칼, 홍채의 색깔이 서로 다른 두 눈, 농진(膿疹)에 찌든 안색, 앙다문 입술을 갖고 있었다. 그의 잠긴 목소리는 천식으로 인해 휘파람 소리처럼 불분명하게 들렸다. 그의 아내는 엄숙하고 껑충하니 키가 큰 여자로서, 더없이 우스꽝스럽고 과도하게 꾸민 듯한 양식의 괴상한 차림이었다. 법원장 부인은 여왕같이 젠체하는 태도에, 선명한 색채의 옷을 걸치고 다녔으며, 지방에서 몹시 선호하는 영국풍의 아주 비싼 터번을 머리에 휘감지 않고서는 결코 무도회에 가지 않았다. 둘이 합쳐 4천 내지 5천 리브르의 연수를 올리는 재산을 가진 그들은 법원장직의 봉급과 함께 1만 2천 프랑 정도의 연수입을 누리고 있었다. 인색한 성향이었지만, 그들은 허영심을 만족시키기 위해 주당 한 번씩 손님을 맞았다. 뒤 크루아지에가 현대적 사치를 도입한 도시의 옛 풍습에 충실한 뒤 롱스레 부부는 결혼 이후로 그들이 거주하는 부인 소유의 옛집에 어떤 변화도 꾀하지 않았다. 마당 쪽으로 한 면, 그리고 작은 정원 쪽으로 다른 한 면이 향해 있는 그 집은 길 쪽으로는 각 층마다 십자형 유리창이 달린 삼각형의 회색빛 낡은 박공을 보이고 있었다. 마당과 정원은 높은 담에 둘러싸여 있었는데, 담을 따라 정원에는 마로니에 가로수 길이 나 있었고, 마당에는 부속 건물들이 서 있었다. 정원을 따라서 길 쪽으로는 녹슬고 낡은 철책이 펼쳐져 있었다. 그리고 마당에는 담의 두 패널 사이에, 끝에 커다란 조가비 모양 장식이 달린, 마차가 드나들 수 있는 대문이 나 있었다. 조가비 모양 장식은 정면 대문 위에 달려 있었다. 그곳은 전체가 침침하고, 공기가 통하지 않아 답답했다. 중간 담장은 감옥의 창문처럼 철창을 통해 빛을 투과시켰다. 이 작은 정원의 네모난 좁은 화단들 안에서 꽃들은 즐겁지 못한 모습이었다. 행인들은 철책을 통해 그곳에서 어떤 일이 일어나고 있는지 볼 수 있었다. 일 층은, 정원 쪽으로 채광이 되는 큰 대기실을 지나면, 살롱으로 통하게 되어 있었는데, 살롱의 창문 하나가 길 쪽으로 향해 있었다. 그리고 살롱에는 유리창을 댄 문이 달린 낮은 층계가 정원 쪽으로 나 있었다. 살롱과 크기가 같은 식당은 대기실의 다른 편에 있었다. 이 세 개의 방은 우울한 분위기의 그 집 전체와 조화를 이룬다고 할 수 있었다. 원형의 꽃 모양 장식이 조각된 몇 개의 볼 품없는 마름모꼴 판으로 가운데를 꾸민 육중한 채색 들보들에 의해 전체가 구획된 천장들이 시선을 혼란하게 했다. 요란한 색 조의 그림들은 낡고 그을려 있었다. 햇볕에 바랜 붉은색 비단 커튼으로 장식된 살롱에는 흐릿한 색깔의 낡은 보베산 융단으 로 덮인 흰색 칠의 목제 가구가 갖추어 있었다. 벽난로 위에 놓 인 괴상한 모양의 가지가 달린 촛대들 사이로, 루이 15세 시대 의 패종시계 하나가 눈에 띄었다. 촛대의 노란색 초들은 법원장 부인이 수정 구슬 장식이 달린 낡은 샹들리에서 초록색 덮개 를 벗겨 내는 날에만 불이 켜졌다. 회중의 즐거움을 채우기에는 해진 초록색 양탄자를 씌운 게임 테이블 세 개와 트릭트랙 게임 이면 충분했다. 뒤 롱스레 부인은 그 모임에 사이다, 에쇼데 과 자, 밤, 설탕 탄 물, 그리고 자기 집에서 만든 보리 시럽 같은 것 을 대접했다. 얼마 전부터 그녀는 두 주일마다 초라한 케이크 를 곁들여 차를 내놓았다. 매 분기마다 뒤 롱스레 가족은 세 번 에 걸쳐 차려 내는 큰 만찬을 베풀었는데, 도시를 떠들썩하게 만드는 그 만찬은 볼품없는 식기에 차려지는 것이었지만, 그 지 방 요리사들의 두각을 나타내는 솜씨로 만들어졌다. 대식가처 럼 양이 많은 그 식사는 여섯 시간 동안이나 계속되었다. 그때 마다 법원장은 구두쇠가 과시하는 풍성함으로 뒤 크루아지에 의 우아함과 다투려고 애를 썼다. 이처럼 법원장의 삶과 그 부 속물은 그의 성격 및 그의 애매한 입장과 부합했다. 그는 이유 를 알 수 없이 자기 집에서 불편함을 느꼈다. 그러나 그는 자기 아들 파비앵이 부유하게 정착할 수 있도록 매년 7, 8천 프랑씩 떼어 놓는 것이 너무 좋아서, 집 안의 현 상태를 바꾸는 데에는 일체 돈을 쓰려 하지 않았다. 그의 아들은 법관도 변호사도 관료도 되려 하지 않아서, 그의 나태함이 법원장을 절망케 했다. 법원장은 자기 밑에 있는 부원장 블롱데 씨와 경쟁 관계에 있었다. 그 노판사가 오래전부터 자기 아들을 블랑뒤로 가족과 연결시키려 하고 있었던 것이다. 부유한 포목 상인인 블랑뒤로는 외동딸을 두고 있었는데, 법원장은 파비앵과 그녀의 결혼을 몹시 원했다. 한편 늙은 블롱데는 자신이 사임하면서 아들 조제프 블롱데에게 대리 판사 직책을 얻어 주기를 희망했는데, 조제프 블롱데의 결혼은 그가 그 자리에 임명되느냐 여부에 달려 있었기 때문에, 뒤 롱스레 법원장은 엉큼하게 노판사의 행동을 방해하고, 은밀하게 블랑뒤로 가족에게 혼란을 조장했다. 따라서 젊은 데그리뇽 백작 사건만 없었더라면, 아마 간사한 법원장이 블롱데 가족을 제치고 자기 희망을 이루었을 것이다. 법원장의 재산은 경쟁자의 재산을 능가했다.

  이 법원장의 마키아벨리적 술책의 희생물인 블롱데 씨는, 지하실 속의 옛 메달들처럼 지방에 파묻혀 있는 흥미로운 인물들 가운데 하나인데, 그 당시 예순일곱 살이었다. 그는 자기 나이를 잘 지탱했으며, 큰 키였고, 그의 풍채는 좋은 시절의 참사회원 모습을 연상시켰다. 천연두를 앓아 수많은 구멍이 뚫려서 코가 나선형으로 말리는 기형의 얼굴이었지만, 개성있는 풍모라고 할 수 있었다. 그는 대단히 균형 잡힌 붉은 안색을 갖고 있었으며, 평소 냉소적인 강렬한 작은 두 눈과 자색 입술의 다소 신랄한 동작으로 인해 생기 있는 모습이었다. 프랑스 대혁명 전에 변호사였던 그는 혁명 때에는 검사 역할을 했다. 그러나 그 무서운 관리들 가운데 그는 가장 온화한 편이었다. 사람들이 불렀던 대로, 블롱데 영감은 모든 것에 순응하고, 어떤 것도 집행하지 않으면서, 혁명적 행위를 완화했다. 얼마간의 귀족들을 가두도록 강요당했지만, 그는 그들의 소송을 질질 끌어서, 그들이 열월(熱月) 9일'에 무사히 당도하게끔 재치를 발휘함으로써, 전반적인 존경을 획득했다. 분명히 블롱데 영감은 법원장이 되어야 했을 것이다. 그러나 법원을 재조직할 때, 정부 구석구석까지 공화주의자들을 멀리했던 나폴레옹에 의해 그는 제척당했다. 블롱데라는 이름 옆에 기입된, 혁명 때의 검사라는 분류 때문에, 황제는 그의 자리를 대신할 사람으로 그 고장에 옛 고등법원 가족의 후예가 없는지를 캉바세레스'에게 문의하게 되었다. 그래서 부친이 고등법원 판사를 역임한 바 있는 뒤 롱스레가 임명받았다. 황제의 거부감에도 불구하고, 대서기장은 옛 변호사가 프랑스에서 가장 강력한 법률가 가운데 하나라고 말하면서, 법원의 이해관계를 위해 블롱데에게 판사직을 유지하게 했다. 그 판사의 재능, 옛 법률과 그리고 나중에는 새로운 법제에 대한 그의 지식이 그를 큰 성공으로 이끌 수 있었을 것이다. 그러나 이 점에 있어서는 큰 재능을 가진 어떤 사람들과 유사하게, 그는 자신의 법률적 지식을 놀랄 만큼 무시하고, 자신의 직업과는 상관없는 학문에 거의 전적으로 몰두해서, 그것을 위해 자신의 취향, 자신의 시간과 능력을 모두 바쳤다. 노인은 원예를 열정적으로 사랑해서, 아주 유명한 아마추어들과 교신하며, 새로운 종을 만들어 내려는 야심을 키웠고, 식물학의 발견들에 흥미를 느끼며, 마침내는 꽃의 세계 속에 파묻혀 살았다. 모든 꽃 애호가들과 마찬가지로, 그는 모든 식물 종류 중 선택된 한 식물을 편애했는데, 그가 가장 좋아한 것은 제라늄의 한 종류였다. 그래서 법정과 그의 소송들, 그의 실제 생활은, 점점 더 자신의 무구한 왕비 같은 존재들에게 반해 가던 그 노인이 영위하는 환상적이고 감동에 찬 생활과 비교하면 무가치한 것이었다. 자기 정원에 기울여야 하는 정성, 원예가의 다정한 습관은 블롱데 영감을 자신의 온실 속에 붙박여 지내게 했다. 이런 열정이 아니었다면, 그는 제정하에서 국회의원으로 지명되었을 것이고, 아마 입법부에서 빛을 발했을 것이다. 결혼이 그의 무명의 삶의 또 다른 이유였다. 사십의 나이에, 그는 열여덟 살의 처녀와 결혼하는 무분별을 저질렀는데, 결혼 첫해에 그녀에게서 조제프란 이름의 아들이 태어났다. 3년 후, 당시 그 도시에서 가장 예쁜 여자였던 블롱데 부인은 그녀가 죽을 때까지 지속된 열렬한 사랑을 현의 지사에게 불어넣었다. 그녀는 에밀이란 이름의 둘째 아들을 낳았는데, 그 아이의 아버지가 지사라는 사실은 도시 전체와 아울러 늙은 블롱데 자신도 알고 있었다. 블롱데 부인은 꽃을 능가할 수 있을 만한 야망을 남편에게 고취할 수도 있었을 텐데, 오히려 식물학에 대한 판사의 취미를 조장했고, 지사가 자기 정부(情婦)가 살아 있는 한 임지를 바꾸고자 하지 않았던 것과 마찬가지로 판사 역시 그 도시를 떠나고자 하지 않았다. 그 나이에 젊은 아내와의 싸움을 지탱할 수 없었던 법관은 자기 온실 안에서 위안을 찾았고, 대단히 예쁜 하녀 하나를 들여 끊임없이 다양화하는 아름다운 꽃의 궁전을 돌보게 했다. 판사가 그의 꽃들을 뽑고, 모종하고, 휘묻이하고, 접목하고, 수분(受粉)시키고, 여러 빛깔로 혼합하는 동안, 블롱데 부인은 현대의 살롱들에서 빛을 발하기 위해 화장과 의상에 재산을 소비했다. 분명히 아직 그녀의 열정에 속하는 에밀의 교육이라는 단 하나의 관심사만이 그 도시가 마침내 감탄하기에 이른 아름다움에 대한 집착에서 그녀를 벗어나게 할 수 있었다. 이 사생아는 조제프가 우둔하고 못생긴 것만큼이나 미남이고 재주가 있었다. 부성애에 눈이 먼 노판사는 아내가 에밀을 애지중지하는 것만큼이나 조제프를 사랑했다. 12년 동안 블롱데 씨는 완벽한 인종(忍從)으로, 18세기의 대영주들과 같은 식으로 고상하고 의연한 태도를 유지하며, 자기 아내의 연애에 눈을 감아줬다. 그러나 조용한 취미를 가진 모든 사람이 그런 것처럼, 그는 자신의 작은아들에 대해 깊은 증오심을 품었다. 1818년에 아내가 죽자, 그는 작은아들을 법률 공부를 하러 파리에 보냄으로써, 그 틈입자를 추방해 버렸다. 그는 에밀에게 1,200프랑의 연금을 지급하는 이외에, 어떠한 조난의 외침이 있어도 단 한 푼도 덧붙여 주지 않았다. 그의 생부의 보호가 없었더라면, 에밀 블롱데는 살아남지 못했을 것이다.

판사의 집은 그 도시에서 가장 아름다운 집 가운데 하나였다.

도청의 거의 정면에 위치한 그 집은 중심 대로 쪽으로 깔끔한 작은 마당이 있었는데, 그 마당은 벽돌로 세운 두 개의 기둥 사이에 설치된 낡은 철책에 의해 차도와 분리되어 있었다. 이 기둥들 각각과 이웃집 사이에는 두 개의 다른 철책이 있는데, 그것은 가슴 높이에 역시 벽돌로 축조된 작은 담 위에 설치되어 있었다. 폭이 10투와즈*에 길이가 20투와즈인 그 마당은 철책에서부터 집의 대문으로 이어지는 벽돌 포석(鋪石)에 의해 두 개의 화단으로 나뉘어 있었다. 정성 들여 새로 꾸민 이 두 화단은 계절 내내 풍성한 꽃 무더기를 보여 행인들의 감탄을 자아냈다. 이 두 더미의 꽃 아래쪽에서부터 두 이웃집의 담벼락 위로 덩굴식물의 화려한 자태가 솟아오르고 있었다. 기둥들은 인동덩굴로 덮이고, 구운 흙 화분 두 개로 장식되어 있었다. 그곳에서는 풍토에 적응시킨 선인장들이 문외한들의 놀란 눈길에 날카로운 가시들이 삐죽삐죽 솟은 기괴한 잎들을 보였는데, 그 가시들은 꼭 식물의 질병으로 인해 생긴 것처럼 보였다. 벽돌로 지은 그 집의 창문들은 역시 벽돌로 만든 아치형 가장자리로 장식되어 있었다. 집의 단순한 정면은 강한 초록빛 덧창으로 재미있게 꾸민 모습이었다. 유리를 끼운 집의 문을 통해서는 약 2아르팡* 넓이의 정원에 난 중심 가로수 길을 볼 수 있었다. 긴 복도의 끝에 유리를 끼운 또 다른 문이 달려 있었기 때문이었다. 이 울타리 안의 덤불이 살롱과 식당의 유리창들을 통해 얼핏 보이곤 했는데, 이 유리창들은 복도의 유리창들처럼 서로 통해 있었다. 길 쪽으로는, 벽돌이 두 세기 전부터 녹과 이끼의 색조에 배어 있었는데, 그것은 덤불 및 덤불 관목들의 신선함과 조화를 이루는 초록빛이 도는 색조와 뒤섞여 있었다. 이 도시를 통과하는 여행자로서는 그처럼 우아하게 둘러싸이고, 꽃이 만발하고, 도기로 빚은 두 마리의 비둘기가 장식하고 있는 지붕 위까지 이끼로 덮인 이 집을 사랑하지 않을 도리가 없었다.

한 세기 전부터 어떠한 변화도 가해지지 않은 그 낡은 집 이외에, 판사는 약 4천 리브르의 연 소득이 나오는 토지 재산을 소유하고 있었다. 상당히 적법한 조치이기는 했지만, 집과 토지와 그의 자리를 자기 아들 조제프에게 넘겨주는 것이 판사의 복수인 셈이었는데, 도시 전체가 그의 의도를 알고 있었다. 그는 아들을 위해 유언장을 작성해 두고 있었다. 그 유언장에 의하면, 다른 자녀를 희생시켜 자기 자녀들 가운데 한 명에게만 줄 수 있도록 법전에 의해 부친에게 허용되는 모든 방편을 동원하여, 판사는 큰아들에게 특혜를 베풀었다. 나아가 영감은 15년 전부터 돈을 모았는데, 그것은 동생 에밀에게서 떼낼 수 없도록 되어 있는 분배의 몫을 환불하는 데 필요한 금액을 그 바보 같은 큰아들에게 남겨 주기 위해서였다. 부친의 집에서 추방당한 에밀 블롱데는 파리에서 탁월한 입지를 전취할 수 있었다. 그러나 그 입지는 실질적이기보다는 정신적인 것이었다. 그의 게으름, 그의 방심, 그의 무사태평은 그의 생부를 절망하게 했다. 왕정복고하에서 너무나 빈번했던 내각의 반발에 연루되어 쫓겨난 그 사람은, 생래적으로 더없이 빛나는 자질을 타고난 아이의 장래에 의혹을 품은 채, 거의 파산 상태로 죽었다. 에밀 블롱데는 드 트레빌가 영애 하나로부터 우정에 의해 지원을 받았는데, 그녀는 드 몽코르네 백작과 결혼한 몸이었다. 블롱데는 결혼 전부터 그녀를 알고 있었다. 트레빌가가 망명에서 귀환했을 때 에밀의 어머니는 아직 생존해 있었다. 블롱데 부인은 멀기는 해도 에밀을 소개하기에는 충분한 연척 관계로 트레빌 가문과 연결되어 있었다. 그 가엾은 부인은 자기 아들의 장래를 예감했고, 그가 고아 처지와 같음을 알았는데, 그 생각 때문에 그녀의 죽음은 이중으로 씁쓸한 것이었다. 그래서 그녀는 아들에게 보호자들을 찾아 주려 했다. 그녀는 에밀을 드 트레빌가 아가씨들 가운데 맏이와 결속시킬 수 있었다. 에밀은 그녀의 마음에 꼭 들었지만, 그녀와 결혼할 수는 없었다. 이 관계는 폴과 비르지니*의 관계와도 흡사했다. 사랑의 소꿉장난과 같은 그 어린 아이들의 감정이 보통 흘러가는 식으로 그렇게 흘러가 버릴 아이들의 상호간의 애정에 블롱데 부인은 지속성을 부여하려고 애썼다. 그녀는 아들에게 트레빌 가족 내에 하나의 버팀목을 마련해 주고 싶었던 것이다. 이미 죽어 가는 상태였던 블롱데 부인은 드 트레빌 양이 몽코르네 장군과 결혼하게 된다는 소식을 알게 되자, 드 트레빌 양을 찾아가서 에밀을 결코 버리지 말도록, 그리고 에밀이 파리의 사교계에서 빛을 발하도록 재산이 많은 장군이 그를 이끌어 주고 후견해 주기를 엄숙하게 부탁했다. 다행스럽게도, 에밀은 자기 자신을 지켰다. 스무 살에 그는 문학계에 대가처럼 데뷔했다. 그의 성공은 그의 아버지가 투신한 상류 사회에서도 무시할 수 없는 것이었다. 처음에는 그의 아버지가 젊은이의 낭비에 비용을 대줄 수 있었다. 에밀의 조숙한 유명세, 그의 멋쟁이 복장이 그를 백작 부인과 연결시켰던 우정의 끈을 더 조여 주었는지도 모른다. 그녀의 어머니가 쉐르벨로프 공주의 딸이어서 혈통에 러시아의 피가 흐르는 드 몽코르네 부인은, 파리의 문학적 삶의 장애물들에 맞서 전심전력을 다해 싸우고 있는 어린 시절의 가난한 자기 친구를 어쩌면 모른 척할 수도 있었을 것이다. 그러나 에밀의 모험에 찬 생활에 어려움이 찾아왔을 때도, 그들의 애착은 양편에서 다 요지부동이었다. 젊은 데그리뇽이 파리에서 첫 야식 때 만나게 됐던 블롱데가 지금은 저널리즘의 횃불 같은 존재로 통하고 있었다. 그는 정치계에서도 탁월한 인물로 인정받았고, 자신의 평판을 잘 지키고 있었다. 블롱데 영감은 신문이 입헌 정부에 행사하는 막강한 영향력을 전혀 모르고 있었다. 그가 소식을 알고 싶어하지 않는 아들을 화제에 올릴 생각을 하는 사람은 아무도 없었다. 그래서 그는 그 저주받은 아이와 그의 영향력에 대해 아는 바가 전혀 없었다.

그 판사의 공명정대함은 꽃에 대한 그의 열정과 비견할 만해서, 그가 아는 것은 법률과 식물학뿐이었다. 그는 소송인들을 받아들여서, 그들의 말에 귀를 기울이고, 그들과 한담을 나누고, 그들에게 자기 꽃들을 보이기도 했다. 그는 그들에게서 귀한 꽃씨를 받기도 했다. 그러나 재판관석에서는 세상에서 가장 불편부당한 판사가 되었다. 그의 행동 양식은 너무나 잘 알려져 있어서, 소송인들이 그를 만나러 오는 것은 그의 믿음을 밝혀 줄 수 있는 서류를 그에게 제출할 때뿐이었다. 아무도 그를 속이려 들지는 못했다. 그의 학식, 그의 개명된 의식, 자신의 실제적 재능에 대한 그의 무관심은 뒤 롱스레에게 그를 너무나 불가결한 존재로 만들어 놓아서, 결혼 문제에 얽힌 동기가 없더라도, 법원장은 자기 아들을 위한 노판사의 요청을 가능한 모든 수단을 동원해서 은밀히 방해했을 것이다. 왜냐하면 그 박식한 노인이 법정을 떠난다면, 법원장은 판결문 하나 제대로 작성할 수 없는 상태에 빠지기 때문이었다. 블롱데 영감은 그의 아들 에밀이 단 몇 시간만이면 부친의 욕망을 이루어 줄 힘이 있다는 사실을 모르고 있었다. 그는 플루타르크의 영웅들에게나 어울릴 만큼 소박하게 살고 있었다. 그는 저녁에는 소송을 검토하고, 아침에는 자신의 꽃을 돌봤으며, 낮 동안에는 재판을 진행했다. 성숙하고, 부활절 사과처럼 주름이 잡힌 예쁜 하녀는 엄격한 절약의 관습과 관례에 따라 유지되는 그 집을 보살폈다. 카도 양은 찬장과 과일 저장소의 열쇠를 항상 몸에 지니고 다녔다. 그녀는 지칠 줄 몰랐다. 그녀는 몸소 장을 보러 다녔고, 집 안과 부엌 청소를 했으며, 아침마다 미사에 빠지지 않고 참석했다. 그 가정의 내부 생활을 이해하려면, 카도 양이 디저트로 항상 가장 오래된 과일을 내는 습관 때문에, 아버지와 아들이 늘 흠 있는 과일만 먹게 된다는 사실을 얘기하는 것으로 충분할 것이다. 그곳에서는 신선한 빵을 즐길 줄 몰랐으며, 교회가 명하는 단식을 준수했다. 정원사는 병사처럼 식량을 배급받았으며, 정중하게 대접받는 나머지 자기 주인들과 함께 식사를 하는 그 회교국 늙은 왕비 같은 존재에게 끊임 없이 감시를 받았다. 그녀는 식사 시간 동안 홀과 부엌 사이를 계속 종종걸음으로 오갔다. 조제프 블롱데와 블랑뒤로 양의 결혼은, 그 상속녀의 아버지와 어머니에 의해서, 소송 의뢰가 없는 그 가련한 변호사가 대리 판사로 임명받는 조건에 종속되어 있었다. 아들이 자기 직분을 수행할 수 있게 만들 욕심으로, 아버지는 습관이 들 정도로 많은 양의 강의를 되풀이하며 아들의 머리를 단련하는 데 전심전력을 다했다. 아들 블롱데는 거의 모든 저녁 시간을 자기가 청혼한 여자의 집에서 보냈다. 파리에서 돌아온 이후로, 파비앵 뒤 롱스레도 그 집에 받아들여졌는데, 블롱데 부자는 그 점에 대해 조그만 불안도 느끼지 않았다. 하지만 소금 한 알도 더 올라가지 않고 한 푼의 이득도 놓치지 않는, 제라르 도우의 그림 「황금의 무게를 다는 사람」에 어울릴 법한 정확성으로 측정되는 그런 삶을 주재하는 경제적 원칙들도 온실과 정원 가꾸기의 요구에는 양보하는 처지였다. 정원은 선생님의 광기라고 카도 양은 얘기하곤 했는데, 그녀는 조제프에 대한 그의 맹목적인 사랑을 광기로 여기지는 않았다. 그녀는 그 아이에 대한 아버지의 편애를 자기도 나누어 갖고 있었다. 그녀는 그 아이를 애지중지하여, 그의 양말도 기워 주었고, 원예에 쓰인 돈이 그 아이를 위해 사용되기를 바랐을 것이다. 단 한 명의 정원사에 의해 기막히게 가꿔진 그 정원은 강의 모래가 깔리고, 끊임없이 갈퀴로 긁어 깨끗이 유지되는 가로수 길을 갖고 있었는데, 길 양편으로는 더없이 진귀한 꽃들이 가득 찬 화단들이 구불구불 펼쳐져 있었다. 거기에는 갖가지 향기, 갖가지 색채, 햇빛에 전시된 수많은 작은 화분들, 담 위의 도마뱀들, 괭이와 갈퀴를 겸한 농기구들, 끌어다 모아놓은 괭이들, 사소한 일에 쓰이는 도구들, 이 매력적인 열정을 정당화해 주는 우아한 산물들이 진열되어 있었다. 그의 온실 끝에 판사는 드넓은 계단식 구조물을 설치해 놓았는데, 그곳의 계단들 위에는 제라늄속 꽃 화분 5, 6천 개가 자리 잡고 있었다. 장엄하고 명성이 높은 그 화분의 집합에 꽃이 개화할 때면, 그 도시와 인근 현들의 사람들이 구경하러 오곤 했다. 그 도시를 지나는 길에, 황후 마리 루이즈가 이 흥미로운 온실을 방문하는 영광을 베풀었는데, 그곳의 광경에 깊은 인상을 받은 황후는 나폴레옹에게 그 이야기를 하게 되었다. 그러자 황제는 노판사에게 훈장을 수여했다. 박학한 원예가는 블랑뒤로의 집 이외에는 어떤 사교계에도 출입하지 않았기 때문에, 그는 법원장이 은밀하게 행하는 술책을 알지 못했다. 뒤 롱스레의 의도를 꿰뚫어 볼 수 있었던 사람들은 그를 너무 두려워한 나머지 무해한 블롱데 가족에게 경고를 해 주지 못했다.

미슈로 말하자면, 강력한 보호를 받는 그 젊은이는 지방 법정의 극히 단순한 일보다는, 드 생시뉴 가족이 가입을 천거해 준 최상류 사교계 내의 여자들 기분을 맞추는 데 훨씬 더 많은 관심을 기울였다. 약 1만 2천 리브르의 연수를 누리는 부유한 그 사람은 딸 가진 어머니들의 집중적인 관심을 받으며, 환락적인 삶을 영위하고 있었다. 그는 중학생이 숙제하듯이, 법정 일을 대충대충 처리했다. 그는 모든 일에 "그렇습니다, 친애하는 재판장님"이라고 말하면서 전폭적으로 찬동했다. 그러나 이런 외견상의 방임 아래, 그는 파리에서 학업을 마쳤고, 검사 대리로서 이미 두각을 나타냈던 사람의 탁월한 정신을 숨기고 있었다. 모든 주제를 폭넓게 취급하는 데 익숙한 그는 늙은 블롱데와 법원장을 오랜 시간 골몰케 하는 일을 재빠르게 해냈으며, 해결하기 어려운 문제들을 그들에게 종종 요약해 주었다. 미묘한 경우들을 다룰 때, 법원장과 부원장은 그들의 대리 판사와 상의했으며, 그에게 까다로운 평결을 맡기기도 했는데, 그가 그들에게 사무를 처리해 오는 신속함에 그들은 항상 경탄했다. 그가 처리한 일에서 늙은 블롱데가 다시 손댈 것은 아무것도 없었다. 가장 까다로운 귀족계층의 보호를 받으며, 젊고 부유한 그 대리 판사는 지방 현의 음모와 쩨쩨함에서 벗어나 살고 있었다. 시골의 모든 파티에서 불가결한 존재였던 그는 젊은 사람들과 자유롭게 어울렸으며, 어머니들의 비위를 맞춰 주었고, 무도회에서 춤을 추었고, 재력가처럼 내기 게임을 했다. 결국 그는 우아한 법관으로서의 자기 역할을 멋지게 수행했는데, 재사로서 자신의 위엄을 적절하게 개입시킬 줄 알았기 때문에 그 위엄을 위태롭게 하는 일은 결코 없었다. 지방의 풍속을 비판하지 않고 받아들이는 솔직한 태도 때문에 그는 몹시 그곳 사람들의 마음에 들었다. 그래서 사람들은 그에게 시골의 유배와 같은 시간을 견딜 만하게 만들어 주려고 애썼다.

가장 재능이 뛰어난 법관이지만, 고위 정치에 투신한 몸인 검사장은 법원장을 압도했다. 그의 부재 상황이 아니었다면, 빅튀르니앵 사건은 일어나지 않았을 것이다. 그의 솜씨, 그의 일 처리 습관이 모든 것을 미연에 방지했을 것이다. 정부 편의 가장 주목할 만한 웅변가들 가운데 한 사람인 그가 의회에 참석해 있는 기회를 법원장과 뒤 크루아지에가 음모를 꾸미기 위해 이용했던 것이다. 일단 법원에 제소가 이루어지고, 사건이 누설되면, 더 이상 어떤 구제책도 없으리라는 그들의 추정에는 어느 정도 능란함이 없지 않았다. 실상, 이 시대의 법원 어느 곳에 속한 검찰이든 오랜 검토 없이, 어쩌면 검찰총장에게 검토를 품의하지 않고서, 왕국 최고 명문에 속하는 귀족 가문의 장자에 대한 서류 위조 고소 건을 받아들이려 하지 않았을 것이다. 그와 같은 상황에서는 법조인들이 권력과 협력하여, 경솔한 젊은이를 도형장으로 보낼 수 있는 고소를 무마하기 위해 수많은 타협을 시도했을 것이다. 존경받는 자유주의파 가문에 대해서도, 그 가문이 지나치게 드러내 놓고 왕권과 교회에 적대적이지 않는 한, 그들은 아마 같은 식으로 행동했을 것이다. 그러므로 뒤 크루아지에의 고소를 받아들이고, 젊은 백작을 체포한 조치는 수월하게 이루어진 일이 아니었다. 법원장과 뒤 크루아지에가 자기들의 목적 달성을 위해 어떻게 행동했는지를 알려 주는 경위는 다음과 같다.

젊은 왕당파 변호사로서, 정부에 굴종적으로 처신함으로써 수석 검사 대리라는 사법관의 직책에 이르게 된 소바제 씨는 자기 상관의 부재중에 검찰청에 군림하고 있었다. 뒤 크루아지에의 고소를 받아들여 기소를 시작하는 조치는 그에게 달려 있었다. 어떤 종류의 재산도 없는 보잘것없는 존재인 소바제는 자기 직책에서 나오는 소득으로 살아가고 있었다. 따라서 권력은 모든 것을 권력에 기대는 사람에게 전적으로 기대를 걸었다. 법원장은 이런 상황을 활용했다. 위조의 근거가 되는 서류가 뒤 크루아지에의 수중에 놓이게 되자마자, 바로 그날 저녁으로, 뒤 롱스레 법원장 부인은, 자기 남편의 사주를 받아, 소바제 씨와 긴 대화를 가졌다. 그녀는 검찰관 직업이 얼마나 불안정한가를 소바제에게 주지시켰다. 거기에는 정부의 조그만 변덕, 단 하나의 실수 같은 것이 한 사람의 미래를 끝장낼 수 있다는 얘기들이 있었다.

그녀가 소바제에게 말했다. "양심적 인물이 되어, 권력이 잘못했을 때 권력에 맞서는 결론을 내려 보세요, 그러면 당신은 파멸이지요. 당신이 확고한 법관직에 안착할 수 있을 수단이 될 재산을 당신에게 가져옴으로써, 불운으로부터 항상 당신을 보호해 줄 훌륭한 결혼을 하기 위해서, 당신은 지금 당신의 직책을 이용할 수 있습니다. 기회가 아주 좋지요. 뒤 크루아지에 씨는 자녀를 결코 갖지 못할 것입니다, 누구나 그 이유를 알고 있지요. 그와 그의 아내의 재산은 그의 조카딸인 뒤발 양에게로 갈 거예요. 뒤발 씨는 벌써 상당한 규모의 재산을 가진 철공소 주인이고, 또 아직 생존해 있는 뒤발 씨의 아버지도 재산이 있지요. 뒤발 씨 부자 두 사람 재산이 1백만 프랑인데, 지금 파리의 대은행 및 굵직한 사업가들과 연결되어 있는 뒤 크루아지에의 도움으로, 그들은 그 재산을 배로 불릴 거예요. 젊은 뒤발 부부는 분명히 자기들 딸을 아저씨 뒤 크루아지에가 소개하는 남자에게 줄 거예요. 그가 자기 조카딸에게 물려줄 두 재산을 고려해서인데, 왜냐하면 뒤 크루아지에는 상속자가 없는 자기 아내의 전 재산을 뒤발 양의 결혼 계약에 덧붙여 주는 혜택을 베풀 것이기 때문이지요. 당신은 데그리농가에 대한 뒤 크루아지에의 증오를 알지요. 그에게 도움을 주고, 그의 사람이 되어, 그가 젊은 데그리농을 상대로 당신에게 제기하게 될 서류 위조 고소를 받아들이고, 검사장과 의논하지 말고, 즉시 백작을 추적하세요. 그런 다음, 권력의 의사에 맞서 공정한 법관 노릇을 했다는 이유로 장관이 당신을 쫓아내도록 하느님께 기도하세요. 그러면 당신의 행운은 이루어지죠! 당신은 매력적인 아내를 얻고, 지참금으로 3만 리브르의 연 수입을 누리게 될 겁니다, 십 여 년 후에 들어올 4백만 프랑은 계산하지 않고도 말이죠."

이틀 저녁에 걸쳐, 수석 검사 대리는 설득당했다. 법원장과 소바제 씨는 노판사, 대리 판사, 차석 검사 대리에게는 사건을 비밀에 부쳐 두고 있었다. 사실을 접할 경우 블롱데의 공정성을 확신하는 법원장은 카뮈조를 셈에 넣지 않고서도 다수를 확보하고 있었다. 그러나 예심판사의 예기치 못한 탈선으로 모든 것이 어긋났다. 법원장은 검사장이 기별을 받기 전에 기소에 대한 판결이 이루어지기를 원했다. 카뮈조 또는 차석 검사 대리가 검사장에게 미리 알려 주지는 않을 것인가?

이제, 예심판사 카뮈조의 내면 생활을 설명함으로써, 쉐넬이 그 젊은 법관을 데그리농가 편으로 확보한 것으로 간주할 수 있었던 이유, 그리고 쉬넬이 길 한복판에서 그 법관을 매수하려는 대담성을 발휘한 이유를 아마 어렴풋이 짐작하게 될 것이다. 데 부르도네가(街)의 유명한 견직물 상인이 첫 번째 부인에게서 얻은 아들로서, 자기 아버지의 야심의 대상이었던 카뮈조는 법관직으로 나가도록 예정되어 있었다. 자기 아내와 결혼함으로써, 그는 왕실 문 당번을 한 사람의 후원과 결합한 셈이었다. 그 후원은 은밀한 것이었지만 효과적이어서, 그 덕택으로 그는 이미 판사 임명을 받았고, 그 후에 예심판사로 임명받았다. 그의 아버지는 그를 결혼시키면서 그에게 6천 프랑의 연 소득만 주었는데, 그 재산은 남편 몫을 모두 제외하고 남은, 고인이 된 아들 생모의 재산이었다. 티리옹 양은 지참금으로 2만 프랑 이상을 가져오지 못했기 때문에, 그 가정은 겉으로 드러나지는 않는 궁핍의 불행을 겪었다. 지방 판사의 봉급은 1,500프랑 이상으로 올라가지 않기 때문이었다. 그렇지만 예심판사들은 그들 직분의 경비와 임시 업무에 비례하여 약 1천 프랑의 추가 수입이 있었다. 예심판사는 업무가 과하지만 상당히 선망되는 자리였는데, 다만 그 자리는 해임당할 수 있었다. 그래서 카뮈조 부인은 그의 생각을 법원장에게 누설한 것에 대해 남편을 질책하는 중이었다. 마리-세실-아멜리 티리옹은 결혼 3년 후부터, 딸 하나와 아들 하나의 행복한 출산을 규칙적으로 맞아서 신의 축복을 받은 것으로 여겼다. 그러나 그녀는 더 이상 자신을 축복하지 마시도록 신에게 간청했다. 또다시 몇 번의 축복이 있으면, 옹색함이 빈궁으로 변할 것이었다. 아버지 카뮈조 씨의 재산은 오래 기다려야 할 형편이었다. 그런 데다가 이 부유한 상속은 두 배에서 태어난 네 명의 자녀에게 도합 8천 내지 1만 프랑 이상의 연 소득을 남겨 줄 수 없는 처지였다. 나중에 모든 중매쟁이들이 '기대되는 유산'이라고 부르는 것이 실현될 때에는, 판사는 또 성취시켜야 할 자녀들을 두게 되지 않겠는가? 그러니 카뮈조 부인과 같이 분별과 결단으로 가득 찬 여인네의 형편이야 누구나 알 만하지 않겠는가. 그녀는 남편이 자기 직분에서 한 발 헛딛는 것의 중대성이 어떤 것인지 너무나 잘 느끼고 있었기 때문에, 재판 업무에 참견하지 않을 도리가 없었던 것이다.

이탈리아와 쿠를랑드와 영국에 하인으로 왕을 수행한 바 있으며, 왕이 채울 수 있었던 유일한 자리인 국왕의 분기별 사무실 문지기 자리로 보상을 받았던 루이 18세의 옛 종복 티리옹의 외동딸 아멜리는 일찍이 자기 집에서 궁전의 반사광 같은 것을 받은 셈이었다. 티리옹은 자신이 내방을 알리고, 안내하고, 오가는 것을 보았던 대영주들, 장관들, 중요 인물들 얘기를 딸에게 들려주었다. 튀일리궁전의 문간에서 자란 것과 다를 바 없는 그 젊은 여인은 궁전에서 실행되는 격언의 경향을 따랐고, 권력에 대한 절대적 복종이란 신조를 채택했다. 따라서 데그리뇽 가문 편에 선다면, 자기 남편이 드 모프리뇌즈 공작 부인의 환심을 사는 동시에, 자기 부친이 적절한 순간에 왕 곁에서 의지할 강력한 두 가문의 마음에도 들게 될 것이라고 그녀는 현명하게 판단했던 것이다. 첫 기회에 카뮈조는 파리 관할구역 판사로, 그리고 나중에는 파리의 판사로 임명받을 수 있을 것이었다. 순간순간마다 꿈꾸고 욕망하는 이런 승진은 6천 프랑의 봉급, 티리옹의 집이나 카뮈조 집안의 집에서 차지할 쾌적한 거처, 그리고 양가 아버지의 재산을 물려받는 이점을 가져오게 되어 있었다. "눈에서 멀어지면 마음도 멀어진다"는 속담이 대부분의 여자에게 진실이라고 한다면, 그 속담은 특히 가족의 감정에 있어서, 그리고 내각이나 왕의 보호에 있어서 진실로 작용한다고 할수 있다. 언제나 개인적으로 왕을 섬기는 사람들은 왕의 업무를 대단히 잘 처리한다. 비록 하인이라 하더라도, 매일같이 보일경우에는 그 사람은 관심을 끌게 마련일 것이다.

시골에는 잠시 체류한다고 생각했던 카뮈조 부인은 뒤 시뉴가에 있는 작은 집을 거처로 택했다. 그 도시는 통행이 빈번하지 않아서 가구를 제대로 갖춘 집을 꾸미는 산업이 번성하지 않았다. 그런 데다가 그 가정은 미슈 씨처럼 저택에 살 만큼 부유하지도 않았다. 그래서 파리 출신의 부인은 그 고장의 가구들을 받아들일 도리밖에 없었다. 조촐한 수입 때문에 그녀는 현저히 추해 보이는 그 집을 택해야 했지만, 그 집의 내부는 소박한 세부적 면모를 어느 정도 갖추고 있었다. 집의 정면이 마당과 면한 식으로 이웃집에 잇대어 지어진 그 집은 각 층마다 길 쪽으로난 창문이 하나씩만 달려 있었다. 장미 나무와 갈매나무로 장식된 두 개의 담장이 가로로 양쪽을 둘러싼 마당과 마주한 집의 구석에, 벽돌로 만든 두 개의 아케이드 위에 앉힌 헛간 하나가 있었다. 마당 한가운데 심은 커다란 호두나무 때문에 더욱더 어둑어둑하고 침침한 집의 출입은 작은 중문을 통하게 되어 있었다.

정교한 세공이 되어 있지만 녹이 슨 철제 난간이 달린 낮은 층
계를 통해 오르게 되어 있는 일 층에는, 길 쪽으로 식당이 있고,
반대편에 부엌이 있었다. 이 두 방을 나누는 복도의 끝은 목제
계단이 차지하고 있었다. 이 층은 두 부분으로 구성되어 있는
데, 하나는 법관의 서재로 쓰였고, 다른 하나는 침실로 쓰였다.
지붕밑방으로 이루어진 삼 층 역시 방 두 개를 갖추고 있었는
데, 하나는 식모가 쓰는 방이고, 다른 하나는 여주인과 함께 아
이들을 돌보는 하녀를 위한 방이었다. 그 집의 어떤 방도 천장
을 따로 대지 않아, 모두 석회로 하얗게 칠한 들보를 드러내 보
였는데, 들보 사이는 회반죽으로 채워져 있었다. 이 층의 두 방
과 아래층의 홀은 비뚤어진 모양의 미장널로 대어 있었는데, 거
기에는 지난 세기 소목공(小木工)들의 인내의 솜씨가 새겨 있었
다. 더러운 회색 칠이 된 이 내장 공사는 더없이 음울한 모습이
었다. 판사의 서재는 지방 변호사의 서재와 같은 식이었다. 커
다란 책상 하나, 마호가니 안락의자 하나, 법과 대학생용 책장,
그리고 파리에서 가져온 그의 빈약한 가구들로 이루어져 있었
다. 부인의 방은 그 지방 토착민식이었다. 그 방은 푸른색과 흰
색 장식 문양, 양탄자 하나, 유행에 맞는 것처럼 보이지만 파리
에서는 채택된 적이 없는 형태의 가구인 기묘한 집기 하나를 갖
추고 있었다. 일 층의 홀로 말하자면, 지방의 전형적 홀 모습 그
대로였다. 축축하고 철 지난 벽지로 도배된 헐벗고, 냉기가 도
는 모습이었다. 호두나무, 검은 잎사귀가 달린 벽, 거의 인적 없
는 길 이외에 다른 전망이라고는 볼 수 없는 그 초라한 방 안에

서, 아주 발랄하고 경쾌하며, 파리의 환락과 활기에 익숙한 여인이 나날을 보내는 것이었다. 대부분의 시간은 혼자였고, 아니면 지루하고 어리석은 방문을 받았는데, 그녀는 방문객들의 내용 없는 수다보다 오히려 고적함을 선호하는 편이었다. 그녀가 방임하는 수다 가운데 등장하는 사소한 재치 같은 것은 그칠 줄 모르는 논평을 야기해서, 그녀의 상황을 악화시키기 일쑤였다. 취향에 맞아서라기보다, 고독에 가까운 자신의 삶에 흥밋거리를 주기 위해 자기 자녀들에게 관심을 쏟는 그녀는 자기 주위에서 꾸며지는 음모, 지방 인사들의 술책, 좁은 패거리 안에 갇힌 그들의 야심 같은 것에 대해서만 그녀의 생각을 집중했다. 따라서 그녀는 자기 남편이 유념하지 않는 비밀들을 신속하게 꿰뚫어 보았다. 손에 자수 거리 같은 것을 들고, 자기 방 창가에 하염없이 앉아 있을 때, 그녀의 시선이 가서 부딪히는 곳은 그녀의 하녀가 빨래하고 있는 장작이 가득 찬 자기 집 헛간이 아니었다. 그녀는 모든 것이 즐거움이고, 모든 것이 활기로 찬 파리를 바라보고 있었던 것이다. 그녀는 파리의 축제들을 꿈꾸었고, 이 시골의 차디찬 감옥 속에 갇혀 있는 신세에 눈물지었다. 그녀는 모반도, 대사건도 절대 일어나지 않을 평온한 고장에 유폐된 삶에 비애를 느꼈다. 그녀는 이 호두나무 그늘 밑에 오래도록 죽치고 있을 자신의 모습을 보고 있었다.

카뮈조 부인은 매우 굴곡진 이마, 옴폭 들어간 입, 쳐들린 턱을 가진, 통통하고 생기발랄한, 금발의 작은 여인이었다. 그녀의 특징은 젊었을 때에는 봐줄 만한 것이었지만, 좀 일찍이 노티를 띠게 될 모습이었다. 생기 있고 재기발랄하지만, 성공하고자 하는 순진한 욕구, 현재의 열등한 처지가 야기하는 질투심을 약간 지나치게 나타내고 있는 그녀의 두 눈은 그녀의 평범한 얼굴에서 두 빛줄기처럼 타오르며, 나중에 성공하면 꺼지게 될 어떤 감정의 힘 같은 것에 의해 그녀를 돋보이게 했다. 그 무렵 그녀는 화장에 많은 공을 들였고, 장식물들을 고안해서 자신을 위해 그것을 수놓았다. 그녀는 자신과 함께 파리에서 데려온 하녀와 더불어 치장에 대해 궁리를 거듭했고, 그렇게 하여 시골에 온 파리 출신 여자들이라는 평판을 유지했다. 그녀의 신랄함은 그녀에 대한 두려움을 야기했고, 그녀는 사람들에게서 사랑받지 못했다. 할 일이 없어 하루 종일을 억지로 보내야 하는 여자들을 특징짓는 그 예민하고 탐색적인 정신을 가지고, 그녀는 법원장의 비밀스러운 견해를 들춰내기에 이르렀다. 그래서 그녀는 법원장에게 전쟁을 선포하라고 얼마 전부터 카뮈조를 들쑤셨다. 젊은 백작 사건은 훌륭한 기회였다. 뒤 크루아지에 씨 집의 야회에 가기 전부터, 이 사건에서 수석 검사 대리가 그의 상관들의 의중과는 반대로 나갈 것이라는 사실을 그녀는 어렵지 않게 자기 남편에게 증명해 보였다. 뒤 크루아지에 일파보다 훨씬 더 강력한 데그리뇽가를 도움으로써, 카뮈조의 역할은 이 형사소송에서 자신을 위해 발판을 마련하는 것이 아니겠는가.

"소바제는 그에게 미래의 희망으로 제시된 뒤발 양과 결코 결혼하지 못할 거예요. 그는 발-노블 지역 마키아벨리들에게 속아 넘어갈 거예요. 그는 그들에게 곧 자기 지위를 희생하게 되겠죠. 데그리농가에게는 너무도 불행하고, 법원장이 뒤 크루아지에를 위해 너무나 고약하게 시작한 이 사건이, 카뮈조, 당신에게만은 유리하게 작용할 거예요." 집으로 돌아가면서 그녀는 남편에게 이렇게 말했다.

이 교활한 파리 여자는 블랑뒤로에 대한 법원장의 은밀한 술책과 법원장이 늙은 블롱데의 노력을 파탄 낸 동기 역시 짐작하고 있었다. 그러나 블롱데 부자에게 그들이 처한 상황의 위험성을 밝혀 주는 것이 자기에게는 어떤 이익도 없다는 사실 또한 그녀는 알고 있었다. 파비앵 뒤 롱스레를 위해 쉐넬의 승계자가 블랑뒤로 가족에게 한 요구의 비밀을 그녀가 들춰낸 것이 어떤 중요성을 갖는지는 생각도 못한 채, 그녀는 이미 시작된 이 코미디를 즐기고 있었다. 자기 남편의 지위가 법원장에 의해 위협받을 경우에는, 원예가 블롱데가 자기 집에 이식하기를 원하는 꽃의 탈취 계획에 대해 원예가의 주의를 환기시켜 줌으로써, 카뮈조 부인은 자기 편에서도 법원장을 위협할 수 있을 것임을 알고 있었다.

뒤 크루아지에와 법원장이 수석 검사 대리를 사로잡은 수단을 카뮈조 부인처럼 꿰뚫어 보지 못한 쉐넬은, 이러한 다양한 삶의 방식, 그리고 법원의 백합꽃 주위에 밀집한 이런 이해관계들을 검토해 보고서, 검사장, 카뮈조, 또 미슈 씨에게 기대를 걸었다. 데그리농가 편에 판사 두 명이 서 있으면 모든 것을 무력화시킬 수 있을 것이다. 결국, 공증인은 노인 블롱데의 욕망을 너무나 잘 알고 있어서, 만약 그의 공정성이 굽힐 수 있다면, 그 것은 그의 평생에 걸친 작업, 즉 그의 아들의 대리 판사 임명을 위해서일 것임을 알고 있었다. 그리하여 쉐넬은 법원장 뒤 롱스 레의 배신 행위를 그에게 밝히면서, 블롱데가 그처럼 오래전부 터 품어 온 희망의 실현을 그에게 제안하기 위해, 블롱데 씨를 만나러 갈 것을 다짐하며 희망에 차서 잠이 들었다. 노판사를 설득한 다음, 그는 예심판사와 협상하러 갈 작정이었다. 그는 예심판사에게 무죄는 아닐지라도, 적어도 빅튀르니앵의 경솔 함을 증명하여, 사건을 젊은이의 실수로 축소할 수 있기를 희망 했다. 쉐넬은 평온하게 자지도 못했고, 오래 자지도 못했다. 왜 냐하면, 날이 밝기 전에 그의 가정부가 그를 깨워, 그에게 이 이 야기의 가장 매혹적인 인물, 세상에서 가장 사랑스러운 젊은이 를 안내했기 때문이다. 그 사람은 남장을 하고 사륜마차를 타고 혼자서 온, 드 모프리뇌즈 공작 부인이었다.

"나는 그를 구하기 위해, 아니면 그와 함께 죽기 위해 왔습니 다." 마치 꿈속에 잠겨 있는 것만 같은 공증인을 향해 그녀가 말했 다. "만약 그의 적수가 매수할 수 있는 자이면, 빅튀르니앵의 무죄 를 사라고 왕이 사금고에서 저에게 내주신 10만 프랑을 가져왔습 니다. 만약 우리가 실패한다면, 모든 것으로부터, 심지어 기소에 서도 그를 벗어나게 하기 위해서 나는 독약을 가져왔습니다. 그러 나 우리는 실패하지 않을 것입니다. 진행된 사항을 기별해 둔 검 사장이 내 뒤를 따라오고 있습니다. 그는 나와 같이 올 수가 없었 습니다. 법무장관의 지시를 받고자 했으니까요."

쉬넬은 지난 장면 하나하나를 공작 부인에게 보고했다. 그는 실내복으로 몸을 감싸고 있었는데, 기쁨 때문에 저지른 이런 실례에 대해 그녀에게 용서를 구하면서, 그녀의 발아래로 몸을 던져 그 발에 키스를 퍼부었다.

"우리는 이제 구출되었습니다." 밤새 마차를 타고 달려온 공작 부인에게 필요한 것을 준비시키느라고 브리지트에게 지시를 내리면서 쉬넬이 소리쳤다.

새벽부터 예심판사의 집에 갈 필요성을 설명하면서, 그는 아름다운 디안느의 용기에 호소했다. 그것은 아무도 이런 행동의 비밀을 알아채지 못하도록, 나아가 드 모프리뇌즈 공작 부인이 왔다는 것조차 짐작할 수 없도록 하기 위함이었다.

"나는 정식 여권을 가지고 있지 않겠어요?" 하고 그녀가 그에게 서류 한 장을 내보이며 말했다. 거기에 그녀는 청원 심사관이며 국왕의 개인 비서인 펠릭스 드 방드네스 자작님으로 기재되어 있었다. "내가 나의 남자 역할을 잘 수행할 수 있지 않겠어요?" 티투스식 가발로부터 얼굴을 들어 올리고, 채찍을 휘두르면서 그녀가 말했다.

"아! 공작 부인님, 부인께서는 천사이십니다!" 눈에 눈물을 글썽이며 쉬넬이 외쳤다. (심지어 남장을 하고서도, 그녀는 여전히 천사임에 틀림없었다!) "프록코트 단추를 채우시고, 코까지 외투 속에 몸을 감싸시고, 제 팔을 잡으십시오. 그리고 누군가 우리와 마주치기 전에 카뮈조의 집으로 달려가십시다."

"그러니까 나는 카뮈조라고 불리는 남자를 만나게 되겠군요?" 하고 그녀가 말했다. "그 이름에 어울리는 직감을 갖고 있는 사람이죠" 하고 쉐넬이 대답했다.

마음이 타들어 가고 있었음에도, 노공증인은 공작 부인의 모든 변덕에 복종할 필요가 있다고 판단했다. 그녀가 웃을 때는 자기도 웃고, 그녀와 함께 울 필요도 있다는 판단이었다. 그러나 그는 중대사를 수행하면서도, 거기서 농담거리를 찾아내는 여자의 가벼움에 신음했다. 젊은이를 구하기 위해서라면 그가 하지 못할 일이 무엇이 있겠는가? 쉐넬이 옷을 입는 동안, 드 모프리뇌즈 부인은 브리지트가 내온 크림을 탄 커피를 맛보면서, 미식가에게는 너무 중요한 작은 세부 사항을 무시하는 파리의 주방장들보다 지방 요리사들이 우월함을 인정했다. 맛있는 식사에 대한 주인의 취향이 필요하게 만들었던 준비성 덕택으로, 브리지트는 공작 부인에게 훌륭한 간식을 제공할 수 있었다. 쉐넬과 그의 사랑스러운 동반자는 카뮈조 부부의 집을 향해 나아갔다.

"아! 카뮈조 부인이 있죠. 그러면 일이 풀릴 수 있겠군요" 하고 공작 부인이 말했다.

"그런 데다가, 부인은 우리 시골 사람들 사이에서 지내는 것을 아주 드러내 놓고 지겨워합니다. 그 부인은 파리 출신이거든요." 쉐넬이 공작 부인에게 대답했다.

"그러니 우리는 그 여자에게 비밀을 유지할 필요가 없겠네요."

"침묵해야 할지 누설해야 할지는 부인께서 판단하십시오." 쉐넬이 겸손하게 말했다. "드 모프리뇌즈 공작 부인을 맞이하는 것에 대해 그녀는 대단히 흡족해 할 것으로 생각됩니다. 어떤 위험도 무릅쓰지 않으시려면, 아마 그 여자 집에 밤까지 머무셔야 할 것 같습니다. 불편하지 않으시다면 말씀이지만."

"그 여자 괜찮은 편입니까, 그 카뮈조 부인?" 공작 부인이 좀 오만한 태도로 물었다.

"그 여자가 자기 집에서는 여왕 행세를 하지요." 공증인이 대답했다.

"그러면 그 여자는 법원 일에 끼어들겠군요." 공작 부인이 이어서 말했다. "친애하는 쉐넬 씨, 자기 남편들과 결혼을 너무 잘해서, 남편들의 직분, 사업, 또는 작업과도 아울러 결혼하는 여자들을 볼 수 있는 것은 프랑스뿐입니다. 이탈리아, 영국, 스페인에서는 아내들이 남편들을 일과 씨름하도록 내버려 두는 것을 명예에 관한 사항으로 여깁니다. 그 여자들은 우리나라의 부르주아 여자들이 공동체의 업무를 알려고 기울이는 것과 같은 끈기를 기울여 남편들의 업무에 대해 모른 척하지요. 그것을 법적으로 지칭할 때 명예에 관한 사항이라고 하지 않나요? 부부정치에 관해서, 프랑스 여자들은 믿을 수 없는 질투심을 가지고, 모든 것을 알고자 합니다. 따라서, 프랑스에서는 생활의 사소한 난관에서도 남편에게 충고하고, 남편을 인도하고, 남편을 계발하는 아내의 손길을 느끼게 됩니다. 대부분의 남자는 실상 그것을 나쁘게 생각하지 않습니다. 영국에서는 결혼한 남자가 빚을 져서 스물네 시간 동안 감옥에 갇혔다가 집에 돌아오면, 그의 아내는 아무것도 모르고 질투심으로 싸움을 벌일 겁니다."

"우리는 아무도 만나지 않고 도착했습니다" 하고 쉐넬이 말했다. "공작 부인님, 카뮈조 부인의 아버지가 티리옹이라고, 국왕 사무실의 문지기인 만큼, 부인께서는 이곳에서 더 많은 영향력을 행사하실 수 있습니다."

"그런데 국왕은 그걸 생각 못 하셨군요! 그분은 아무 생각도 안 하신다니까" 하고 그녀가 외쳤다. "티리옹은 우리, 드 카디냥 공과 드 방드네스 씨와 나를 안내했어요! 우리는 집주인인 셈이네요. 내가 아내에게 얘기하는 동안 남편과 모든 것을 잘 맞춰 보세요."

두 아이를 목욕시키고, 세수시키고, 옷 입히는 하녀가 두 손님을 불기 없는 작은 홀로 안내했다.

"이 명함을 당신 여주인에게 갖다주세요, 그리고 그걸 그이만 읽게 하세요." 하녀의 귀에 대고 공작 부인이 말했다. "이봐요, 신중하게 행동하면 당신에게 보상이 있을 거예요." 이런 여자 목소리를 듣고, 청년의 매력적인 얼굴을 보면서, 하녀는 벼락을 맞은 것처럼 머물러 있었다.

"카뮈조 씨를 깨우세요, 그리고 중요한 일로 내가 그를 기다린다고 말하세요" 하고 쉐넬이 하녀에게 말했다.

하녀가 위층으로 올라갔다. 잠시 후, 카뮈조 부인이 실내복 차림으로 계단을 통해 달려왔다. 그녀는 빨리 옷을 입고 서재에서 자기를 기다리라고 남편에게 지시하면서, 셔츠 바람의 카뮈조를 그의 옷 일습과 함께 서재로 밀어넣은 다음, 멋쟁이 손님을 안내했다. 이 전광석화 같은 장면은 '드 모프리뇌즈 공작 부인'이라고 인쇄된 명함으로 인해 일어났던 것이다. 국왕 사무실 문지기의 딸은 모든 것을 단번에 알아차렸다.

"그런데 쉐넬 선생님, 여기 벼락이 떨어진 것 같지 않아요?" 하녀가 낮은 목소리로 소리쳤다. "주인님은 서재에서 옷을 입고 계세요. 그리 올라가셔도 됩니다."

"이 모든 것에 대해 입을 다물어요." 이것이 공증인의 대꾸였다.

데그리뇽 백작을 구하기 위해 취해야 할 조치에 대해 국왕으로부터 구두로 찬동을 받은 귀부인의 후원을 느끼면서, 쉐넬은 당당한 태도로 임했다. 그런 태도는, 만약 그가 도움 없이 혼자였다면 카뮈조를 대할 때 취했을 겸손한 태도보다 훨씬 더 카뮈조를 다루는 데 도움이 되었다.

쉐넬이 카뮈조에게 말했다. "판사님, 어제저녁 제가 드린 말씀에 놀라셨을지 모르지만, 그것은 진지한 말입니다. 데그리뇽가는 흠결 없이 벗어나야 할 사건의 예심을 잘 치르기 위해 판사님께 기대하고 있습니다."

판사의 대답은 이러했다. "선생님 말씀에 저의 기분에 거스르며 사법권에 어긋나는 점이 있다는 것을 지적하지는 않겠습니다. 왜냐하면, 어느 정도까지는 데그리뇽가에 대한 선생님의 입장 때문에 이해되는 측면이 있으니까요. 그렇지만……."

"판사님, 말씀을 끊는 것을 용서해 주십시오" 하고 쉐넬이 말했다. "저는 판사님의 상급자들이 생각하고는 있지만 감히 드러내 놓고 말하지는 못하는 사실에 대해 말씀드린 것입니다. 하지만 재치 있는 사람들은 그 사실을 짐작하는데, 판사님은 재치 있는 분이십니다. 젊은이가 경솔하게 행동했다고 가정할 때, 국왕, 궁정, 내각이 데그리뇽 같은 이름이 중죄 재판소에 끌려 들어가는 것을 좋아하리라고 생각하십니까? 역사적인 가문들이 추락하는 것이 왕국뿐만 아니라 고장의 이해관계에 맞는 일입니까? 오늘날 정부에 반대하는 파의 대의명분인 평등만 하더라도, 그것은 시대에 의해 인정된 고위 귀족계급의 존재에서 보증을 발견하지 않겠습니까? 그런 데다가, 사소한 경솔함도 없었을 뿐만 아니라, 우리는 함정에 빠진 무고한 사람들입니다."

"어떻게 그럴 수 있는지 알고 싶군요" 하고 판사가 말했다.

쉐넬이 말을 이었다. "판사님, 2년 동안 뒤 크루아지에 씨는 자기 앞으로 데그리뇽 백작님이 고액의 어음을 끊도록 줄곧 방임해 왔습니다. 우리가 백작의 서명이 들어간 10만 에퀴 이상의 어음들을 발행하면, 그 금액은 내가 지불했습니다⋯⋯. 이 점을 주목하시겠습니까? ⋯⋯유효 기간 이전이든, 아니면 기한 이후예요. 데그리뇽 백작님은 자기가 발행한 어음 금액을 상대방이 위조라고 주장하는 기한 이전에 변제한 영수증을 제시할 수 있습니다. 그러니 고소에서 증오심과 당파의 조작을 인식해야 하지 않겠습니까? 왕권과 종교의 가장 위험한 적들이 유서 깊은 가문의 상속자에 대해 제기한 이 고발은 가증스러운 중상모략이 아니겠습니까? 이 사건에서는 나의 공증인 사무실에서 이루어지는 것 이상의 무슨 서류 위조 따위는 없었습니다. 뒤 크루아지에 부인을 판사님 앞으로 소환해 보십시오. 서류 위조 제소

건을 아직 모르고 있는 그 부인은 내가 자기에게 자금을 변제했다고, 그리고 부재중이었던 자기 남편에게 넘겨주기 위해 그 자금을 간직해 두었다고 진술할 것입니다. 남편은 아내에게 그 자금의 반환을 요구하지 않았습니다. 그 문제에 대해 뒤 크루아지에에게 물어보셨습니까? 그는 내가 뒤 크루아지에 부인에게 변제한 사실을 몰랐다고 판사님께 대답할 것입니다."

예심판사가 대답했다. "이보세요, 그런 주장은 데그리뇽 씨의 살롱에서나, 아니면 업무에 대해 알지 못하는 사람들의 집에서나 해 보시죠, 그러면 믿을지도 모르죠. 그러나 바보가 아닌 한, 예심판사는 믿지 않을 것입니다. 뒤 크루아지에 부인처럼 남편에게 순종적인 여자가 지금껏 남편에게 아무 말도 안 하고 10만 에퀴의 돈을 자기 책상 서랍에 간직하고 있다거나, 노공증인이 뒤 크루아지에 씨가 시내로 돌아오자마자 자금의 변제 사실을 그에게 알리지 않았다는 등의 얘기를 누가 믿겠습니까?"

"판사님, 노공증인은 젊은이의 낭비벽을 막기 위해 파리에 갔었습니다."

"나는 아직 데그리뇽 백작을 심문하지 않았습니다. 그의 답변이 나의 믿음을 밝혀 줄 것입니다" 하고 판사가 대꾸했다.

"그는 독방에 있습니까?" 공증인이 물었다.

"예" 하고 판사가 대답했다.

"판사님." 위험을 알아챈 쉐넬이 외쳤다. "예심은 우리 편에 유리하게도 불리하게도 진행될 수 있습니다. 그러나 뒤 크루아지에 부인의 증언에 따라, 유효 기간 이전에 어음액이 변제된 것을 먼저 확인할지, 아니면 혐의를 받는 가엾은 젊은이를 먼저 심문할지는 판사님이 선택하실 일입니다. 그 젊은이는 당황해서 아무것도 기억하지 못하고 자신을 위험에 빠트릴 수도 있습니다. 업무에 무지한 부인의 망각이냐, 아니면 데그리뇽 같은 사람이 저지른 서류 위조냐, 이 양자 가운데서 더 믿을 수 있는 것을 찾아보시지요."

"문제는 그것이 아닙니다. 뒤 크루아지에가 자기에게 보낸 편지 아랫부분을 데그리뇽 백작님이 어음으로 변조했느냐 여부가 문제인 것입니다." 판사가 대꾸했다.

낯선 멋쟁이 남자에 앞서서, 힘차게 문을 밀고 들어온 카뮈조 부인이 갑자기 소리쳤다. "에, 에! 그건 가능한 일이죠. 하지만 쉐넬 선생님이 자금을 변제했어요." 그녀는 남편을 향해 몸을 숙이더니, 그의 귀에 대고서 말했다. "자리가 나자마자, 당신은 파리의 대리 판사가 될 거예요. 당신은 이 사건에서 국왕 자신에게 봉사하는 거예요. 나는 확신해요, 사람들이 당신을 잊지 않을 거라고. 당신이 보고 있는 청년은 드 모프리뇌즈 공작 부인이에요. 당신이 그분을 보았다고 결코 말하지 않도록 애쓰세요. 그리고 젊은 백작을 위해 무엇이든 다 하세요, 대담하게요."

"여러분, 예심이 젊은 백작의 무죄에 유리한 방향으로 진행될 경우에라도, 다가올 재판에 대해 내가 보장할 수가 있나요? 쉐넬 씨와 그리고 당신, 두 사람은 법원장님의 성향을 알고 있습니다."

"그만하세요. 당신 자신이 오늘 아침 미슈 씨를 만나러 가서,

그에게 젊은 백작의 체포 사실을 알리세요. 그러면 당신들은 이미 2대 2의 판도가 될 거예요. 내가 장담하죠." 카뮈조 부인이 말했다. "미슈, 그는 파리 출신이에요! 당신도 귀족계급에 대한 그의 헌신은 알고 있죠. 혈통은 속일 수 없는 법이죠."

그 순간, 급한 편지를 가져왔다고 말하는 카도 양의 목소리가 문간에서 들렸다. 판사가 나가더니 다음과 같은 전언을 듣고 돌아왔다.

'법원의 부원장은, 법원장님의 부재 동안 법원에 성원이 이루어지도록, 오늘과 뒤이은 며칠 동안의 공판에 참석하여 주실 것을 카뮈조 씨에게 앙청합니다. 부원장의 인사 말씀을 전합니다.'

"데그리뇽 사건의 예심은 더 이상 없겠네요" 하고 카뮈조 부인이 외쳤다. "내가 얘기하지 않았던가요, 여보. 그들이 당신에게 몹쓸 장난을 칠 거라고? 법원장은 검찰총장과 고등법원장에게 당신을 모함하러 갔어요. 당신이 사건의 예심을 할 수 있기 전에, 당신은 자리가 바뀔 거예요. 분명하지요?"

공작 부인이 말했다. "당신은 자리에 남을 것입니다, 판사님. 희망컨대, 검사장이 때맞춰 도착할 겁니다."

"검사장이 오면, 그는 모든 것이 끝나 있음을 보게 될지도 모릅니다." 카뮈조 부인이 열을 내서 말했다. "그래요, 여보, 그래요." 어안이 벙벙해진 남편을 쳐다보며 그녀가 또다시 말했다. "아! 법원장, 늙다리 위선자 같으니. 너는 우리와 간계를 다투렷다, 두고두고 기억하게 해 주마! 너는 네 솜씨 한 접시를 우리에게 내놓겠다 이거지. 그러면 너는 너의 식모 세실-아멜리 티리옹의 손으로 요리한 두 접시를 받게 될 거다. 가엾은 노인 블롱데여! 우리를 쫓아내기 위해 법원장이 여행 중인 것이 그에게는 천만다행이다. 그의 바보 큰아들이 블랑뒤로 양과 결혼하게 될 테니까. 나는 블롱데 영감에게 묘목을 돌려주러 가겠다. 당신, 카뮈조, 공작 부인과 내가 늙은 블롱데를 만나러 갈 동안, 당신은 미슈 씨 집으로 가세요. 내가 오늘 아침에 애인과 산보했다고 도시 전체가 수군거리는 소리를 들을 각오를 하시고."

카뮈조 부인은 공작 부인에게 팔을 맡기고서, 귀찮은 만남을 피해 노판사의 대문에 이르기 위해, 도시의 한적한 장소들을 통해 공작 부인을 이끌었다. 그 시간 동안 쉐넬은 젊은 백작과 협의하려고 감옥으로 갔다. 비밀리에 감옥을 방문할 수 있도록 카뮈조가 주선해 주었던 것이다. 식모들, 하인들, 그리고 시골에서 일찍 일어나는 또 다른 사람들이 우회로에서 카뮈조 부인과 공작 부인을 보았고, 그들은 젊은 남자를 파리에서 온 애인으로 생각했다. 세실-아멜리가 예상했던 대로, 저녁에는 그녀의 탈선 소식이 시내에 파다했고, 여러 가지 험구를 야기했다. 카뮈조 부인과 이른바 그녀의 애인은 노인 블롱데를 그의 온실 안에서 만났는데, 그는 매혹적인 청년에게 탐색하는 불안한 시선을 던지면서 자기 동료의 부인과 그녀의 동반자에게 인사를 건넸다.

카뮈조 부인이 공작 부인을 가리키며 블롱데 씨에게 말했다. "파리의 가장 뛰어난 원예가들 가운데 한 분인 저의 남편의 사촌을 소개해 드리게 되어 영광입니다. 이분은 브르타뉴에서 오시는 길인데, 오늘 하루만 저희와 함께 지내실 수 있습니다. 이분은 판사님의 꽃과 관목에 대한 소문을 듣고 있어서, 제가 맘대로 아침 일찍 모시고 왔습니다."

"아! 선생은 원예가이시군요" 하고 노판사가 말했다.

공작 부인은 말없이 고개만 숙였다.

"이것이 내 커피나무와 차나무입니다" 하고 판사가 말했다.

"도대체 왜 법원장님이 떠나셨죠? 단언컨대 그의 부재는 카뮈조 씨와 관계있는 것 같습니다만." 카뮈조 부인이 말했다.

"바로 그렇습니다. 선생, 이것은 현존하는 가장 독특한 선인장입니다. 이것은 오스트레일리아산입니다." 그가 문둥병으로 뒤덮인 것 같은 등나무 모양의 식물을 화분에서 가리키면서 말했다. "그런데 선생, 당신은 원예가가 되기엔 너무 젊은데요."

"꽃 얘기 그만하십시오, 친애하는 블롱데 판사님. 지금 당신과 당신의 희망, 그리고 당신 아들과 블랑뒤로 양의 결혼이 문제되고 있습니다. 당신은 법원장에게 속아 넘어가고 있어요." 카뮈조 부인이 다짜고짜 말했다.

"그럴 리가!" 판사가 믿을 수 없다는 듯한 태도로 대답했다.

그녀가 이어서 말했다. "그렇습니다. 만약 당신이 사람들을 좀 더 가꾸고, 당신의 꽃을 좀 덜 가꿨더라면, 당신이 심고, 물 주고, 땅을 골라 주고, 김을 매 준 지참금과 희망이 교활한 손길에 의해 꺾일 찰나에 와 있다는 것을 당신은 아실 것입니다."

"부인……!"

"아! 시내의 누구도 당신에게 경고함으로써 법원장을 정면에서 공격할 용기를 갖지 못할 것입니다. 이 도시 출신이 아니고, 이 친절한 청년 덕분으로 곧 파리로 가게 될 나로 말할 것 같으면, 나는 당신에게 알려 드릴 수 있습니다. 쉐넬의 계승자가 뒤 롱스레 아들을 위해서 클레르 블랑뒤로에게 정식 청혼을 넣었다는 사실을 말이죠. 뒤 롱스레 부부는 아들에게 5만 에퀴를 준답니다. 파비앵으로 말하자면, 그는 차후에 판사 임명을 받기 위해 변호사직을 맡겠다고 약속하고 있는 형편이죠."

노판사는 공작 부인에게 보여 주기 위해 손에 들고 있던 화분을 떨어트렸다.

"아! 내 선인장! 아! 내 아들! 블랑뒤로 양······! 이런, 선인장 꽃이 망가졌네!"

"아녜요, 모든 것이 해결될 수 있어요." 카뮈조 부인이 웃으면서 그에게 말했다. "만약 당신이 한 달 후 아들이 판사가 되는 것을 보고자 한다면, 어떻게 처신해야 할지 우리가 말씀드리도록 하죠······."

"선생, 저쪽으로 가세요. 개화기엔 마력적인 광경을 펼치는 나의 제라늄들을 보실 거예요." 그리고서 그는 카뮈조 부인에게 말했다. "왜 그런 일을 당신 사촌 앞에서 말하는 거죠?"

"모든 것이 그에게 달려 있어요" 하고 카뮈조 부인이 응수했다. "만약 저 청년에 대해 한마디만 잘못 말씀하시면 아드님의 판사 임명은 영원히 끝장입니다."

"설마!"

"저분은 드 모프리뇌즈 공작 부인으로서, 뒤 크루아지에가 제기한 서류 위조 고소 건으로 어제 저녁에 체포된 젊은 데그리뇽을 구하기 위해 국왕께서 파견하셨죠. 공작 부인은 법무장관의 언질을 받았고, 법무장관은 부인이 우리에게 할 약속을 재가하실 겁니다."

"내 선인장은 살아났네요!" 그의 귀한 식물을 살펴보던 판사가 말했다. "자, 말씀하세요, 듣겠습니다."

"사건을 가급적 빨리 덮기 위해서 카뮈조하고 미슈와 상의하세요, 그러면 아드님은 임명될 것입니다. 그의 임명은 블랑뒤로 가족을 향한 뒤 롱스레 가족의 음모를 당신이 분쇄할 수 있도록 아주 때맞춰서 이루어질 것입니다. 당신 아드님은 대리 판사이상이 될 것입니다. 그는 연내에 카뮈조 씨를 승계하게 될 테니까요. 검사장은 오늘 도착합니다. 소바제 씨는 이 사건에서의 그의 행위 때문에, 아마 사표를 제출하지 않을 수 없을 것입니다. 백작의 무죄를 입증하고, 또 서류 위조는 뒤 크루아지에가 쳐놓은 함정임을 증명하는 서류들을 제 남편이 법원에서 판사님께 보여 드릴 것입니다."

노판사는 그의 6천 본의 제라늄이 간수된 올림픽 원형경기장 같은 장소로 들어가, 거기서 공작 부인과 만났다.

"선생, 당신이 원하시는 일이 합법적이라면, 그 일은 성사될 수 있을 것입니다."라고 그가 말했다.

공작 부인이 대답했다. "판사님, 사직서를 써서 내일 쉐넬 씨에게 맡기세요. 그러면 아드님의 임명장을 주중에 당신께 보내드리겠다고 약속합니다. 하지만 검사장님이 저의 약속을 당신께 확인하는 소리를 들은 다음에야 사직서를 주십시오. 당신네 법조인들끼리는 더 잘 서로를 이해할 수 있겠죠. 다만 드 모프리뇌즈 공작 부인이 당신께 약속했다는 사실을 그에게 알려 두십시오. 이곳에 내가 온 것에 대해서는 침묵하시고요."

노판사는 그녀의 손에 키스하고, 제일 아름다운 꽃들을 가차없이 꺾어서 그녀에게 바쳤다.

"이래서야 되겠어요! 이 꽃들은 부인께 드리세요" 하고 공작 부인이 그에게 말했다. "예쁜 여인에게 팔을 맡긴 남자가 꽃을 드는 것은 자연스럽지 않지요."

"법원에 가시기 전에 쉐넬의 계승자 집에 들르셔서, 그가 뒤 롱스레 부부의 이름으로 한 청혼에 대해 알아보십시오." 카뮈조 부인이 노판사에게 말했다.

우회로로 황급히 달아나는 두 여인을 바라보면서, 노판사는 법원장의 이중성에 경악하여 철책 앞에 붙박힌 듯이 서 있었다. 그는 애지중지하는 자식을 위해 십 년 동안 고생고생해서 구축한 건축물이 무너져 내리는 광경을 보고 있었던 것이다. 그게 가능할 수 있었나? 그는 무슨 간계가 있나 의심이 들어, 쉐넬의 계승자 집으로 달음질쳤다. 아홉 시 반, 심문에 앞서, 부원장 블롱데, 판사 카뮈조와 미슈는 아주 정확히 회의실에 모였다. 카뮈조와 미슈가 함께 들어오는 것을 보자 노판사는 조심스럽게 회의실 문을 닫았다.

"어이구! 부원장님" 하고 미슈가 말했다. "소바제 씨는 국왕의 정부에 적대적인 뒤 크루아지에 같은 자의 열정을 섬기기 위해 검사장과 상의도 없이 데그리뇽 백작에 대한 영장을 청구했습니다. 이건 진짜 순서가 뒤죽박죽인 셈이지요. 법원장, 그의 편에서도 떠나 버려 이렇게 예심을 막네요! 그런데 우리가 이 소송에 대해 아무것도 모르고 있나요? 혹시 우리에게 잘못된 일을 강요하려고 드는 건가요?"

"이것이 이 사건에 대해 내가 처음 듣는 말입니다." 법원장이 블랑뒤로 집을 상대로 행한 처사에 격분한 노판사가 말했다.

뒤 롱스레가 사람이라고 할 수 있는 쉐넬의 계승자는 진실을 알기 위해 노판사가 꾸민 술수의 희생물이 되어, 비밀을 고백하고 말았다.

"친애하는 판사님, 우리가 사건에 대해 말씀드릴 수 있는 것이 다행입니다. 그렇지 않았더라면, 판사님은 아드님을 백합꽃 위에 앉혀서 블랑뒤로 양과 결혼시키는 것을 포기할 수도 있었을 것입니다." 카뮈조가 블롱데에게 말했다.

"그러나 내 아들이나, 그의 결혼이 문제가 아닙니다. 젊은 데그리뇽 백작이 문제입니다. 그가 죄가 있습니까 아니면 없습니까?" 판사가 말했다.

"자금은 쉐넬에 의해 뒤 크루아지에 부인에게 변제된 것으로 보입니다. 단순한 변칙의 죄가 행해졌습니다. 고소에 따르면, 젊은이는 뒤 크루아지에의 서명이 들어 있는 편지 아랫부분을 취해서, 그것을 켈레 형제 앞으로 발행되는 어음으로 변환했습니다." 미슈가 말했다.

"경솔함이죠!" 카뮈조의 말이었다.

"그런데 뒤 크루아지에가 금액을 수령했다면, 왜 그는 고소했을까요?" 블롱데가 물었다.

"금액이 자기 아내에게 변제된 사실을 그가 아직 모르거나, 또는 그걸 모르는 척하는 거겠죠." 카뮈조가 말했다.

"지방 사람들의 복수심이죠." 미슈의 말이었다.

"그렇지만 나에게는 그것이 위조로 보입니다." 그 어떤 감정에도 법률적 양심의 빛이 흐려질 수 없는 노판사 블롱데의 말이었다.

"판사님 생각은 그렇군요" 하고 카뮈조가 말했다. "그러나 우선, 젊은 백작이 뒤 크루아지에 명의로 어음을 발행할 권리가 없었다고 가정한다면, 서명의 표절이 없었을 것입니다. 그렇지만 쉐넬이 자신이 집행한 변제를 그에게 통지해 주어서, 젊은 백작은 어음 발행의 권리를 믿었을 수 있습니다."

"그렇다면, 도대체 어디에 위조가 있다고 보십니까?" 노판사가 말했다. "민사 문제에 있어서, 위조의 본질은 타인에게 손해를 끼치는 것입니다."

"아! 뒤 크루아지에의 진술이 사실이라고 한다면, 뒤 크루아지에가 자기 은행가들에게 금지한 사실을 무시하고, 거금을 타내기 위해 서명의 행선지를 변경한 것은 분명합니다." 카뮈조가 말했다.

"여러분, 나에게는 그것이 하나의 불행한 일, 하나의 사소한 잘못으로 보입니다" 하고 블롱데가 말했다. "당신은 돈을 가지고 있었고, 나는 아마 당신에게서 올 증서를 기다려야만 했습니다. 그런데 나, 데그리뇽 백작은 급한 필요가 있었다. 그렇게 가정해 보지요. 나는…… 자 그만둡시다! 당신의 고소는 감정이고, 복수입니다! 위조가 있으려면 금액을 사취하거나, 자기에게 권리가 없는 어떤 이익을 취하려는 의도가 있어야 한다는 것이 입법의 취지였습니다. 로마법의 항목에서도, 민간 생활에서 우리를 다루는 현행 판례의 정신에서도, 위조는 없었습니다. 왜냐하면 여기서는 공문서나 원본의 위조가 문제되는 것이 아니기 때문입니다. 사적 사건에서, 위조는 도둑질의 의도를 내포하는데, 여기에는 어디에 도둑질이 있습니까? 여러분, 우리는 지금 어느 시대에 살고 있는 것입니까? 법원장은 이미 끝났어야 할 예심을 없는 것으로 만들기 위해 우리에게서 떠났습니다! 나는 법원장님을 오늘에서야 알게 되었지만, 나의 착오가 지체된 데 대해 그에게 대가를 치르게 하겠습니다. 차후로는 그 스스로 판결문을 작성해야 할 것입니다. 카뮈조 씨, 당신은 이 문제를 아주 신속하게 처리해야 할 것입니다."

"그렇습니다. 보석으로 석방하는 대신, 그 젊은이를 감옥에서 즉시 꺼내자는 것이 제 의견입니다." 미슈가 말했다. "모든 것은 뒤 크루아지에와 그의 부인에게 할 질문에 달려 있습니다. 카뮈조 씨, 당신이 심문 동안 그들을 소환해서 네 시 전에 그들의 증언을 받으면 오늘 밤에 당신의 보고서를 만들 수 있습니다. 그러면 우리가 내일 심문 전에 사건을 판결하겠습니다."

"변호사들이 변호할 동안, 우리는 따라야 할 절차를 합의합시다." 블롱데가 카뮈조에게 말했다.

세 판사는 그들의 법복으로 갈아입은 다음 공판에 들어갔다.

정오에, 주교 예하와 아르망드 양이 데그리뇽 저택에 도착했는데, 거기에는 이미 쉐넬과 쿠튀리에 신부가 와 있었다. 뒤 크루아지에 부인의 지도 신부와 주교 사이에 아주 짤막한 회견이 있은 다음, 신부는 즉시 자기의 고해 신도인 뒤 크루아지에 부인의 집으로 갔다.

오전 열한 시에, 뒤 크루아지에는 오후 한 시에서 두 시 사이에 예심판사의 사무실로 출두하라는 영장을 수령했다. 그는 당연히 의혹에 사로잡혀, 그곳으로 갔다. 드 모프리뇌즈 공작 부인의 도착, 검사장의 도착, 그리고 세 판사의 갑작스러운 동맹을 예상하는 것이 불가능했던 법원장은 예심이 시작될 경우, 뒤 크루아지에에게 행동의 지침을 주는 것을 생각하지 못하고 있었다. 뒤 크루아지에도 법원장도 그처럼 신속하게 일이 진행될 줄은 미처 생각할 수 없었던 것이다. 뒤 크루아지에는 카뮈조 씨의 의향을 알기 위해, 서둘러 영장에 응했다. 그래서 그는 답변에 응하지 않을 수가 없었다. 판사는 그에게 다음과 같은 여섯 개의 질문을 간략하게 제시했다. '위조라고 주장되는 어음은 진짜 서명을 포함하고 있지 않은가?—그는 어음 이전에 데그리뇽 백작과 거래가 있었는가?—데그리뇽 백작은 그의 앞으로 통고하고 어음을 발행했는가 아니면 통고 없이 발행했는가?—그는 데그리뇽 씨에게 항상 자신을 신뢰하도록 허용하는 편지를 쓴 적이 있지 않은가?—쉐넬은 이미 몇 차례 그의 셈을 청산한 적이 있지 않은가?—그 시기에 그는 부재중이지 않았

는가?'

이 질문들에 대한 뒤 크루아지에의 답변은 긍정으로 마무리되었다. 구두의 설명이 덧붙여졌음에도, 판사는 언제나 예 또는 아니요의 양자택일로 은행가를 몰아갔다. 질문과 답변이 조서에 기록되자, 판사는 청천벽력과도 같은 다음 신문(訊問)으로 면담을 마감했다. '쉐넬의 증언과 데그리뇽 백작에게 보낸 전술(前述)의 쉐넬이 보낸 통고 편지에 의하면, 어음 기한 닷새 전에, 위조로 주장되는 어음의 돈이 자기 집에 위탁되었다는 사실을 뒤 크루아지에는 알고 있었는가?'

이 마지막 질문은 뒤 크루아지에를 혼비백산하게 했다. 그는 그런 심문이 무엇을 의미하는지 물었다. 그, 그가 죄인이라고 한다면, 데그리뇽 백작이 그를 제소한 것인가? 그는 만약 자금이 자기 집에 있다면, 자기는 고소하지 않았을 것이라고 지적했다.

뒤 크루아지에의 이 마지막 지적을 신문조서에 기재하고 나서, 그를 돌려 보내면서 판사가 말했다. "재판이 밝힐 것입니다."

"그런데 판사님, 자금은……."

"자금은 당신 집에 있습니다" 하고 판사가 말했다.

마찬가지로 소환을 받은 쉐넬은 사건에 대해 설명하기 위해 출두했다. 그의 주장의 진실성은 뒤 크루아지에 부인의 증언에 의해 확증을 받았다. 판사는 이미 데그리뇽 백작을 심문했는데, 쉐넬에게서 은밀히 언질을 받고서, 백작이 첫 편지를 제시했다. 그 편지에 의하면, 뒤 크루아지에는 미리 자금을 기탁해서 자기를 모욕하지 말고서, 자기 앞으로 어음을 발행하라고 쓰고 있었다. 그다음에 백작은 쉐넬이 쓴 편지를 내놓았는데, 그 편지에서 공증인은 뒤 크루아지에 씨 집에 10만 에퀴를 이미 불입한 사실을 알리고 있었다. 이와 같은 요건들이면, 젊은 백작의 무죄는 법정에서 틀림없이 입증될 것이었다. 뒤 크루아지에가 법원에서 자기 집으로 돌아왔을 때, 그의 얼굴은 화가 나서 하얗게 질려 있었고, 그의 입술 위에는 억제된 분노로 인해 가벼운 거품이 맺혀 있었다. 그는 살롱의 벽난로 구석에 앉아, 남편의 슬리퍼에 수를 놓고 있는 아내를 발견했다. 남편에게로 눈길을 들었을 때 그녀는 몸이 떨렸지만, 이미 작심하고 있었다.

"부인, 당신은 판사 앞에서 어떤 증언을 했소? 당신은 나를 수치스럽게 했고, 파멸시켰고, 배신했소." 뒤 크루아지에가 떠듬떠듬 소리쳤다.

"이보세요, 내가 당신을 구한 거예요" 하고 그녀가 대답했다. "어느 날엔가 당신 조카딸과 젊은 백작의 결혼에 의해서, 당신이 데그리뇽 가문과 결연하는 영예를 갖게 된다면, 그것은 오늘의 내 행동 덕분입니다."

"기적이로다! 발람의 당나귀가 말을 했네'" 하고 그가 소리쳤다. "나는 더 이상 그 어떤 것에도 놀라지 않을 거요. 그런데 카뮈조 씨가 우리 집에 있다고 말한 10만 에퀴는 어디 있소?"

"여기 있어요." 자기 안락의자의 쿠션 밑에서 지폐 다발을 꺼내면서 그녀가 대답했다. "쉐넬 씨가 나에게 그것을 주었다고 증언함으로써 내가 치명적 죄를 범한 것은 전혀 없어요."

"나의 부재중에?"

"당신은 여기 없었어요."

"당신의 영원의 구원을 걸고 그걸 맹세할 수 있어요?"

"맹세해요." 침착한 목소리로 그녀가 말했다.

"왜 나한테 아무 말도 안 했지요?"

"그 점은 제가 잘못했어요. 그렇지만 제 실수가 당신에게는 유리하게 작용했어요." 그의 아내가 대답했다. "당신의 조카딸은 어느 날엔가 데그리뇽 후작 부인이 될 거예요. 그리고 이 한심한 사건에서 당신이 처신을 잘한다면 당신은 아마 국회의원이 될 수 있을 거예요. 당신은 너무 멀리 나갔어요. 돌아오도록 하세요."

뒤 크루아지에는 격심한 흥분에 사로잡혀 살롱 안을 서성거렸고, 그의 아내도 마찬가지로 흥분한 가운데, 그 서성거림의 결과를 기다렸다. 마침내 뒤 크루아지에가 벨을 울렸다.

그가 시종에게 말했다. "오늘 저녁에는 아무도 받아들이지 않겠다, 대문을 걸어 잠그도록. 내방하는 손님들 모두에게 우리 내외는 시골에 갔다고 이르거라. 우리는 저녁 식사 후 곧 출발하겠다. 저녁 식사는 반 시간 앞당겨 내오도록 하라."

저녁 시간에, 모든 살롱, 소상인들, 가난뱅이들, 비렁뱅이들, 귀족계급, 상인층 등등 요컨대 도시 전체가 위조를 저지른 혐의로 데그리뇽 백작이 체포되었다는 큰 뉴스를 떠들어 댔다. 데그리뇽 백작은 중죄 재판소로 끌려가, 선고를 받고, 달군 쇠로 몸에 낙인이 찍힐 것이라는 얘기였다. 데그리뇽가의 명예를 소중히 여기는 사람들 대부분은 사실을 부인했다. 어둠이 내리자,

쉐넬이 카뮈조 부인의 집으로 가서 낯선 젊은이를 데리고 아르망드 양이 기다리는 데그리뇽 저택으로 그를 인도했다. 가엾은 처녀는 아름다운 모프리뇌즈를 자기 집 안으로 안내해서, 자신의 방을 그녀에게 제공했다. 주교 예하는 빅튀르니앵의 방을 차지하고 있었다. 고귀한 아르망드가 공작 부인과 단독으로 대면하게 되자, 그녀는 부인에게 비통에 잠긴 시선을 던졌다.

"부인, 당신을 위해 파멸한 가엾은 아이, 이곳에서는 모두가 희생을 바친 그 아이를 부인께서 구해 주셔야만 합니다"하고 그녀가 말했다.

공작 부인은 벌써 데그리뇽 양의 방에 여자의 눈길을 던졌고, 거기에서 그 고귀한 처녀의 삶의 영상을 보고 있었다. 사치의 흔적이라고는 없는 헐벗고 차디찬 그 방은 마치 수녀의 골방이라고 할 만한 모습이었다. 그 삶의 과거와 현재와 미래를 응시하면서 감동을 느낀 공작 부인은 자신의 출현이 그곳에 일으킨 엄청난 대조를 깨닫고서 눈물을 참을 수 없었다. 두 볼을 타고 흘러내리는 눈물이 그녀의 대답을 대신했다.

"아! 제가 잘못했습니다, 용서해 주시겠죠, 공작 부인님?" 빅튀르니앵의 고모이기에 앞서 기독교도의 심성이 우선이었던 아르망드 양이 말을 이어 갔다. "부인께서는 우리의 궁핍을 모르셨지요. 저의 조카는 그것을 고백하기가 불가능했을 것입니다. 그런 데다가, 부인을 뵙자마자 모든 것이, 심지어 범죄마저도 다 이해가 되었습니다."

메마르고 창백하지만, 오직 독일의 화가들만이 그려 낼 수 있는 그런 날씬하고 엄격한 얼굴처럼 아름다운 아르망드 양 역시 두 눈이 젖어 있었다.

"안심하십시오, 친애하는 아가씨. 그는 구조되었습니다." 마침내 공작 부인이 말했다.

"예, 그렇지만 명예는요. 그렇지만 그의 미래는요! 쉐넬은 국왕께서도 진실을 알고 계시다고 말해 주었어요."

"우리가 불행을 고치도록 유의하겠습니다" 하고 공작 부인이 말했다.

아르망드 양은 살롱으로 내려갔고, 골동품 진열실이 가득 차 있는 것을 알았다. 주교 예하를 환영할 겸 데그리뇽 후작을 옹위할 겸, 손님들이 모두 와 있었던 것이다. 쉐넬은 대기실에 자리 잡고서, 도착하는 사람 각자에게 대사건에 대해 철저히 침묵할 것을 당부했다. 존엄한 후작께서 그 일에 대해 전혀 알지 못하도록 하기 위해서였다. 그 충직한 프랑크족 후예는 자기 아들이든 뒤 크루아지에든 둘 중 하나를 죽일 수 있었을 것이다. 이런 상황에서는 이편에서든 저편에서든 그에게 한 명의 살인범이 필요했을 것이다. 기이한 우연에 의해, 파리에서 자기 아들이 돌아온다는 소식에 행복을 느낀 후작은 평소보다 빅튀르니앵 얘기를 더 많이 했다. 빅튀르니앵은 국왕에 의해 곧 자리를 배정받게 되어, 국왕이 마침내 데그리뇽 가문에 유념하게 되었다는 얘기였다. 손님들 각자는 마음속에 죽을 것 같은 고통을 느끼며 빅튀르니앵의 훌륭한 행동을 찬양했다. 아르망드 양이 빅튀르니앵이 자기들을 보러 오기로 했으니, 지금 오는 도중일 것이라고 오라버니에게 말하면서, 자기 조카가 갑자기 모습을 드러낼 상황에 대비했다.

후작이 자기 벽난로 앞에 서서 말했다. "저런! 있는 곳에서 제 임무를 잘 수행할 수 있다면 그곳에 머물러 있어야지, 저를 만나 보는 늙은 아비의 즐거움을 먼저 생각해서는 안 되는 법인데. 무엇보다도 국왕에 대한 봉사가 우선이지."

이 말을 들은 사람들 대부분은 몸이 오싹해지는 느낌이었다. 소송이 데그리농가 사람의 어깨를 형리의 인두에 넘겨줄 수도 있었던 것이다! 무시무시한 침묵의 한순간이 찾아왔다. 드 카스테랑 노후작 부인은 눈물을 참지 못해서, 고개를 돌리고 루즈 위에 눈물을 흘렸다.

다음 날, 정오, 화창한 날씨에, 떠들썩한 주민 전체가 도시를 가로지르는 길에 무리 지어 흩어져 있었다. 거기서는 오직 대사건만이 화제였다. 젊은 백작은 감옥에 수감되었던가, 아니었던가? 그 순간, 데그리농 백작의 익히 알려진 이륜마차가 현청에서 나와, 생-블레즈가 위쪽을 통해 내려오는 모습이 사람들 눈에 들어왔다. 이 이륜마차는 매력적인 낯모를 청년을 동반하고 있는 백작이 몰고 있었는데, 단춧구멍에 벵골 장미를 꽂고 있는 두 사람은 쾌활하게 웃으며 얘기를 주고받고 있었다. 그것은 이루 형용할 수 없는 극적 반전의 한 장면이었다. 열 시에, 완벽하게 정당한 근거를 갖춘 면소(免訴) 판결이 젊은 백작에게 자유를 돌려준 바 있었다. 중상모략으로 뒤 크루아지에를 제소할 권리를 데그리농 백작에게 부여한다는 '판결 이유'에 의해 뒤 크루아지에는 날벼락을 맞았다. 늙은 쉐넬은 우연인 것처럼 대로를 올라가다가, 그의 말을 듣고 싶어 하는 사람을 만나면 얘기를 들려주었다. 뒤 크루아지에는 데그리뇽 가문의 명예에 대해 최고로 비열한 덫을 놓았는데, 그가 중상모략자로 제소당하지 않는 것은 데그리뇽 가문을 고취하는 고귀한 감정의 관대함 덕분이라는 얘기였다. 이 유명한 날의 저녁, 데그리뇽 후작이 잠자리에 든 후, 젊은 백작과 아르망드 양, 그리고 이제 떠나려고 하는 아름다운 시동, 이렇게 세 사람이 기사와 같이 모였다. 기사에게는 그 매혹적인 시동의 성별을 감출 수가 없어서, 기사는 세 명의 판사 및 카뮈조 부인 이외에 공작 부인의 출현을 알고 있는 유일한 사람이 되었다.

쉐넬이 말했다. "데그리뇽가는 구조되었습니다. 그러나 지금부터 100년 동안 가문은 이 충격으로부터 헤어나지 못할 것입니다. 이제 빚을 갚아야 합니다. 백작님, 백작님께서는 상속녀와 결혼하는 것 이외에 다른 방책은 없습니다."

"상속녀가 있는 곳에서 택하면 되겠지요" 하고 공작 부인이 말했다.

"저희 집안에서 두 번째로 일어나는 신분에 맞지 않는 결혼이 되겠네요." 아르망드 양이 소리쳤다.

공작 부인이 웃기 시작했다.

"죽는 것보다는 결혼하는 편이 낫습니다." 튀일리 성의 약제사에게서 받은 작은 병을 자기 조끼 주머니에서 꺼내면서 그녀가 말했다.

아르망드 양은 공포에 사로잡힌 표정을 지었고, 늙은 쉐넬은 아름다운 드 모프리뇌즈 부인의 손을 잡아 허락도 받지 않고 거기에 키스했다.

공작 부인이 말을 계속했다. "도대체 이곳의 당신들은 정신이 나갔습니까? 지금은 19세기인데, 대체 당신들은 15세기에 머물고자 하는 겁니까? 이보세요, 더 이상 고귀한 신분이란 없고, 귀족계급이 있을 뿐입니다. 대포가 이미 봉건 제도를 파괴했듯이 나폴레옹의 민법전은 양피지 족보를 사장했습니다. 돈을 갖게 될 때, 당신들은 현재보다 훨씬 더 고귀해질 것입니다. 빅튀르니앵, 당신이 원하는 여자와 결혼해서, 당신의 아내를 귀족으로 만드세요. 그것이 프랑스 귀족에게 남아 있는 가장 견고한 특권입니다. 드 탈레랑 씨도 자기 평판을 더럽히지 않고 그랑트 부인과 결혼하지 않았던가요? 미망인 스카롱과 결혼한 루이 14세를 기억하세요!"

"그가 그녀와 결혼한 것은 돈 때문이 아니었습니다." 아르망드 양이 말했다.

"만약 데그리뇽 백작 부인이 뒤 크루아지에 같은 사람의 조카딸이라면, 부인께서는 그녀를 받아들이시겠습니까?" 쉐넬이 말했다.

"어쩌면요" 하고 공작 부인이 대답했다. "그렇지만 국왕께서는 분명 그녀를 기꺼이 만나실 것입니다. 도대체 당신들은 흘러가는 세태를 알지 못하십니까?" 모두의 얼굴에 나타난 놀라움의 표정을 보면서 그녀가 말했다. "빅튀르니앵은 파리에 왔었으니까, 거기서 사태가 어떻게 나아가는지 알겠죠. 우리는 나폴레옹 치하에서 더 힘이 셌어요. 빅튀르니앵, 뒤발 양과 결혼하세요. 당신이 원하게 될 사람과 결혼하세요. 내가 드 모프리뇌즈 공작 부인인 것과 꼭 마찬가지로 그녀는 데그리뇽 후작 부인이 될 거예요."

"모든 것이 끝장이군요, 명예조차도" 하고 기사가 손을 내두르며 말했다.

"잘 있어요, 빅튀르니앵." 그의 이마에 키스하며 공작 부인이 말했다. "우리는 더 이상 보지 못할 거예요. 당신이 택할 최선의 길은 당신의 토지에서 사는 거예요. 파리의 대기는 당신에게 맞지 않아요."

"디안느?" 젊은 백작이 절망에 차서 외쳤다.

"이보세요, 당신은 이상하게 자신을 망각하네요." 남자의 역할과 연인의 역할을 떠나, 다시 천사일 뿐만 아니라 공작 부인으로 돌아가면서, 또한 공작 부인일 뿐만 아니라 몰리에르의 셀리멘느로 돌아가면서, 공작 부인이 냉정하게 말했다.

드 모프리뇌즈 공작 부인은 그 네 인물에게 위엄있게 인사를 했고, 기사에게서 그가 여성을 위해 바쳤을 마지막 감탄의 눈물을 끌어냈다.

"그녀는 고리짜 공주와 너무 닮았단 말야!" 그가 나지막한 목소리로 외쳤다.

디안느는 사라졌다. 마부의 채찍질 소리가 그의 첫사랑의 아름다운 로망이 끝났음을 빅튀르니앵에게 말해 주고 있었다. 위험에 빠져 있는 동안에는, 디안느는 젊은 백작에게서 아직 자기 애인의 모습을 볼 수 있었다. 그러나 일단 구조되자, 공작 부인은 그를 본래의 나약한 남자로 멸시했다.

6개월 후, 카뮈조는 파리의 대리 판사로 임명받았고, 나중에는 예심판사로 임명되었다. 미슈는 검사장이 되었다. 블롱데 노인은 왕실 법정의 판사로 가서 은퇴하기에 필요한 기간 동안 그 자리에 머물러 있다가, 그의 예쁜 작은 집에 돌아와서 살았다. 조제프 블롱데는 그의 여생 동안 법원의 자기 아버지 자리를 차지했으나, 승진의 기회는 전혀 얻지 못했다. 그는 블랑뒤로 양의 남편이 되었는데, 그녀는 지금 꽃핀 벽돌집에서 대리석 수조 속의 잉어처럼 권태롭게 살고 있다. 마침내 미슈와 카뮈조는 레지옹 도뇌르 훈장을 받았고, 늙은 블롱데는 2등 레지옹 도뇌르 수훈자가 되었다. 검사장의 수석 검사 대리 소바제 씨로 말하자면, 그는 코르시카로 보내져서, 그에게 자기 조카딸을 주고 싶지 않았던 뒤 크루아지에가 대단히 만족해했다.

뒤 롱스레 법원장의 부추김을 받은 뒤 크루아지에는 면소 판결에 대해 왕실 법정에 상소했으나, 패소하고 말았다. 현 전체에서 자유주의자들은 아들 데그리뇽이 위조의 죄를 범했다고 주장했다. 왕당파들 편에서는 '야비한 뒤 크루아지에'가 복수심 때문에 꾸민 끔찍한 음모라고 얘기했다. 뒤 크루아지에와 빅튀르니앵 사이에 결투가 벌어졌다. 무기의 운은 옛 납품 업자 편이어서, 그가 젊은 백작에게 위험한 부상을 입혀, 자기 약속을 지키게 되었다. 자유주의자들이 끊임없이 화제에 올리는 그 사건 때문에 두 당파 사이의 싸움은 더욱더 악화되었다. 선거에서 항상 뒤로 밀린 뒤 크루아지에는, 특히 그의 결투 후로는, 자기 조카딸을 젊은 백작과 결혼시킬 기회를 전혀 잡지 못했다.

왕실 법정에서의 판결 확정 한 달 후, 정신적으로나 육체적으로 모두 타격을 입은 그 격심한 싸움으로 기진맥진한 쉐넬은 새끼 멧돼지의 어금니에 배를 물린 늙은 충견처럼 승리 가운데에서 죽음을 맞았다. 거의 파괴된 집안, 그리고 권태에 매몰되고, 복구의 가능성도 없이 궁핍에 빠진 젊은이를 남겨 놓은 채, 그는 자기 처지에서 그래도 가능한 한 행복한 상태로 숨을 거뒀다. 쇠약에 더해 그의 비통한 상념이 아마 그 가련한 노인의 종말을 재촉했을 것이다. 많은 파괴 가운데에서, 많은 슬픔에 시달리면서도 그는 하나의 큰 위안을 받았다. 노후작이 자기 누이동생의 간청을 받아, 그에게 자신의 우정 전체를 돌려주었던 것이다. 그 거대한 인물이 뒤 베르카유가의 작은 집으로 가서, 자기 옛 종복의 침대 머리맡에 앉았다. 그 종복의 모든 희생을 그로서는 알지도 못했지만. 쉐넬은 일어나 앉아, 시메온의 성가를 읊었다. 후작은 성의 예배당 안, 데그리뇽의 거의 마지막 손(孫)인 자기 자신이 쉬게 될 묘혈의 아래쪽에 시신을 가로로 눕혀 쉐넬이 매장되는 것을 허락했다.

그리하여 그 아름답고 위대한 하인 전통의 마지막 대변자 가운데 하나가 숨을 거뒀다. 하인 전통이란 말은 종종 좋지 않은 함축으로 쓰이지만, 주인에 대한 종복의 봉건적 충성을 표현하게 함으로써 우리는 여기서 그 말에 현실적 의미를 부여하고자 한다. 이제는 시골구석, 왕정의 몇몇 늙은 종복들에게서밖에는 존재하지 않는 이 감정은 그와 같은 애정을 불어넣은 귀족계급과 그런 애정을 품은 부르주아 계급에 다같이 명예스러운 것이었다. 이런 고상하고 장엄한 헌신은 오늘날에는 불가능하다. 프랑스의 왕도, 세습 귀족원 의원도, 역사적 가문의 국가적 영광을 영속화하기 위해 그 가문에 영구적으로 확보된 재산도 더 이상 없는 것과 마찬가지로, 귀족 가문들은 더 이상 종복들을 갖고 있지 않다. 쉐넬은 사생활의 그런 미지의 위대한 인간들 가운데 하나만이 아니라, 위대한 사실 그 자체였다. 그의 희생의 계속성이야말로 그에게 무언가 엄숙하고 숭고한 면모를 부여하지 않는가? 그것은 언제나 순간적인 노력이라 할 수 있는 선행의 영웅성을 넘어서는 것이 아닌가? 쉐넬의 덕성은 본질적으로 민중의 비천과 귀족계급의 영화 사이에 위치한 계층에 속하는 것으로서, 그 계층은 확고한 교화의 횃불로 양자를 비춤으로써, 부르주아의 소박한 덕성을 귀족의 숭고한 사상에 연결시킬 수 있는 것이다.

궁정에서 탐탁치 않은 평가를 받은 빅튀르니앵은 거기서 부자인 처녀도, 일자리도 찾을 수가 없었다. 국왕은 데그리뇽 가문에 귀족원 의원직을 주는 것을 줄곧 거부했는데, 그 직위는 빅튀르니앵을 역경에서 끌어낼 수 있는 유일한 혜택이었다. 그의 부친이 생존해 있는 동안에는 젊은 백작을 부르주아 상속녀와 결혼시키는 것이 불가능했으므로, 그는 2년 동안의 귀족적 사랑과 화려한 파리 생활의 추억을 반추하며 아버지 집에서 초라하게 살아야만 했다. 자기 아들의 상태를 쇠약증 탓으로 여기며 절망에 빠진 아버지와 슬픔에 사로잡힌 고모 사이에서, 그는 서글프고 음울하게 무위의 나날을 보냈다. 쉐넬은 이제 살아 있지 않았다. 후작은 국왕 샤를 10세가 노낭쿠르로 쫓겨가는 것을 본 다음, 1830년에 서거했다. 그 거인 데그리뇽은 골동품 진열실의 몸 성한 귀족들을 이끌고 자신의 의무를 다하기 위해, 패배한 왕국의 빈약한 행렬에 합류하여 노낭쿠르까지 갔다. 오늘날에는 아주 단순해 보이겠지만, 그 당시 반란의 열기에 비추어 볼 때는 숭고하다고 할 수 있는 용기 있는 행동이었다.

"골족이 승리하는구나!" 이것이 후작의 마지막 말이었다.

그때 뒤 크루아지에는 완전한 승리를 거두었다. 왜냐하면 새로 데그리뇽 후작이 된 빅튀르니앵이 늙은 아버지의 서거 일주일 후 뒤발 양을 아내로 받아들였기 때문이다. 그녀의 지참금이 3백만 프랑이었는데, 나아가 뒤 크루아지에와 그의 아내가 그들의 재산을 뒤발 양에게 주기로 계약서에 보장하고 있었다. 결혼 예식이 진행되는 동안, 뒤 크루아지에는 데그리뇽 가문이야말로 프랑스의 모든 귀족 가문들 중 가장 명예로운 가문이라고 떠벌였다. 언젠가 10만 에퀴 이상의 연 소득을 누리게 될 데그리뇽 후작이 겨울마다 파리에서 즐거운 독신 생활을 누리는 모습이 사람들 눈에 띄었다. 그에게서 볼 수 있는 옛 대영주다운 면모는 자기 아내에 대한 무관심밖에 없었는데, 실상 그는 아내에 대해 전혀 아랑곳하지 않았던 것이다.

이 이야기의 세부 사항을 제공해 준 바 있는 에밀 블롱데의 진술이 다음과 같이 이어진다.

"데그리뇽 양으로 말하자면, 그녀는 더 이상 나의 유년기에 보았던 천상의 얼굴과 같지는 않다 할지라도, 그녀는 분명, 67세의 나이에, 그녀가 아직도 군림하고 있는 골동품 진열실에서 가장 고통에 차고 가장 흥미로운 얼굴임에 틀림없습니다. 나의 결혼에 필요한 서류들을 찾으러 고향에 갔던 지난번 여행 때, 나는 그녀를 보았습니다. 나의 아버지는 내가 결혼한다는 사실을 알았을 때, 어리둥절해하셨습니다. 내가 지사가 되었다는 말씀을 드렸을 때에야, 그분은 할 말을 찾으셨습니다. '너는 지사로 타고났느니라!' 그분은 웃음기를 띠고 그렇게 대답하셨습니다. 시내를 한 바퀴 돌다가, 나는 그 어느 때보다도 더 숭고해 보이는 아르망드 양과 마주쳤습니다. 나는 카르타고의 폐허 위에 앉은 마리우스'를 보는 것만 같았습니다. 그녀는 자신의 종교, 자신의 무너진 신념을 딛고 살아남은 것이 아닌가? 그녀는 이제 하느님 밖에는 믿지 않는 것 같았습니다. 늘 슬프고 말이 없는 그녀는 자신의 옛 아름다움에서 신비로운 광채로 빛나는 눈만을 간직하고 있는 것 같았습니다. 기도서를 손에 들고 미사에 가는 그녀를 보았을 때, 나는 그녀가 이 세상에서 자신을 데려가 달라고 하느님께 기원한다는 생각을 금할 수가 없었습니다."

1837년 7월, 자르디에서

주

1856)와 아메데 티에리(Amédée Thierry, 1797~1873). 이들 형제는 옛 성의 원래 철자를 복원시키고자 하였다.

21   **드 뤼인**   Charles de Luynes(1578~1621). 프랑스의 총사령관으로서 젊은 루이 13세의 총신이었다.

27   **노처녀에게서도 역시 거절당했다**   발자크의 다른 작품 『노처녀(La Vieille Fille)』에 나오는 뒤 부스키에(Du Bousquier)와 코르몽 양 (Mlle Cormon)의 일화를 암시한다.

28   **몽모랑시**   Montmorency. 프랑스의 유서 깊은 대표적 귀족 가문.
     필립 오귀스트   Philippe Auguste(1165~1223). 프랑스의 왕.

29   **블롱데**   Emile Blondet. 이 작품뿐만 아니라 발자크의 〈인간극〉 여러 작품에 등장하는 작중인물. 이 작품의 배경인 알랑송에서 1801년에 출생한 것으로 되어 있으며, 유명 저널리스트로 여러 작품에 등장한다.

31   **아네스**   Agnès Sorel(1422~1450). 샤를 7세의 애인이었던 여인.
     마리 투셰   Marie Touchet(1549~1638). 샤를 9세의 애인이었던 여인.
     가브리엘   Gabrielle d'Estrées(1570~1599). 앙리 4세의 애인이었던 여인.

32   **부오나파르테**   Buonaparte. 나폴레옹의 반대파들이 보나파르트 (Bonaparte)를 경멸적으로 지칭할 때의 발음.
     미토   왕정복고 후에 루이 18세가 된 왕자가 망명하여 1798년부터 1807년까지 거주했던 현재 라트비아의 도시.

36   **매튜린**   Charles Robert Maturin(1782~1824). 아일랜드의 소설가이자 극작가. 염세적이고 환상적인 작품들을 썼다.
     호프만   E.T.A. Hoffmann(1776~1822). 독일의 작가이자 작곡가. 1829년부터 프랑스어로 번역된 그의 콩트 작품들은 프랑스에 환상 문학의 유행을 일으켰고, 발자크에게 많은 영향을 끼쳤다.

38   **1815년의 사건**   1814년 나폴레옹의 몰락으로 왕정복고가 이루어졌는데, 1815년 엘바섬에 유배되어 있던 나폴레옹이 복귀하여 백일천하를 이루었던 것을 의미함.

    드카즈   Elie Decazes(1780~1860). 루이 18세의 장관. 1820년 2월 20일 베리(Berry) 공작의 암살 사건으로 실각함.

    배상에 관한 법률   1825년에 통과된 망명자 배상법을 말한다. 혁명기에 매각된 재산의 완전한 반환을 요구했던 급진 왕당파들은 그 법이 너무 미온적이라고 생각했다.

39   **폴리냐**   Polignac(1780~1847). 프랑스의 정치인. 1814년 왕정복고 시 헌장의 자유주의적 경향에 반대하여 강경한 우파적 정치적 입장을 나타냈다.

    빌렐르   Villèle(1773~1854). 프랑스의 정치인. 왕정복고 시대 루이 18세 치하에서 재무장관과 내각 수반을 역임했다.

40   **다르투아 백작**   comte d'Artois(1757~1836). 1824년 왕정복고기 두 번째 왕으로 즉위하기 전 왕자 시절의 샤를 10세의 호칭.

41   **인간적 존중심을 가질 수도 있는 것이다**   국회의원이었고 은행가였던 라피트(Laffitte)와 카지미르-프리에(Casimir Perier)는 왕정복고 시대 반대파에 속하는 자유주의자들이었고, 페로네(Peyronnet)는 빌레르 내각의 법무장관이었다.

    자기 저택에 숨겨 주기라도 했을 것이다   1830년 7월 29일은 왕정복고를 전복시킨 '영광의 3일'로 불리는 7월혁명의 사흘 중 마지막 날이다. 라피트는 각료들에게 발포하라는 명령을 내리지는 않았지만, 자유주의파의 선두에서 7월혁명을 이끌었다.

42   **종교에 관한 자신의 저작을 보낸 바 있다**   1824년 5권으로 출판된 방자맹 콩스탕(Benjamin Constant)의 저서 『기원, 형식, 전개의 관점에서 고찰한 종교론』 제1권을 말하는 것으로 보인다. 방자맹 콩스탕은 좌파 자유주의자였고, 샤토브리앙은 왕당파였지만, 두 사람은 정치적 견해차에도 불구하고 서로 존중하는 사이였다.

42 **몽-사크레** 로마 동쪽에 위치한 언덕으로, 기원전 493년 귀족계급에 반기를 든 평민층 전부가 그리로 피신했었다. 여기서는 데그리농 후작의 살롱을 지칭한다.

43 **221인** 221인은 입헌군주제의 지지자를 뜻한다. 1830년 3월 18일 국왕 샤를 10세에게 제출된 청원에 찬성표를 던졌던 221명의 입헌군주파 의원의 숫자에서 나온 표현이다.

44 **머리로만 살고 있는** 뒤 크루아지에의 성적 불능에 대한 암시로 보인다.

47 **생트 앙풀** Sainte-Ampoule. 랭스의 성당에 보관되어 있는 성스러운 단지로서, 프랑스 왕의 대관식에 사용될 마르지 않는 기름을 담아 둔다.

트레빌가 영애와 몽코르네 장군의 결혼 발자크의 다른 작품 『농민들』에 1844년에 언급된 한 에피소드에 대한 암시.

50 **자연이 여자를 중립적** 수태에서 어떤 능동적 역할도 갖지 않는다는 뜻으로 쓰였다.

51 **왕의 거지처럼** 『골동품 상인』은 월터 스코트의 1816년작 소설인데, 여기에 언급된 에피소드는 봄의 큰 밀물이 닥친 바닷가의 길에 빠진 아더 경과 그의 딸이 늙은 거지의 도움으로 생명을 구하는 소설 속의 내용에 대한 암시다.

52 **생-죠르주** 기사 생-죠르주(Saint-Georges, 1745~1799)는 18세기 말에 인기 있는 인물이었다.

53 **백발의 총사** 혁명 전 앙시앵 레짐하에서 머리 색에 따라 백발의 총사와 흑발의 총사라는 구분이 있었다.

포블라 루베 드 쿠브레(Louvet de Couvray, 1760~1797)의 소설 『드 포블라 기사의 사랑』의 주인공.

54 **당쿠르** Dancourt(1725~1801). 프랑스의 극작가.

보마르쉐 Beaumarchais(1732~1799). 프랑스의 작가이자 극작가. 『세빌리아의 이발사』, 『피가로의 결혼』 등 유명한 작품의 저자.

| 55 | **성 루이 자손** Saint Louis(1214~1270)는 프랑스의 왕 루이 9세인데, 여기서 성 루이의 자손은 왕정복고 당시 프랑스의 왕 루이 18세를 가리키는 것으로 보인다. |

61 **리슐리외** Richelieu(1696~1788). 리슐리외 원수는 루이 15세 궁정의 유명한 인물이었다.

64 **골** Gaule. 로마 시대의 명칭은 갈리아로서, 현재의 프랑스 지역을 가리킨다.

에퀴 écu. 옛 금화. 19세기의 5프랑 은화.

65 **섬** 여기서 섬은 아이티를 뜻한다. 오랜 식민지 전쟁 끝에 프랑스가 아이티의 독립을 인정한 것은 1825년에 이르러서였다.

66 **임시 재판소** 구체제하에서 임시 재판소는 어떤 범죄나 경범죄를 상소 절차 없이 재판하는 특별 법정이었다. 왕정복고 체제하에서 1815년 말에 정치적 숙청을 위해 복원된 이 법정은 1818년 1월 폐지되었다.

69 **로블라스** 18세기 영국 소설가 리처드슨의 소설 『클라리사 해로우』의 주인공으로 양심 없는 유혹자의 전형이다.

생-프뢰 장-자크 루소의 소설 『신 엘로이즈』의 주인공.

성 루이 훈장 루이 14세가 창안한 무공 훈장.

코티디엔느지와 가제트 드 프랑스지 「코티디엔느(La Quotidienne)」지는 급진 왕당파의 신문이었고, 「가제트 드 프랑스(La Gazette de France)」지는 정통 왕당파의 신문이었으나 논조가 「코티디엔느지」보다는 온건한 편이었다.

71 **스턴** 로렌스 스턴(Laurence Sterne, 1713~1768). 영국의 소설가로 발자크가 자주 인용한 바 있는 『신사 트리스트럼 샌디의 인생과 생각 이야기(*The Life and Opinions of Tristram Shandy, Gentleman*)』의 저자.

75 **자르** 쉐넬의 시골 소유지.

78 **이카로스에게 해 준 이야기** 다이달로스가 자신이 만든 날개를 이카

로스의 어깨에 매달아 주면서 해 준 충고를 말한다. 다이달로스는 너무 낮게 날면 습기로 인해 날개가 무거워지고, 너무 높게 날면 태양열로 날개가 탈 위험이 있으니 중간 높이로 날라고 이카로스에게 충고하는데, 이카로스는 이 충고를 지키지 않고 태양에 가까이 접근했다가, 날개의 초가 녹아 추락하고 말았다는 그리스 신화를 가리킨다.

85 **리외** 약 4킬로미터에 해당하는 옛 거리의 단위.

86 **청색수장** 1791년에 폐지됐다가, 1816년 루이 18세에 의해 복원되었던 훈장.

87 **리슐리외의 조카** 추기경의 조카였고 원수의 부친이었던 이 리슐리외는 갤리선들을 지휘하는 장군이었다.

89 **엘리제 부르봉** 드 베리 공작 부처가 살았던 궁전으로, 현재의 엘리제궁 자리에 있었다.

  앙굴렘 공작 부인 댁 앙굴렘 공작 부인은 루이 14세의 딸로서 다르투아 백작의 맏며느리였다.

  마르상 빌라 루이 18세 치세 동안 다르투아 백작이 거주했던 루브르궁 내의 빌라.

93 **로쉐 드 캉칼** 몽토르괴유가에 있던 유명한 레스토랑으로, 캉칼산 굴이 사는 바위라는 뜻의 상호.

95 **진짜 영국 호랑이** 호랑이는 키가 아주 작은 마부를 뜻하는 말로서, 특히 스노비즘의 표시로 쓰였다. '보드노르의 진짜 영국 호랑이'는 보드노르라는 인물이 런던에서 데려온 키가 작은 아이랜드인 마부를 가리킨다.

96 **나를 겁먹게 하네** 프랑스 극작가 알렉시스 피롱(Alexis Piron, 1689~1773)의 운문 희극 『작시벽(作詩癖)』의 시구 '부랑자의 상식이 때때로 나를 겁먹게 하네'의 변조.

  추기경과의 전쟁 레츠 추기경이 엄청난 빚을 지게 된 프롱드 난에 대한 암시.

황금 천의 캠프 황금 천의 캠프(Le camp du Drap d'or)는 프랑스의 프랑수아 1세가 영국의 헨리 8세에게 화려한 리셉션을 베풀었다는 파드칼레에 있는 장소이다.

사자 젊은 멋쟁이를 지칭하는 표현.

98 **폭발하게 된다** 5년 후인 1827년에 벌어지는 일로서, 이 인물이 상세르 근처 앙지의 세습 영지를 매각하여 스캔들이 생긴 사건으로, 발자크의 다른 소설 『현의 뮤즈』에 나온다.

100 **평화가 이루어지기 이전** 1815년 이전을 뜻한다. 나폴레옹 제정 동안에는 영국과의 관계가 단절돼 있었기 때문에, 왕정복고가 확립된 1815년 이후 영국과의 관계가 회복된 것으로 본 것이다.

낭만적인 아녜스 아녜스(Agnès)는 몰리에르의 작품 『여인의 학교』에 나오는 순진한 여성 인물이다.

101 **화가 피올라** 이탈리아의 화가 피올라(Pellegro Piola, 1617~1640)는 그의 경쟁자였던 화가 카를로네에게 살해당했다.

메살리나 로마 황제 클라우디우스의 황후로 방탕함으로 유명했으며, 황제에 의해 처형당했다.

102 **뉴싱겐** 뉴싱겐(Nucingen)은 발자크의 작품집 〈인간극〉에 등장하는 은행가로 『고리오 영감』, 『뉴싱겐 상사』 등 여러 작품에서 보이는 주요 인물이다.

103 **여자의 권리** 1837년에 페미니즘의 흐름에 반대하는 극작가 테오도르 뮈레가 「여자의 권리」라는 제목의 희극을 상연한 사실을 암시한다.

104 **사랑의 나라** 17세기의 재치 있고 세련된 취향의 프레시오지테 문학이 만들어 낸 오직 사랑에만 전념하는 우화적인 나라.

스키피오적 관대함 로마의 장군 스키피오가 카르타고를 정복한 후 포로로 잡혀 온 아름다운 스페인 처녀를 너그럽게 석방해 준 일화를 암시한다.

아마디스 아마디스(Amadis de Gaule)는 스페인 기사도 소설의 가장 유명한 주인공이다.

107 **스파** 유명한 온천이 있는 벨기에의 지명.

112 **종루 레이스** 멀리 보이는 종루 같은 것을 목표로 삼고 울타리와 도랑을 뛰어넘어서 들판을 가로질러 달려가는 승마 경주.

113 **라투르 상점** 이상에 열거한 상점들은 상류 귀족계급에 물품을 납품하는 실재했던 파리의 상점들 이름임.

'인생의 향연'에 초대받은 "인생의 향연에 온 불행한 손님"이란 유명한 시구를 남긴 프랑스 시인 질베르(Gilbert, 1750~1780)에 대한 암시.

115 **스가나렐이 하듯이** 17세기 프랑스 극작가 몰리에르의 희극 『억지로 된 의사』 제2막의 내용 암시.

마스카리유 몰리에르의 희극 『우스꽝스러운 재녀들』 등에 나오는 극중 인물.

123 **치아바리** 제노바에서 피사로 가는 도로변에 있는 마을.

126 **트리뷜스** Trivulce(1448~1518). 프랑스의 원수로 프랑스 왕 샤를 8세와 루이 12세 치하에서 복무했음.

드 스피놀라 후작 부인 제노바 명문가 출신의 이탈리아 여인으로, 1502년 루이 12세가 제노바에 입성했을 때 그에게 연정을 느껴 그와 계속 서신을 주고받은 것으로 알려져 있음.

128 **영국의 찰스** 영국의 왕. 그의 처형은 발자크 작품 『랑제 공작 부인 (La Duchesse de Langeais)』에 환기되어 있음.

134 **뷔퐁** Buffon(1707~1788). 프랑스의 박물학자, 작가.

135 **셀리멘느** Célimène. 몰리에르의 작품 『인간 혐오자』의 작중 인물.

파뉘르주 Panurge. 라블레의 작품 『팡타그뤼엘』의 작중 인물.

피가로 Figaro. 보마르쉐의 삼부작 희곡 작품 『세빌리아의 이발사』, 『피가로의 결혼』, 『죄인 어머니』의 작중 인물.

138 **마르스** Mars(1779~1841). 고전 희극 및 비극과 낭만주의 연극에서 오랫동안 활약했던 유명한 여배우.

148 **아미요** Jacques Amyot(1513~1593). 앙리 2세 자녀들의 가정교사. 궁중 사제장이었고, 옥세르의 주교였으며, 플루타르크의 저작을 프랑스어로 번역했다.

151 **여권** 프랑스의 국내용 여권 사용은 1792년에 일반화되었고, 1871년에 가서 폐지되었다.

152 **라마르틴의 삽화들을 가로지르는 천사 중 하나처럼** 낭만주의 4대 시인 중 하나로 꼽히는 알퐁스 드 라마르틴(Alphonse de Lamartine, 1790~1869)의 서사시『천사의 추락』에 대한 암시.

157 **좌중에게 물었다는 이야기가 전해진다** 드 콩데 공의 외아들인 당지앵 공작은 나폴레옹에 대한 음모에 연루되어 1804년 3월 21일 처형되었다.

159 **뒤팽** Dupin l'aîné(1783~1865). 나폴레옹의 백일천하 후 네 원수의 변호사로 유명해졌던 인물로, 자유주의파의 변호사로 활약했고, 1827년 국회의원이 되었으며, 1830년 7월 혁명의 주요 선동가 가운데 한 명이었다.

　　베리에 Pierre-Antoine Berryer(1790~1868). 관대함과 웅변으로 유명했던 왕당파의 변호사.

160 **랑데르노의 스캔들** 알렉상드르 뒤발의 연극 작품『파선 또는 상속자들』(1796)에서 유래한 속담적 표현. "그 일로 이제 랑데르노가 떠들썩하게 될 것이다"를 암시하는 말

170 **슬픔의 원인이셨습니다** 뒤 크루아지에 부인을 연모하다가 자살한 젊은이의 에피소드로, 발자크의 다른 작품『노처녀』에 나오는 이야기를 암시함.

175 **카롱** Caron(1774~1822). 나폴레옹 제정기의 대령이었는데, 음모자로 총살당했다.

　　베르통 Berton(1769~1822). 나폴레옹 제정기의 장군. 남서부의 반란 움직임에 가담한 혐의로 처형당했다.

182 **열월 9일** 열월은 혁명력의 열한 번째 달로서 현재의 7월 20일부

터 8월 18일에 해당한다. 열월 9일은 열월파의 쿠테타에 의해 로베스피에르가 실각하고 체포된 날이다.

182   **캉바세레스** Cambacérès(1753~1824). 프랑스의 법률가, 정치인.

185   **투와즈** 옛 길이의 단위로서, 약 2미터 정도에 해당함.

      아르팡 예전에 프랑스에서 사용하던 넓이 단위로 1아르팡은 약 4천 제곱미터에 해당한다.

187   **폴과 비르지니** 베르나르댕 드 생 피에르(Bernardin de Saint Pierre, 1737~1814) 1787년작 소설 『폴과 비르지니』의 주인공들로서, 목가적인 분위기 속에서 순수하고 아름다운 인물들이다.

190   **황금의 무게를 다는 사람** 네덜란드 화가 제라르 도우(Gérard Dow, 1613~1675)가 그린 유명한 그림으로, 루브르 박물관에 소장되어 있다.

223   **발람의 당나귀가 말을 했네** 구약 성서 『민수기』 22장에 나오는 것으로, 선지자 발람이 타고 가던 당나귀가 주인이 부당하게 때리자 항의하며 갑자기 말하기 시작했다는 내용임.

235   **마리우스** Marius(기원전 157~86). 로마의 장군, 정치가. 추방당한 마리우스가 아프리카에 머무는 동안, 카르타고의 폐허 위에 앉아 인간사의 유위전변에 대해 명상에 잠겼다는 일화에 대한 암시임.

귀족계급 몰락의 비애

이동렬(서울대학교 명예교수)

발자크는 보수적 신념의 작가였다. 자신의 거대한 작품군을 집대성한 1842년 〈인간극〉의 서문에서 "나는 종교와 군주제라는 영원한 두 진리의 빛으로 글을 쓴다"고 말하면서, 그는 보수적인 정치적 이데올로기를 공공연히 표명하였다. 18세기 계몽사상가들의 가르침이었으며, 프랑스 대혁명의 이상이었고, 당대의 진보 세력이 표방했던 제반 가치를 발자크는 〈인간극〉 서문에서 정면으로 부인하고 있다. 그는 자유란 유해한 유토피아의 공상이며, 평등이란 사물의 본성에 맞지 않는 환상에 불과한 것으로 본다. 사회적 구분의 옹호자인 발자크는 엘리트의 탁월한 권리와 대중의 순종과 체념을 설교한다. 그는 사회적 위계질서를 유지하는 효과적인 수단이라는 관점에서 가톨릭교를 옹호한다.

〈인간극〉 서문에 표명된 발자크의 종교, 정치, 사회적 비전은 대체적으로 당대 귀족계급의 입장을 반영하고 있다. 가톨릭과 절대왕정과 위계적 사회 질서를 옹호하고, 개인이 아니라 가족을 사회의 구성 요소로 내세우며, 분할상속제에 반대해 장자상속제의 부활을 주장하는 것까지 발자크는 동시대 전통 귀족계급의 정치적 견해를 거의 그대로 수용하는 것으로 보인다. 발자크는 사회계급 문제에 있어서 귀족계급에 심정적 친화를 느낀 작가일 뿐만 아니라, 귀족계급의 가치관을 수용하고 적극적으로 옹호한 작가라고 할 수 있을 것이다. 현대사의 민주적 흐름과 상반되는 발자크의 보수적이며 심하게 말해 반동적이라고 할 수 있을 역사관은 그 자체가 비판의 대상이 될 수도 있겠으나, 발자크 사후의 평가는 대체로 그런 비판과는 반대의 경향을 보여 왔다.

발자크는 보수적 정치 이념의 소유자였음에도 그의 거대한 작품 세계는 오히려 진보적이었다는 것이 사후 그를 둘러싼 문학비평의 주조였다고 할 수 있는 것이다. 이런 식의 발자크 문학 해석을 이끈 것은 대체로 좌파에 속하는 지식인들이었다고 할 수 있다. 철저한 공화주의적 신념의 소유자로서 민중의 편에 섰던 빅토르 위고가 그 단초를 열었다. 1850년 발자크가 서거했을 때, 페르 라셰즈 묘지에서의 영결식에서 위고는 추도사를 통해 "이 거대하고 기이한 작품의 저자는 혁명적 작가들의 강력한 혈족에 속합니다"라고 말하면서, 발자크 문학의 혁명적 성격을 부각시켰다. 드레퓌스 사건에서 정의의 투사역을 했던 에밀 졸라는 "그 재능이 본질적으로 민주적이며, 우리가 읽을 수 있는 가장 혁명적인 작품을 써낸 이 작가가 절대 권력을 지지했다는 것보다 더 이상한 일은 없다"고 말함으로써 위고와 마찬가지로 발자크의 작품 세계가 작가의 보수적 신념과 달리 진보적 성격을 지닌다는 사실을 강조하였다.

향후 좌파 비평가들의 발자크 문학 해석에 결정적 방향을 제시한 것은 엥겔스라고 할 수 있다. 하크네스(Harkness)라는 여성에게 보낸 1888년의 편지에서 엥겔스는 발자크의 사회 묘사를 찬양하면서, 마르크시즘 문학비평에 절대적 영향을 미치게 될 소위 '리얼리즘의 승리'라는 명제를 다음과 같이 제시하고 있다.

확실히 발자크는 정치적으로 정통파였습니다. 그의 위대한 작품은 상류사회의 불가피한 몰락에 보내는 하나의 줄기찬 비가이며, 그의 모든 동정은 사멸하도록 운명 지어진 계급에게로 갑니다. 그러나 그럼에도, 그가 가장 동정한 남녀들, 즉 바로 이들 귀족을 서술할 때보다 그의 풍자가 더 예리해지고 아이러니가 더 신랄해지는 적은 없습니다. 이처럼 발자크가 자신의 계급적 공감 및 정치적 편견과는 반대되는 작품을 쓰지 않을 수 없었다는 것, 그가 좋아하는 귀족들의 멸망의 필연성을 인식하고 그들을 이렇게 멸망해 마땅한 인물로서 묘사했다는 것, 그리고 그가 미래의 참다운 인간들을 당시 현실에서 볼 수 있었던 바로 그 계급 내에서 보았다는 것—이것을 나는 리얼리즘의 가장 위대한 승리의 하나로, 그리고 발자크의 가장 위대한 특징 가운데 하나로 여기는 바입니다.(아르놀트 하우저, 『문학과 예술의 사회사-현대편』, 백낙천·염무웅 공역, 창작과비평사)

〈인간극〉의 세계가 진보적 성격을 띠느냐 아니냐 하는 문제는 논란의 여지가 있을 수 있어서 결국 독자의 판단 문제로 남겠지만, 그 거대한 작품군이 전체적으로 귀족계급의 쇠퇴를 증언한다는 사실에는 비평가들 사이에 별 이의가 없는 것 같다. 우리가 번역한 『골동품 진열실』은 〈인간극〉의 많은 작품 중에서도 귀족계급의 몰락을 드러내는 성격이 두드러지는 작품이라고 할 수 있다.

우선 '골동품 진열실'이라는 작품 제목이 매우 시사적이다. 노르망디 지방의 작은 현(縣) 오른의 현청 소재지인 알랑송이란 도시의 귀족들은 낡은 사상과 관습을 고집하면서 노(老)후작 카롤 데그리뇽의 살롱에 모여 배타적인 사교계를 형성하는데, 여기에 끼어들 수 없는 부르조아들이 빈정거리는 의미로 그 사교계에 '골동품 진열실'이라는 별명을 붙이는 것이다. 이 살롱에 모이는 노귀족들은 개인적인 위엄과 미점을 보여 주는 측면이 있다 할지라도, 현대 세계 및 현대 세계의 제반 가치와 완전히 절연되어 이제 골동품 같은 면모밖에는 갖지 못한 인물들로 그려지고 있다. 그리하여 작품의 제목 자체가 이 살롱의 분위기를 적절하게 반영하고 있는 것이다.

귀족계급이 한결같이 가문의 전통에 집착하는 과거 지향적 계급이라는 것은 잘 알려진 사실이다. 『골동품 진열실』에서는 귀족의 계급적 편견이 인종적 우월성으로까지 확산된다. 데그리뇽 후작은 자신이 평민들과는 다른 인종에 속한다고 믿는다. 그는 자신의 혈통이 옛날에 북쪽으로부터 내려와 토착의 골족을 정복하고 봉건 제도를 확립한 프랑크족에서 기원한다고 믿는다. 이러한 믿음이 『골동품 진열실』의 성격을 규정하고, 그 살롱 주인의 사고방식과 행동 양식을 지배한다.

유서 깊은 카롤 데그리뇽 가문은 대부분의 귀족들과 마찬가지로 프랑스 대혁명으로 치명적 타격을 입는다. 공포정치의 와중에서 데그리뇽 후작은 숨어 지내며 목숨만은 보존하지만, 그의 성은 파괴되고, 재산의 대부분은 국유재산으로 몰수되어 매각당한다. 이 집안의 집사로 있었으며 이 귀족 가문에 끝까지 헌신적인 공증인 쉐넬의 주선으로 약간의 재산이 보존되지만, 대부분의 귀족 가문처럼 데그리뇽 가문도 다시는 옛 영화를 회복할 수 없을 혁명의 희생물로 남는다. 혁명의 소용돌이와 나폴레옹 제정이 끝나고 망명했던 부르봉 왕가가 돌아와 1814년에는 왕정복고가 이루어지지만, 이 복고 체제도 데그리뇽 가문의 깊은 상처를 치유해 줄 도리는 없다. 『골동품 진열실』은 비록 프랑스에 왕정이 회복되었다고는 하나 그 왕정이 현격히 변한 세상을 다시 대혁명 이전 상태로 되돌릴 수는 없음을 명백히 조명하고 있다. 데그리뇽 가문에 대한 절대적 충성심에도 불구하고 공증인 쉐넬은 세상의 변화와 사태의 추이를 올바로 파악하는 명석한 증인으로 드러난다.

데그리뇽 후작의 여동생 아르망드 양과 더불어 『골동품 진열실』의 인상적인 인물로 그려지는 공증인 쉐넬의 통찰은 발자크 자신의 사회관을 반영하는 것으로서, 데그리뇽 후작 및 그 아류들의 시대착오적 환상과 대조를 이룬다. 쉐넬이 옛 주인에게 세상의 변화를 조심스럽게 암시하면, 근엄한 노귀족은 이렇게 대꾸할 뿐이다. "신은 부오나파르테, 그자의 군대와 그자의 새 가신들, 그자의 왕좌와 그자의 거창한 구상을 쓸어 버리셨네! 신은 나머지 것으로부터도 우리를 해방시켜 주시겠지!" 쉐넬의 모든 헌신적인 노력은 프랑크족의 이 존귀한 후예가 더 상처받지 않고 환상 속에 안주하다가 죽도록 도와주는 것으로 그칠 수밖에 없다. 『골동품 진열실』은 1830년 7월 혁명에 의해 왕정복고 체제가 붕괴되고 샤를 10세가 다시 망명길에 오르는 사태가 도래하자, "골족이 승리하는구나!"라고 외치는 데그리뇽 후작의 슬픈 탄식을 들려주고 있다.

『골동품 진열실』의 귀족계급은 역사의 흐름에 의해 이미 단죄받은 계급으로서, 스스로 갱신하여 소생할 활력을 잃은 희망 없는 계급으로 비친다. 데그리뇽 후작의 외아들 빅튀르니앵은 귀족계급의 미래를 암시하는 상징적 인물일 수 있다. 『적과 흑』에서 라 몰 후작의 살롱에 모여드는 무기력한 귀족 청년상들을 통해 스탕달이 귀족계급의 닫힌 미래를 보여 주듯이, 발자크는 『골동품 진열실』에서 빅튀르니앵의 초상화를 통해 귀족계급의 몰락의 전망을 상징적으로 제시하고 있는 것으로 보인다.

빅튀르니앵은 수려한 용모와 상당한 재능을 갖춘 젊은이지만 무기력하고 나약하며, 책임감이 전혀 없는 인물로 드러난다. 그는 자신에게 걸려 있는 가문의 기대와 자신을 위한 타인들의 무한한 희생을 헤아려 볼 줄 모르는 이기주의자로서, 일찍부터 방종과 쾌락에 빠져 여러 가지 문제를 일으킨다. 이 무책임한 젊은이가 파리에 올라가 파멸하는 이야기가 작품 후반부의 주된 소설 줄거리를 이룬다. 그를 위해 결혼도 하지 않고 온갖 희생을 바치는 고모 아르망드 양과 자신의 모든 재산과 결과적으로 생명까지도 바치는 가문의 옛 집사 쉐넬의 헌신적 노력으로 빅튀르니앵은 문서 위조의 중죄로 감옥살이를 하는 치욕만은 면하게 되지만, 이야기의 전말은 암울한 것이다. 후작과 쉐넬이 사망한 직후 빅튀르니앵은 가문의 적이었던 비열한 부르주아 뒤 크루아지에의 조카딸과 신분에 어울리지 않는 결혼을 하고, 아내가 가져온 지참금으로 파리에서 사교 생활을 즐긴다는 후일담이 전해지는 것으로 작품은 마감된다. 작품 말미에는 빅튀르니앵에게 남아 있는 대영주다운 면모는 아내에 대한 무관심뿐이었다는 말이 덧붙여 있다. 데그리뇽 후작 부자와 쉐넬과 뒤 크루아지에는 각각 상징적 가치를 갖는 인물들인 바, 발자크 연구자인 프라달리에 교수는 이 점을 다음과 같이 지적하고 있다.

데그리뇽은 왕정복고기의 귀족계급을, 뒤 크루아지에는 부르주아지를 상징하는 것으로 보인다. 그들의 싸움은 이미 일종의 계급투쟁이다. 집사 쉐넬은 귀족계급이 역사적 변화에 적응함으로써 계속해서 역할을 행하기를 바라는 발자크 같은 사람들의 상징이다. 프랑스 부르주아지의 부유한 상속녀들과, 그리고 후일에는 미국 백만장자의 딸들과 결혼함으로써 재산을 얻어 그것을 쾌락에 소비하는, 싸움도 해 보기 전에 패배한 저 젊은 귀족층을 빅튀르니앵은 상징하고 있다.

스탕달이『적과 흑』에서 그악스런 인간 발르노의 승승장구를 통해서 부르주아의 사회적 상향을 보여 주고, 플로베르가 교활하고 야비한 속물인 오메가 훈장을 탔다는 말로『마담 보바리』를 끝마치면서 부르주아적 질서가 정립된 현대사회에 대한 짙은 페시미즘을 내비치는 것이라면, 발자크는 뒤 크루아지에의 승리를 통하여『골동품 진열실』에서 부르주아지의 상승을 말하고 있는 것으로 보인다.『골동품 진열실』은 귀족계급의 돌이킬 수 없는 몰락상과 아울러 귀족계급에 압력을 가해 승리를 구가하는 부르주아지의 상승에 대한 증언으로 읽힐 수 있는 작품이다.

리얼리즘의 승리라는 명제를 제시한 엥겔스의 지적처럼 귀족계급의 몰락을 그리는 발자크의 어조는 비감에 차 있다.『골동품 진열실』은 비극적 톤의 소설인 것이다. 그것은 귀족계급에 공감하고 귀족계급을 지지하는 작가에 의한 귀족계급 몰락의 증언이기 때문일 것이다. 발자크에게 귀족계급의 몰락은 무엇보다도 아름답고 소중한 옛 유물의 소멸과 같은 의미를 지니는 것 같다. 〈인간극〉의 세계에서 아름다운 여인상들이 대부분 귀족 출신인 것은 대단히 시사적이다.『일리아드』에 나오는 여신들과도 같다고 표현되는『고리오 영감』의 보세앙 자작 부인, '여성들 중의 꽃'과 같은 존재로 그려지는『골짜기의 백합』의 모르소프 백작 부인이 다 귀족 출신인 것이다.『골동품 진열실』은 데그리뇽 후작과 그의 아들 빅튀르니앵의 이야기이지만, 그 대책 없는 두 남자를 위해 희생하는 아르망드 양의 일대기이기도 하다. 부르주아 출신 작가 블롱데가 "데그리뇽 양은 나의 종교의 하나였습니다. 오늘날에도 나의 미친 듯한 상상력은 아르망드 양을 봉건시대의 정령처럼 그려 보지 않고서는 고대 장원의 나선형 계단을 결코 오르지 못합니다."라고 회상하는 이 이상적인 꿈의 여인 역시 귀족계급이 아니고서는 빚어낼 수 없는 여인상으로 그려진다.

귀족계급의 몰락은 이런 여인상들이 사라지는 것을 의미하기 때문에 비극적일 수 있다. 아르망드 양을 연모하던 작가 블롱데는 고향에 들렀다가 마지막으로 그 이상의 여인을 보게 된다. 그 아름다운 여인의 숭배자 눈에 기도서를 손에 들고 미사에 가는 그녀는 "이 세상에서 자신을 데려가 달라고 하느님께 기원" 하는 모습으로 비친다. 『골동품 진열실』이 비감을 자아내는 것은 특히 이 귀족 여인의 마지막 모습 때문인지도 모르겠다.

판본 소개

　『골동품 진열실』의 완전한 원고는 현재 존재하지 않으며, 작가가 친필로 쓴 작품 텍스트의 일부만이 남아 있다. 발자크는 처음에 『골동품 진열실』을 잡지들에 부분적으로 발표한 후, 1839년에 초판본 책을 발간하였다.

　발자크 자신의 관여와 통제하에 출간된 『골동품 진열실』의 판본에는 두 종류가 있다. 그 가운데 하나는 1839년에 수브랭(Souverain) 출판사에서 2권으로 출간된 초판본으로서, 여기에는 작자의 서문이 붙어 있다(이 서문은 우리의 번역본에도 번역하여 첨부하였다.) 다른 한 판본은 1844년 퓌른(Furne) 출판사에서 간행된 〈인간극(La Comédie humaine)〉 전집 중 '지방 생활 정경'에 수록된 것으로서, 이 판본에는 『골동품 진열실』이 다른 소설 『노처녀』와 함께 '경쟁 관계(Les Rivalités)'라는 공통의 제목으로 재분류되어 있다. 퓌른 판본에 나타나는 중요한 변화는 앞선 판본에 있었던 소설의 장(章) 분류가 삭제된 점과, 소설의 등장인물들 이름이 일부 변경된 점이라고 할 수 있다. 발자크가 가지고 있던 퓌른 판본의 개인 소장본에는 다른 수정 사항들이 수록되어 있다. 퓌른 수정본(Furne corrigé)이라고 일컬어지는 발자크의 이 개인 소장본이 차후 발자크 소설 출판의 중심 대본이 되고 있다.

우리는 『골동품 진열실』의 번역 대본으로 현재 가장 정평 있는 판본으로 평가받는 갈리마르(Gallimard) 출판사의 플레이아드(Pléiade) 총서에 수록된 판본을 사용하였다. 발자크의 〈인간극〉은 플레이아드 총서에 12권으로 나와 있는데, 그 가운데 『골동품 진열실』은 제4권에 수록되어 있다. 『골동품 진열실』의 번역 대본을 서지 정리 방식으로 적으면 다음과 같다.

Honoré de Balzac : *Le Cabinet des Antiques*

in *La Comédie humaine*, tome IV, Bibliothèque de la Pléiade,

Gallimard, Paris, 1976

오노레 드 발자크 연보

1799   5월 20일 오노레 드 발자크(Honoré de Balzac) 프랑스의 투르 (Tours)에서 출생. 부친 베르나르-프랑수와 발자크(Bernard-François Balzac, 53세), 모친 로르 살랑비에(Laure Sallambier, 21세). 1807년까지 유모의 집에 맡겨져 양육됨.

1807   가족과 헤어져 방돔(Vendôme)의 기숙 학교에 들어가 생활함.

1814   가족 파리로 이사함. 르피트르(Lepître) 기숙 학교에 다님.

1816   법학 공부. 소송대리인과 공증인 사무소에서 법률 실무 견습. 소르본느대학에서 문학 강의 청강.

1819~1820   발자크 가족 빌르파리시스(Villeparisis)로 이사. 발자크는 공증인 사무소에 들어가기를 거부하고 문학에 뜻을 두었음을 밝힘. 파리의 다락방에서 생활하며 작품 창작을 시작함. 운문 비극『크롬웰(*Cromwell*)』과 철학적 소설『스테니(*Sténie*)』와『팔튀른느 (*Falthurne*)』집필.

1820~1824   파리와 빌르파리시스를 오가며 생활함. 누이 동생 로르 (Laure)의 학교 친구로서 발자크의 충실한 조언자와 친구 역할을 할 쥘마 카로(Zulma Carraud)를 알게 됨.

1822   첫사랑의 대상인 22세 연상의 여인 베르니 부인(Madame de

오노레 드 발자크 연보 259

Berny)을 만남. 르 푸아트뱅 드 레그르빌르(Le Poitevin de l'Egreville), 에티엔느 아라고(Etienne Arago)와 문학적 교유. 친구들과 공동으로 몇 편의 소설을 써서 가명으로 출판함.『비라그의 상속녀(L'Héritière de Birague)』,『쟝-루이(Jean-Louis)』,『클로틸드 드 뤼지냥(Clotilde de Lusignan)』,『100년제(Le Centenaire)』,『아르덴느의 보좌신부(Le Vicaire des Ardennes)』,『마지막 요정(La Dernière fée)』등을 발표함.

1824   『장자 상속권(Du Droit d'aînesse)』,『제쥐이트의 공정한 역사(Histoire impartiale des Jésuites)』등의 팜플렛을 익명으로 출판함.

1825~1827   사업을 시도하여 출판사, 인쇄소, 활자 제조소를 운영함. 사업의 실패로 막대한 빚을 지게 됨. 다시 문학으로 돌아옴.『정직한 사람들의 규범(Code des gens honnêtes)』,『반-클로르(Wann-Chlore)』(1825),『파리 간판의 비판적 일화적 소사전(Petit dictionnaire critique et anecdotique des enseignes de Paris)』(1826) 출판.

1829   부친 사망. 〈인간극〉에 포함될 최초의 소설이며 발자크의 실명으로 발표된 최초의 소설인『마지막 올빼미당원(Le Dernier Chouan)』출판.『결혼생리학(Physiologie du Mariage)』출판.

1830   여러 살롱에 출입하며 사교 생활 시작.『사생활 정경(Scènes de la vie privée)』2권으로 출판. 발자크의 소설 분야 진출에 결정적인 해로서,『방데타(La Vendetta)』,『가정의 평화(La paix du ménage)』,『여인의 연구(Etude de femme)』,『곱세크(Gobseck)』등 여러 편의 소설이 나옴.

1831   『상어가죽(La Peau de Chagrin)』이 큰 성공을 거두며,『사라진느(Sarasine)』,『알려지지 않은 걸작(Le chef-d'oeuvre inconnu)』,『저주받은 아이(L'enfant maudit)』,『추방당한 사람들(Les Proscrits)』등 많은 작품 집필.

1832   카스트리(Castries) 후작 부인에게 반하게 됨. 정치적 야망을 갖고,

정통 왕당파에 가담하여 국회의원에 출마할 계획을 세움. 카스트리 후작 부인과 결별. 『우스꽝스러운 콩트(*Les Contes Drôlatiques*)』에 속하는 첫 10여 편의 콩트 출판. 『피르미아니 부인(*Madame Firmiani*)』, 『버림받은 여인(*La femme abandonnée*)』, 『투르의 사제(*Le Curé de Tours*)』 등 출판. 발자크의 평생 연인이며 말년에 결혼하게 될 폴란드의 백작 부인 한스카(Hanska) 부인의 첫 편지를 받음.

1833 『우스꽝스러운 콩트』에 속하는 두 번째 10여 편의 콩트 및 『루이 랑베르(*Louis Lambert*)』, 『으제니 그랑데(*Eugénie Grandet*)』, 『명사 고디사르(*L'illustre Gaudissart*)』, 『페라귀스(*Ferragus*)』, 『시골 의사(*Le Médecin de Campagne*)』 등 집필. 스위스의 뇌샤텔에서 한스카 부인을 처음으로 만남.

1834 왕성한 창작 활동과 사교 생활 병행. 사셰(Saché)에 머물며 『세라피타(*Séraphita*)』와 『고리오 영감(*Le Père Goriot*)』 집필. 『랑제 공작 부인(*La Duchesse de Langeais*)』과 『절대의 탐구(*La Recherche de l'Absolu*)』 출판.

1835 인물 재등장 기법이 처음으로 적용된 작품인 『고리오 영감』 출간. 『결혼 계약(*Le Contrat de Mariage*)』, 『골짜기의 백합(*Le Lys dans la Vallée*)』, 『세라피타』 등 출간. 빚쟁이들을 피하기 위하여 샤이오(Chaillot)에 가명으로 집을 얻어 거주함.

1836 『파리의 연대기(*La Chronique de Paris*)』지 창간. 이탈리아 여행. 베르니 부인 사망. 『무신론자의 미사(*La Messe de l'athée*)』, 『파시노 칸느(*Facino Cane*)』, 『캬트린느 드 메디치(*Sur Catherine de Médicis*)』 등 출판.

1837 이탈리아 여행. 부채 문제로 집달리들의 추적을 받음. 사셰에 체류함. 『우스꽝스러운 콩트』에 속하는 세 번째 10여 편의 콩트 및 『잃어버린 환상(*Illusions perdues*)』 초반부, 『노처녀(*La Vieille fille*)』, 『세자르 비로토(*César Birotteau*)』 등 출판. 자르디(Jardies)

의 영지 구입.

1838 3월 20일부터 6월 6일까지 은광 채굴을 위해 이탈리아의 사르데냐 여행. 은광 경영으로 부유해지기를 꿈꾸나 실패함. 『뉴싱겐 상사(*La Maison Nucingen*)』, 『마을 사제(*Le Curé de Village*)』 출판.

1839 아카데미 프랑세즈 회원이 되려고 생각함. 『골동품 진열실(*Le Cabinet des Antiques*)』, 『이브의 딸(*Une fille d'Eve*)』, 『잃어버린 환상』 후속편, 『창녀의 영화와 비참(*Splendeurs et Misères des Courtisanes*)』 초반부, 『베아트릭스(*Béatrix*)』 등 집필.

1840 『고리오 영감』에서 발자크가 각색한 연극 「보트랭(Vautrin)」을 상연하나 실패로 끝남. 발자크가 편집하는 잡지 『파리(*Revue parisienne*)』지 창간. 발자크는 이 잡지에 스탕달의 『파르마의 수도원(*La Chartreuse de Parme*)』을 찬양하는 글을 게재함. 이 잡지는 3호를 발간하고 끝남. 자르디의 영지를 매각하고 파시(Passy)에 거주함. 『피에레트(*Pierrette*)』, 『보헤미아의 왕자(*Un prince de la Bohême*)』 등 출판.

1841 과로로 건강이 악화됨. 10월 2일 〈인간극〉 출판을 계약함. 『결혼한 두 젊은 여인의 회상록(*Mémoires de deux jeunes mariées*)』, 『위르쉴르 미루에(*Ursule Mirouet*)』, 『어둠 속의 사건(*Une ténébreuse affaire*)』 등 출판.

1842 전해 11월에 한스카 부인의 남편 한스키(Hanski) 백작이 갑자기 사망한 소식을 1월에 알게 됨. 이후부터 한스카 부인과의 결혼이 발자크의 큰 목표가 됨. 3월에 발자크의 두 번째 연극 「키놀라의 밑천(Les Ressources de Quinola)」이 오데옹 극장에서 상연되나 실패함. 4월에 『프랑스 도서목록(*La Bibliographie de la France*)』이 〈인간극〉의 첫 배본을 예고함. 『인생의 출발(*Un début dans la vie*)』, 『알베르 사바뤼스(*Albert Savarus*)』, 『여인의 또 다른 연구(*Autre étude de femme*)』 등 출판.

1843 한스카 부인을 만나러 페테르부르크 여행. 〈인간극〉 출간 계속됨.

『오노린느(*Honorine*)』, 『현의 뮤즈(*La Muse du département*)』,
『잃어버린 환상』 마지막 부분 출판.

1844   건강이 점점 악화되어 가나, 활발한 창작 활동은 계속됨. 『겸손한
미뇽(*Modeste Mignon*)』, 『농민들(*Les Paysans*)』 등 집필. 한스카
부인과의 결혼 계획이 러시아의 법률 문제 등으로 난관에 봉착함.

1845   5월 드레스덴에서 한스카 부인과 만남. 이탈리아 여행. 『사업가(*Un
homme d'affaires*)』, 『부부 생활의 작은 비참(*Petites misères de la
vie conjugale*)』 끝부분 집필.

1846   파리 의 포르튀네(Fortunée)가에 개인 저택 구입. 『종매 베트
(*La Cousine Bette*)』, 『현대사의 이면(*L'Envers de l'histoire
contemporaine*)』 등 집필.

1847   한스카 부인 파리 체류(2~4월). 건강과 금전상의 문제로 고통을 받
음. 6월 28일 유언장을 작성함. 9월 우크라이나의 한스카 부인 집에
체류. 『사촌 퐁스(*Le Cousin Pons*)』, 『선거(*L'Election*)』 출판.

1848   2월 16일 파리로 귀환. 2월 혁명을 목격함. 제헌 의회 의원 출마
에 실패함. 발자크의 연극 「계모(La Marâtre)」 상연 성공. 사셰에
서의 마지막 체류. 심장 비대증으로 고통을 받음. 9월 우크라이나
로 떠남.

1849   1848~1849년 겨울 동안 우크라이나에서 병고에 시달림. 아카데미
프랑세즈 회원 선출에 실패함.

1850   우크라이나에서 건강 상태 악화됨. 3월 14일 발자크와 한스카 백작
부인 결혼식을 올림. 5월 발자크 부부 파리를 향해 출발. 여행 중 병
에 시달리며 5월 21일 저녁 파리의 포르튀네가에 도착. 이후 병상에
서 일어나지 못하고 투병 생활. 8월 18일 저녁 빅토르 위고가 병상의
발자크를 문병함. 위고의 문병 몇 시간 후 발자크 서거함. 21일 장례
식 거행. 페르-라셰즈(Père-Lachaise) 묘지에서 빅토르 위고의 추
도 연설이 행해짐.

새롭게 을유세계문학전집을 펴내며

을유문화사는 이미 지난 1959년부터 국내 최초로 세계문학전집을 출간한 바 있습니다. 이번에 을유세계문학전집을 완전히 새롭게 마련하게 된 것은 우리가 직면한 문화적 상황에 적극적으로 대응하기 위해서입니다. 새로운 을유세계문학전집은 세계문학의 역할이 그 어느 때보다 중요해졌다는 인식에서 출발했습니다. 오늘날 세계에서 타자에 대한 이해는 우리의 안전과 행복에 직결되고 있습니다. 세계문학은 지구상의 다양한 문화들이 평등하게 소통하고, 이질적인 구성원들이 평화롭게 공존할 수 있는 문화적인 힘을 길러 줍니다.

을유세계문학전집은 세계문학을 통해 우리가 이런 힘을 길러 나가야 한다는 믿음으로 만들어졌습니다. 지난 5년간 이를 준비하기 위해 많은 노력을 기울였습니다. 세계 각국의 다양한 삶의 방식과 문화적 성취가 살아 있는 작품들, 새로운 번역이 필요한 고전들과 새롭게 소개해야 할 우리 시대의 작품들을 선정했습니다. 우리나라 최고의 역자들이 이들 작품 속 한 문장 한 문장의 숨결을 생생히 전하기 위해 심혈을 기울였습니다. 또한 역자들은 단순히 번역만 한 것이 아니라 다른 작품의 번역을 꼼꼼히 검토해 주었습니다. 을유세계문학전집은 번역된 작품 하나하나가 정본(定本)으로 인정받고 대우받을 수 있도록 최선을 다했습니다. 세계문학이 여러 경계를 넘어 우리 사회 안에서 주어진 소임을 하게 되기를 바라며 을유세계문학전집을 내놓습니다.

을유세계문학전집 편집위원단(가나다 순)
김월회(서울대 중문과 교수)
김헌(서울대 인문학연구원 교수)
박종소(서울대 노문과 교수)
손영주(서울대 영문과 교수)
신정환(한국외대 스페인어통번역학과 교수)
정지용(성균관대 프랑스어문학과 교수)
최윤영(서울대 독문과 교수)

을유세계문학전집

을유세계문학전집은 계속 출간됩니다.

을유세계문학전집 연표